江苏青年批评家文丛

不确定的批评

叶子 著

江苏凤凰文艺出版社

图书在版编目（CIP）数据

不确定的批评 / 叶子著. —南京：江苏凤凰文艺出版社，2023.12
（江苏青年批评家文丛）
ISBN 978-7-5594-7767-5

Ⅰ.①不… Ⅱ.①叶… Ⅲ.①中国文学—当代文学—文学评论—文集 Ⅳ.①I206.7-53

中国国家版本馆 CIP 数据核字（2023）第 090762 号

不确定的批评

叶子 著

出 版 人	张在健
总 顾 问	丁 帆
主 编	郑 焱
执行主编	丁 捷
责任编辑	孙建兵
特约编辑	王晓彤
责任印制	杨 丹
出版发行	江苏凤凰文艺出版社
	南京市中央路 165 号，邮编：210009
网 址	http://www.jswenyi.com
印 刷	江苏凤凰通达印刷有限公司
开 本	880 毫米×1230 毫米 1/32
印 张	7.625
字 数	170 千字
版 次	2023 年 12 月第 1 版
印 次	2023 年 12 月第 1 次印刷
书 号	ISBN 978-7-5594-7767-5
定 价	52.00 元

江苏凤凰文艺版图书凡印刷、装订错误，可向出版社调换，联系电话 025-83280257

江苏青年批评家文丛
编委会

主　任　徐　宁

副主任　毕飞宇　郑　焱

委　员　丁　捷　贾梦玮　鲁　敏

　　　　杨发孟　高　民

前　言

江苏是创作大省，也是评论强省，有着一批勇立潮头的当代文学批评领军人物。前辈学者不仅有陈瘦竹、吴奔星、叶子铭、许志英、曾华鹏、陈辽、范伯群、董健、叶橹、黄毓璜等批评界先驱，其后继、师承者，如丁帆、朱晓进、王尧、王彬彬、汪政、丁晓原、季进、何平等，如今也都是学术界的翘楚和骨干。继往开来，承前启后，学术实践的推进、引领，向来需要更为年轻的队伍为其不断补充新鲜的营养、血液。这意味着，青年批评家的成长必须作为一个要紧的方向性问题得到把握、关注。

客观地讲，与青年作家的培养、成长相比，青年批评家的培养和成长要更为复杂和艰难。有鉴于此，为进一步培育江苏青年批评新力量，打造江苏青年批评新方阵，系统加强江苏青年批评人才的推介力度，展示新一代批评家的成绩和风采，2022年，在省委宣传部的大力支持下，江苏省作协经专家评选论证、党组书记处审议通过"江苏首批青年批评拔尖人才名单"，沈杏培、何同彬、李玮、李章斌、叶子、韩松刚、臧晴、刘阳扬等8位"80后"青年批评家入选。

作为江苏青年批评的代表，他们的"集体亮相"，不仅标志着江苏青年批评家群体的初露峥嵘，更意味着新一代批评家已经有了相当的学术积累，具备了相对稳定、成熟的批评风格。他们虽在当代文学现场同场竞技，但却各有专擅，各具锋芒。很大程度上，他们的成长不仅参与、见证了当代文学研究、批评格局的建构，也促进了当代文学研究、批评领域的对话、交流，集中体现了江苏青年批评家在介入当代文学的"当下问题""文学现场"时，所保持的学术锋芒与责任担当。

本套《江苏青年批评家文丛》共推出8名入选"江苏首批青年批评拔尖人才"队伍的青年批评家，每人收录一部彰显其风格与水平的作品，共计8本，他们有思想、有态度、有锐气、有实力，不仅是江苏青年批评的中坚力量，也是中国当代文学批评的青年代表。我们真诚地希望这套书能够成为他们各自成长的一次回顾和见证，同时，也能够成为中国当代文学批评的重要成果和收获。

2017年，江苏省作协与江苏当代作家研究中心联合推出《江苏当代文学批评家文丛》（20卷），现今，《江苏青年批评家文丛》（8本）也将付梓出版。这其中，既能够看到江苏文学批评历史代际之间的血脉联系和学术传承，也能够见出青年批评家们在文学理念、学术路径、批评方法等方面，不断精进、沉潜转化的内在轨迹。我们相信，在前辈学人的指引和带领下，在新一代批评家的努力和奋斗下，江苏的文学批评也必将焕发更新的活力，产生更大的影响。

江苏青年批评家文丛编委会

2023年11月

目录

第一辑

3　"破镜重圆没办法":《纽约客》非虚构之"北平叙事"考

18　抗战时期的林语堂与《纽约客》杂志

40　微观管理者的艺术家肖像:创意写作培训与《纽约客》杂志

56　"扣动虚拟的手枪扳机":鲁迅、李翊云或围观的阴影

76　隐秘地带:从《纽约客》中的余华说起

79　猪头哪儿去了:论《纽约客》中的莫言与葛浩文

第二辑

91　"确定性早已被历史洪流卷走":詹姆斯·伍德之论W.G.塞巴尔德

119　《格兰塔》:"新写作"的虚与实

133　"短故事"的游戏:2016年短篇小说略览

152　博斯绘画与当代叙事：以安德鲁·林赛的《面包匠的狂欢节》为例

170　苏州作家与"上海想象"

第三辑

181　盲流与圣徒：《雾行者》的文学青年浪潮

184　"没有一点风刮偏"：解读秦汝璧

189　文学批评的几种可能：《论晚期风格》的相关札记

193　曾经的"中国故事"：读《一个漂浮的中国佬》

197　我干吗要看《罗丹传》：读《中国特色的译文读者》

200　没有女人的男人们

204　像福楼拜那样短，像普鲁斯特那样长：莉迪亚·戴维斯论

211　恶棍休止符：2011年普利策小说奖作品阅读札记

216　"像冰刀一样切过"：安吉拉·卡特阅读札记

219　没有童话的生活：玛格丽特·阿特伍德阅读札记

222　附录　有关"不确定的批评"问与答

228　代后记　好的文学批评家应该是跨越边境者

第 一 辑

"破镜重圆没办法"：
《纽约客》非虚构之"北平叙事"考

在杜鲁门·卡波特（Truman Capote）于1965年重新炒热"非虚构小说"（non-fiction novel）的概念之前，《纽约客》（*The New Yorker*）杂志已践行"非虚构"写作长达二十年之久。相比普通新闻刊物，《纽约客》"特派记者"栏（A Reporter at Large）的实践者们似乎享有更多自由表达的空间，在求真的基础上，注入小说叙事的趣味与审美。战后二十年间，杂志的"非虚构"版块以惊人的速度成长。1946年8月31日，《纽约客》前所未有地取消了"街谈巷议""城市活动导刊""小说"与"评论"等栏目，将整一期七十页的全部版面，留给了一篇与广岛核爆有关的文章。[1]著名的"广岛"特刊成为一个关键性的时刻，使《纽约客》顺利完成了从轻松到严肃、从娱乐到专业的文化转型。这篇融合报道与小说技法的文章，本身也被认作是"非虚构"作品最早的范例。

---

[1] John Hersey, "A Reporter at Large: Hiroshima", *The New Yorker*, (August 31, 1946).

一

《纽约客》"非虚构"的目光紧追抗战胜利后的中国，关于北平的叙述屡见不鲜。前述《广岛》一文的作者约翰·赫西（John Hersey）出生于天津，父母为来华传教士。就在"广岛"特刊的前三个月，赫西正为杂志撰写《北平来信：4月25日》，介绍设于协和医院的军调处执行部。赫西心灰意冷地记录，原以为军调处是美国人在华的重要组织工具，但由国民党、中共和美方代表组成的三人委员会，很难就停战谈判或调处起到任何实际作用；谈到军调处失败的种种前兆，赫西罗列政治协商会议以来民主联合政府崩溃的诸多证据，并颇费笔墨细述"未被充分报道"的"四·二一"北平音乐堂事件。[1] 1946年4月21日，由各界团体促成的国大代表选举协进会，为抗议国大代表候选人名单，在中山公园音乐堂露天舞台组织讲演，无奈遭人捣乱会场，累及无辜听众和讲演人。事后，国民党当局称此事为不同团体间的寻常结伙斗殴，并任由小报恶毒诋毁讲演人中的受害者陈瑾昆。[2] 而中共方面，则将"四·二一"定性为暴徒事先参与布置，使用木棍和长枪做武器的流血事件。[3] 与事后两党宣传针锋相对的报道相比照，赫西的《北平来信》至少在表面上保持中立。他在《纽约客》中谨慎描述"鸡蛋与石子齐飞"的冲突场

---

[1] John Hersey, "Letter From Peiping", *The New Yorker*, (May 4, 1946).

[2] 报道称陈瑾昆因富孀而"得温饱"，在前门外大街坐拥大批房产。见阿大：《记"北平沧白堂"主角》，《消息（上海）》1946年第11期；徐大风：《中山堂前头破血流：风流寡妇与陈瑾昆》，《香海画报（上海）》1946年第11期。

[3] 参见《来件：北平市国大代表选举协进会为"四·二一"血案告同胞书》，《文萃》1946年第28期；《北平四·二一血案发生后华北民主同盟支部的严正表示》，《民主周刊（昆明）》1946年第9期；子冈：《关于北平音乐堂事件》，《消息（上海）》1946年第11期等。

面,未直接使用"惨剧""血案"或"暴行"等词,但又不禁道出寻衅滋事背后的某种预谋或组织。以下是赫西委婉的表述:

> 在会议开始前一小时,一位我恰好认识的对政治不感兴趣的老先生,正在中央公园(中山公园)一家名叫"来今友轩"(来今雨轩)的茶座午餐,地点正巧在音乐堂后面。他向窗外望去,惊讶地看到有警察手提装满鸡蛋的篮子,把鸡蛋分发给一群年轻人。[1]

北平音乐堂事件的重要性,远不及同一时期重庆接连出现的沧白堂事件和较场口事件,但它的发生地是北平地标性的公共空间——中山公园。那位藏在赫西转述背后,显然不愿透露姓名的老者,不仅"恰好"与赫西相识,"恰好"对政治不感兴趣,又"恰好"于事发之前身处来今雨轩,占据对音乐堂后台的有利观察点。

应该说,赫西本人是"事实"的拥护者。他曾明白表示,所谓观察遗漏所产生的失真和加入发明所产生的失真,两者有本质区别,前者导向偏见,而后者会让"读者脚下的大地打滑"。[2]但关于音乐堂事件的材料,多少发生了某种程度的改造或转换。赫西将"来今雨轩"极为仔细地译作"来今友轩",说明他熟知此名典出何处,也知晓此地在北平的社会空间中扮演何种角色。[3]不能说赫西是出于某

---

[1] 括号内为笔者注。见 John Hersey, "Letter From Peiping", *The New Yorker*, (May 4, 1946): 95.
[2] John Hersey, "The Legend on the License", *The Yale Review*, (Autumn 1980): 2.
[3] "来今雨轩"典出杜甫《秋述》中的感叹,"常时车马之客,旧,雨来;今,雨不来"。说朋友旧时雨天都来,如今遇雨不来。后"旧雨今雨"又代指故交新知。

种立场的谋算,而故意提及来今雨轩,但说它是一种因应时势的"巧合"也未尝不可。不经意间,赫西的"转述"实际上赋予了著名的"来今雨轩"一种新的意义,它不再仅仅是文化名流聚集地,而是与政治风波直接发生关联,悄无声息地成为权力事件的绝佳观景台。可惜音乐堂事件之单薄,无法给予赫西足够的施展空间,到了《北平来信》的结尾处,他就已经忘记自己正使用着"转述"的伪装:

> 架越打越凶,民主同盟文雅的盟员们开始有些害怕,这时,正在中央公园散步的四名美国海军陆战队员听到动静,冲了上来,大喊:"散开,你们这些没用的混蛋!"战斗瞬间化解。[1]

用双引号框住被引述的对话,是赫西既官方又在场的描画姿态。理论上他既可以是局外人,又可以是局内人,但文体本身的暧昧不明,让赫西无法对这一发现中的英雄主义维度完全弃之不顾。

在赫西讲述音乐堂事件两年之后,另一位亚洲版块的作者克里斯托弗·兰德(Christopher Rand)在《北平来信:5月24日》中预言,一年内战局必有根本转变,二三十万的人民解放军将向北平进发,并在该地区压制国民党军。通常,《纽约客》负责亚洲地带的特派专栏作者都有丰富的在地经验,兰德虽然没有在中国内地生长的经历,但长期驻守港澳。作为赫西的重要继任,他启动的却是另一种不同的城市地理观察:

> 事实上,北平的冷静是用一种近乎不凡的哲学去接受变化……并同样坚信这座城市有能力承受这种混乱。人们对突

---

[1] John Hersey, "Letter From Peiping", *The New Yorker*, (May 4, 1946): 95.

如其来的动荡并不陌生。北平不仅是汉人的故都,且几百年来,也是内亚各民族(满族、蒙古族、鞑靼族和藏族)……的故都。这些民族几百年来相互争斗……一些布里亚特蒙古人在1920年代初,被布尔什维克从西伯利亚贝加尔湖附近的牧场驱赶,一直向南迁移……据说一开始有两万人,现在剩九百人。他们在北平懵懂地走街串巷,穿长袍高靴,戴锥形帽,如怯生生的乡下人……仿佛遭遇船难的水手,在沙滩上奄奄一息。[1]

兰德这番话,并非只是将同情的目光投向边缘的布里亚特人,也不只为说明各族群(或各类意识形态)间的殊死斗争在北平随处可见。欧文·拉铁摩尔(Owen Lattimore)的《中国的亚洲内陆边疆》(*Inner Asian Frontiers of China*,1940)此时风靡已久,几乎可以肯定,兰德是拉铁摩尔的读者,他在漫谈中悄然无息地对北平"去中心化",将其作为内陆亚洲多元文化辐射的一部分。[2]并且,兰德依循拉铁摩尔的方式,试图从边疆发现中国,这意味着真正令他,也令《纽约客》反感的,是将"中国性"等同于"汉人特性"的惯有叙事。受兰德多民族都城史的启发,《纽约客》借新闻界使用"Peking"或"Peiping"两种译名的乱象,仔细钩稽北京城的历代沿

---

[1] Christopher Rand, "Letter From Peiping", *The New Yorker*, (June 5, 1948): 52.
[2] 除此之外,拉铁摩尔的《蒙古纪行》和《中国简明史》等书也已出版。参见 Owen Lattimore, *Inner Asian Frontiers of China*, New York: American Geographical Society, 1940; *Mongol Journeys*, New York: Doubleday Doran, 1941; *The Making of Modern China: A Short History*, New York: W. W. Norton, 1944.

革,同时也整理了诸多通讯社与报社的意识动向。[1] 关于译名的讨论,与前述两篇《北平来信》一起,均可作为1950年代《纽约客》中北平故事系列的前奏。

二

《纽约客》北平故事系列前后共九篇,大致篇名与编年为:《龙、粉红婴儿和领事馆》(1953年11月14日)、《白丧,白袜》(1954年9月25日)、《红色大门和水鬼》(1955年5月28日)、《皇帝呀,齐兵马》(1955年9月24日)、《罪犯、干部和厨子》(1956年4月28日)、《银顶针与血红裙》(1956年10月6日)、《祖先》(1957年4月6日)、《狗、麻将和美国人》(1958年4月19日)和《宅人桌椅》(1959年11月14日)。[2]

---

[1] 包括效仿美联社和合众国际社的《泰晤士报》《镜报》《纽约新闻报》《纽约世界电讯报》《纽约太阳报》,以及《先驱论坛报》《纽约邮报》《每日指南报》等。参见J. M. Flagler, "The Talk of the Town: City of the Great Khan", *The New Yorker*, (July 14, 1951).

[2] 二十世纪五六十年代,《纽约客》杂志常常连载非虚构作品,单篇版面可高达几十页,甚至上百页,这让杂志与非虚构作者们互利共赢。其时《纽约客》的年广告版面常常是现今纸版刊物的六倍,而如果一本书的大部分已在《纽约客》登载,也必然促进此书的推广和销售。但《纽约客》今日极少再有长文(无论是虚构还是非虚构)连载式的密集发表。"北平故事"系列参见David Kidd, "Dragons, Pink Babies, and the Consular Service", *The New Yorker*, (November 14, 1953); "White Funeral, White Socks", *The New Yorker*, (September 25, 1954); "Red Gates and Water Devils", *The New Yorker*, (May 28, 1955); "All the Emperor's Horses", *The New Yorker*, (September 24, 1955); "Criminals, Cadres, and Cooks", *The New Yorker*, (April 28, 1956); "Silver Pins and Blood-Red Skirts", *The New Yorker*, (October 6, 1956); "The Ancestors", *The New Yorker*, (April 6, 1957); "Dogs, Mah-Jongg, and Americans", *The New Yorker*, (April 19, 1958); "Houses and People and Tables and Chairs", *The New Yorker*, (November 14, 1959).

系列作者大卫·季德（David Kidd）并非特派记者中的一员，他1926年生于美国肯塔基州科尔宾的一个煤矿社区，童年跟随在汽车行业担任主管的父亲搬至底特律，15岁起自学中文，取名"杜蕴明"。1946年4月，司徒雷登在密歇根大学访问时，即将毕业的杜蕴明被选拔为燕京大学的交换学生。[1]同年7月，一方面，马歇尔将军召命正准备从燕大退休的司徒雷登为驻华大使；另一方面，身处美国的杜蕴明却收到燕大电报，称受时局影响，校园生活窘迫万状，北平学生膳费无着，望其推迟入学计划。对于未满二十岁的杜蕴明来说，中国之行是千载难逢的人生机遇，他毅然烧掉电报，执意登上从旧金山港出发的邮轮。来华不到一年，1947年7月起，杜蕴明在清华大学做外文助教，与北京大学的燕卜荪（William Empson）和太太赫塔（Hetta Empson）相识。[2]在赫塔撮合下，他结识了曾任北洋政府大理院院长余棨昌的四女儿余静岩。两人初见在剧院包厢，姗姗来迟的余家四小姐，不仅与美国青年杜蕴明分享了自家茗茶，还领他去后台见了卸去脂粉的名旦筱翠花。

但《纽约客》中的北平故事系列将闲情雅致一并省略，直接叙述1948年年底的北平围城。此时，无论杜蕴明或余静岩，均已陷入水电粮煤紧缺的困顿之中。系列首篇《龙、粉红婴儿和领事馆》首节即是共产党接管北平的戏剧性时刻，解放军入城后，有部队在余家前院安营扎寨：

---

[1] *The Shanghai Evening Post and Mercury*，（April 17, 1946）.
[2] 苏云峰编：《清华大学师生名录资料汇编1927—1949》，《中央研究院近代史研究所史料丛刊（49）》2004年版，第34页。

余家人——包括 Aimee（静岩）的两个兄长、八个姊妹，再加上各自的妻子、丈夫、孩子、姑姨、叔舅等，大概二十五口人……在老宅已住了几代，由高墙围起，加上外围建筑和巨型花园，共计五万平方英尺。有上百间屋，曲廊和庭院宛若迷宫。过去每个房间都用火地——就是在砖地下烧炭火，1911年革命后，取暖费用太高改用煤炉。通常，少说有20多个用人，围城期间只剩下不到10人……用人们变得又凶又懒，不好好生火，也不好好做饭。有个用人一边生煤炉，一边对病重不能说话的余老先生道："再过两天试试，看看到底谁给谁生火。"这人被辞退，接连两天在大门前诉苦，引得当兵的深切同情……余家人不再走正门，改从后巷的小门进出。总之，这样的环境不适合举办婚礼。[1]

杜蕴明在旧政权移交新政府的第一现场，以侨民身份书写国共内战及解放初期的北平，这是绝大多数西方记者钦羡而不曾拥有的便利。而他也不断有意强化单枪匹马深入腹地探险的印象："至少据我所知，那不平凡的几年只有我独自一人是第一手的直接记录者"；[2]在中译本的前言，和与他人闲谈的场合，他不止一次谈及，当年远渡重洋，是上千名旅客中唯一来华留学的外国学生，甚至可

---

[1] David Kidd, "Dragons, Pink Babies, and the Consular Service", *The New Yorker*, (November 14, 1953): 94.

[2] David Kidd, *Peking Story: The Last Days of Old China*, New York: Crown Publishing Group, 1988, p. xi.

能是开国大典时广场上唯一的美国人。[1]但仅靠见证的"唯一性",还无法确保叙述与经验的紧密无间。从杜蕴明的"看见"到"书写看见",有着巨大的时间间隔。北平故事的人物素描、对话和行动,事实上都是在所描述事件发生后很久,才被重新确立起来。与赫西在"四·二一"之后的第四天,就将文稿用无线电通信发回杂志编辑部不同,杜蕴明启动为《纽约客》写作北平故事系列时,已回到美国,并在亚洲学院任教多年。而这几年,正是中美关系分外动荡的几年。

在处女作即获普利策小说奖[2]的约翰·赫西与素人作者杜蕴明之间,或许很难做出恰当的比较,但前者确为后者提供了某些有迹可循的启发。有一处值得注意的地方,是赫西曾在《北平来信》的首节,改写"鹅妈妈"童谣中的"矮胖子",称"国王呀,齐兵马",也怕是"破镜重圆没办法"。[3]1960 年,杜蕴明将北平故事系列整理出版,书名拟定为《皇帝呀,齐兵马》(*All the Emperor's*

---

[1] 比如,法国汉学家易杰(Nicolas Idier)在半传记半虚构的作品中,曾短暂提及画家刘丹与杜蕴明的交往。见[美]大卫·季德:《毛家湾遗梦:1949 年北京秘闻》,胡定译,中华工商联合出版社 1996 年版,第 3 页;[法]尼古拉·易杰:《石头新记》,徐梦译,海天出版社 2016 年版,第 253 页。

[2] 赫西的第一部小说《钟归阿达诺》(*A Bell for Adano*,1944)在 1945 年获普利策小说奖。

[3] 这里妇孺皆知的"鹅妈妈"(Mother Goose)中的"矮胖子"(Humpty Dumpty),歌词为:矮胖子,坐墙头(Humpty Dumpty sat on a wall)/ 栽了一个大跟斗(Humpty Dumpty had a great fall)/ 国王呀,齐兵马(All the king's horses and all the king's men)/ 破镜重圆没办法(Couldn't put Humpty Dumpty together again)。见 John Hersey, "Letter From Peiping", *The New Yorker*, (May 4, 1946): 86.

Horses)。[1]这样一来，对作为北平缩影的余家大院——从墙头衰落、一经解体再无法修复的庞然大物——所做的挽歌，就此和毫不感伤、天真而残忍的童谣声联结。

三

杜蕴明从未提及，他的岳父余棨昌曾在民国三十年（1941年）编撰《故都变迁纪略》，翔实地记载了北平的城垣、故宫、内外城及郊坰，并附录故都掌故逸闻。余棨昌在自序中说及：

> 凡建置之兴废，名迹之存亡，道路里巷之变更，无一不目睹而心识之。在今日事过境迁，人皆淡忘，独予于往日之旧京，犹惓惓于怀，而不能恝置焉。夫以声明文物绵延六百余年之古都，予幸生其间，既见其盛，旋见其衰，复见其凌夷，以至于今日而予犹偷息于此，此予之悲咽而不能自已者也……故老凋零，能知往事者盖以寡矣。[2]

杜蕴明晚年也曾发出过类似的感叹，"曾经在那里生活过的西方人，如今只有少数人还活着……等我们死了，那时经历的奇妙生活也将被黑暗吞没"[3]。但"惓惓于怀"也好，"悲咽不能自已"也罢，绝非北平故事的基调。

---

[1] David Kidd, *All the Emperor's Horses*, New York: Macmillan, 1960.
[2] 余棨昌：《自序》，沈云龙编：《近代中国史料丛刊续编第76辑 故都变迁纪略》，文海出版社1974年版，第1页。
[3] David Kidd, *Peking Story: The Last Days of Old China*, New York: Crown Publishing Group, 1988, p. xi.

余家在什刹海积水潭北岸，建有背城临湖的余氏宗祠。[1]杜蕴明在鬼影憧憧的祠堂上花费不少笔墨，但总以喜剧渲染。《祖先》这篇，为遗物的散失发出些许诗意的哀悼，又生动质疑了对风俗传统的守望。他与妻子一同整理破旧的宗祠，翻出上百卷祖宗的绢布画像，不禁问：

"为什么不卖了，既然家里要用钱？"（在美国，祖先的画像怎么也能卖五十到一百五十美元吧。）静岩笑道："谁会要别人家的祖宗像！一文钱不值。要么绢帛和锦缎包边还值点。"我边卷画边问："这谁？"。"不认识。只知道姓余。"[2]

又有中元节在宗祠祭祖，余家人点燃最后几炷香后，祠堂就此大门紧锁。向亡者与宗祠的永别，原本哀伤肃穆，真正"旋见其衰，复见其凌夷"，杜蕴明下笔却如同夜宴散场，欢快记录尘土飞扬的深夜返程之旅：

车夫都是结实的年轻人，也许是车钱给得多，也许是三人一起在月光下空旷的路上蹬车，让他们心情愉快，相互招呼："老王八，跑快点！""别挡我道！""给你爹让开！"彼此激励鼓劲，逗笑着在大道上奔驰。[3]

---

[1] 原址在今日的北京西城区德胜门内西顺城街。参见肖纪龙、韩永编：《〈北平余氏宗祠记〉刻石和余榮昌》，《北京石刻撷英》，中国书店2002年版，第189页。
[2] David Kidd, "The Ancestors", *The New Yorker*, (April 6, 1957).
[3] David Kidd, "The Ancestors", *The New Yorker*, (April 6, 1957).

余家祠堂在1951年夏，开始与新中国规模最大的游泳场、著名的什刹海人民游泳场毗邻。发动群众开展疏浚西小海的河湖工程，是新北京市政建设的一部分，既能把北京最"脏"的地方变美，又能把"有害"的地方加以利用。1951年6月6日，在人民游泳场建成开放的揭幕典礼上，于前一年写作话剧《龙须沟》响应首都市政建设的老舍，曾有一段澎湃的发言，声称"臭的龙须沟没有了"，变成青年们"锻炼身体的地方"。[1]老舍也恰巧提及积水潭北岸的改造：

> 这个游泳场的北面，过去是聚贤堂，那里有戏楼，很多所谓"达官贵人"，坐在那儿看戏，吃鲜藕，吃鲜菱角。现在，那些"达官贵人"也没有了。这不是平白无故地生出来的，这是政治作用，这只有人民政府才能做到，人民政府就是为人民服务的嘛……我们要打美国鬼子，要建设我们的国家，就要有好身体。我们现在有了这个设备，就要利用这个设备，把身体炼得棒棒的。[2]

讲演道明了新时代理想所折射的国家意义，另一方面，也在有产与无产、遗失与发现、毁灭与重建之间，建立了清晰可辨的划分与对立。

杜蕴明错过了首都盛夏的欢聚，1950年人民政府在西小海（积

---

[1]《全国规模最大的游泳场　北京市什刹海人民游泳场揭幕》，《人民日报》1951年6月7日。

[2]《全国规模最大的游泳场　北京市什刹海人民游泳场揭幕》，《人民日报》1951年6月7日。

水潭）疏浚护岸时，他已携余静岩去往美国。[1]或许是受到各式报道的启发，1956年，实际上已和余静岩分手、移居日本的杜蕴明，决定用《祖先》一文，记录余家祠堂到人民游泳场的巨大改变。虽然离开北京时，积水潭明明还水浅泥臭、蚊虫萦绕，但《祖先》中的杜蕴明，却已"目睹"社会主义城市建设的伟大景观：聚合了几百位游泳者的快乐泳池，其中身体裸露的泳装少女和钢筋混凝土跳台相映成趣。他在《纽约客》中回忆，自己在积水潭南岸与祠堂隔湖相望时心情复杂，急忙换上泳裤游去北岸，"湖水和想象中的一样凉"。[2]然而，等到杜蕴明晚年，北平故事再版之时，此处的记忆又转变为他在"岸边租了一条小船"，独自划船渡湖。[3]说不清究竟是游泳还是租船，是池水还是湖水，因为"渡湖/渡池"一事本为虚构。此处微妙的措辞耐人寻味："仅仅是一瞬间"，他"瞥见"祠堂半开的大门，对里面少了一半灵牌的祭台"似有印象"，"无法判断"是否有穿泳衣的青年闯入祠堂搞破坏，只是"推测"那些湖水中上下漂浮的灵牌，是自娱自乐的游泳者新发明的水上游戏。[4]这里，颇有讽刺意味的是，冷战局面提供的不是关于变迁的想象，而是虚拟的个体经验。在打破祠堂大门、扔掉灵牌的嘈杂声中，杜蕴明记录下的对景观的识别，是为真实具体的个体危机蒙上了"不平常"的效果滤镜。这样一来，余氏祠堂反倒成了真正意义上的废墟，其中真实的人类痕迹不复存在，全然是被隐匿的与被冥想的对象。

---

[1]《北京市卫生工程局修建人民游泳池》，《人民日报》1950年8月5日。
[2] David Kidd, "The Ancestors", *The New Yorker*, (April 6, 1957): 120.
[3] David Kidd, *Peking Story: The Last Days of Old China*, New York: New York Review of Books, 2003, p. 112.
[4] David Kidd, "The Ancestors", *The New Yorker*, (April 6, 1957): 120-121.

20世纪70年代初，高居翰（James Cahill）在京都访学时结识了杜蕴明和他的同性伴侣森本康义。四十年后，在《一部略假的经典》中，高居翰言及杜蕴明公开的同性恋身份，猜测他或许在性取向上经历了转变，也或许，与余静岩的婚姻是一项纯粹的"义举"，是为了"助她离开中国而娶她"；但高居翰反对将《纽约客》中"明显具有欺骗性的描绘"奉为经典。[1]持同样观点的还有汉学家吴芳思（Frances Wood）。在他们看来，杜蕴明的写作与他的为人一样，"出色但令人无法信服"[2]。从某种程度上说，杜蕴明确实没有赫西采纳口述史时的谨慎与克制，也没有效仿《广岛》的叙事，抹去高度主观的判断性旁白。四分之三个世纪后的今天，《纽约客》编辑部共有18位事实核查员，以确保刊载文章中每一条转述的真实与准确。[3]以今日事实核查之标准，不受文体规范束缚、叙述风格介于报道与虚构之间的北平故事，恐怕无论如何也不会再被采纳。1980年代，杜蕴明用"北京"取代书中所有的"北平"。1996年，他因癌症在京都病逝。

21世纪版《北京故事》的封面，是鲜丽光彩的中式厅堂，挂一

---

[1] James Cahill, "A Somewhat Spurious Classic", http://jamescahill.info/the-writings-of-james-cahill/responses-a-reminiscences/200-78-a-somewhat-spurious-classic.

[2] Frances Wood, *The Lure of China: Writers from Marco Polo to J. G. Ballard*, Long River Press, 2009, p. 3.

[3] 据曾负责此项工作的樊嘉扬（Jiayang Fan）称，在工作中，2010年她曾多次致电王蒙，仅为核实查建英转述他的引文时句句属实。查建英一文见Jianying Zha, "Letter From Beijing: Servant of the State", *The New Yorker*, (November 8, 2010): 60-69.

副歪歪扭扭的五言楹联"事为名教用,道以神理超",横批写"海阔天空"。[1]对于杜蕴明来说,非虚构叙事之"道",自有其玄妙的精神形态。《纽约客》的北平叙事中,触目皆是他对"求真"的讽刺。哪怕忆及岳父出殡,他也不忘嘲笑手拿相机、肩挂皮袋子的外国记录者——那些想要拍得更真切,靠火太近而烧了眉毛的人。[2]

---

[1] David Kidd, *Peking Story: The Last Days of Old China*, New York: New York Review of Books, 2003.

[2] David Kidd, "White Funeral, White Socks", *The New Yorker*, (September 25, 1954).

抗战时期的林语堂与《纽约客》杂志

1935年至1945年间,是林语堂言谈与著述最重要的十年。初到美国,他即是妇女俱乐部被谈论最多的明星作者、图书出版公司最青睐的对象,并与纽约文化名流多有交集,具有专栏作家、文化经纪人、小说家和政论家等多重身份。但对于林语堂的两本文化随谈、两部长篇小说和时事政论集《啼笑皆非》,《纽约客》的评鉴始终冷静而客观。林语堂接受《纽约客》的采访时,对后者的批评建议也有所采纳。此外,《啼笑皆非》中对地缘政治学派的重构与批评,或对"共同体意识"的谨慎怀疑,皆与战时《纽约客》的态度互为表里。综观抗战期间林语堂与《纽约客》杂志间的对话,不难领悟其中包含的自由主义与理想主义的核心理念。

一

林语堂用英语写成《吾国与吾民》(*My Country and My People*,1935)之后,赛珍珠坚信这是一本"迄今为止书写中国的最真诚、最深厚、最完整、最重要的书"[1],与丈夫理查德·沃尔什(Richard

---

[1] Clifton Fadiman, "Books Briefly Noted: My Country and My People", *The New Yorker*, (September 21, 1935): 85.(本文所引英文文献均为笔者自译。)

Walsh)合力推动此书在美国出版。1935年,插图版《吾国与吾民》在四个月内共印七版,登上畅销书榜。9月21日,《纽约客》"书评"栏的主编克利夫顿·费迪曼[1],在"图书简讯"栏"综合类"书目登录此书书讯。费迪曼称,中国人林语堂"像大师一样写作英语",用幽默微妙的性格描绘,展现了一群"有各式各样古怪毛病,却像是地球上最理性存在"[2]的中国人。赛珍珠作为出版方,所言或有夸张,但费迪曼用"地球上最理性的存在"这样的表达,至少能部分说明林语堂在书写姿态上的中立与缓和。

  费迪曼不能理解的是,既然这部绝妙、敏锐又博学的作品涉及中国人的种种,谈及社会政治生活、文学艺术形式,甚至社会家庭的乐事,林语堂的记录却"很少涉及中国正面临的危急的政治问题"[3]。《纽约客》编辑有此困惑,因林语堂在自序中表示,本于"忠恕之道",该书能"坦白地直陈一切","曝呈她(中国)的一切困恼纷扰","接受一切批评"。[4]林语堂显然十分在意《纽约客》的评价,在《论美国》中回忆当年收获的赞许时称:"费迪曼因对本书

---

[1] 克利夫顿·费迪曼(Clifton Fadiman,1904—1999)是美国著名报人、编辑和专栏作家。1933—1943年为《纽约客》撰写书评稿。林语堂和费迪曼私交甚好,1939年同胡适一起为费迪曼所编的《我的信仰》(I Believe: The Personal Philosophies of Certain Eminent Men and Women of Our Time)一书撰文。2002年,费迪曼《一生的读书计划》(Lifetime Reading Plan,1960)在中国出版。

[2] Clifton Fadiman, "Books Briefly Noted: My Country and My People", The New Yorker,(September 21, 1935): 85.

[3] 同上。

[4] 此序写于1935年6月,中文版由黄嘉德译,原载于1936年上海西风社出版的《吾国与吾民》(参见林语堂著、陈子善编:《林语堂书话》,浙江人民出版社1998年版,第355页)。

评论稍迟,赶紧向读者道歉。"[1]并且,四年后《吾国与吾民》再版时,一来因为战争局势紧迫,二来也为回应费迪曼的批评,林语堂在书末新增一章"中日战争之我见"。

《吾国与吾民》是林语堂"对外讲中"的开始。1936年12月,受赛珍珠夫妇邀请举家迁至纽约后,林语堂很快融入当地知识分子的文化生活。[2]12月15日,《纽约时报》和美国国家图书出版者协会在刚刚建成的洛克菲洛中心主办的第一届美国全国书展上,林语堂作为主讲作家之一出席,他的风度使当时许多中国留学生深感扬眉吐气。[3]当然也有人从书中读出取巧的意味,认为林语堂只写"吾国"中与"吾"相似的阶层,用英文中"吾之"(My)与"卖"发音相同来讽刺和攻击。[4]

"买卖"之意在《纽约客》的一篇采访稿中也略见端倪。1937年初,沃尔什介绍《纽约客》杂志的记者拜访林语堂,并在刊首"热门话题"栏目以《中国掮客》("Chinese Hustler")为题,记叙了对林语堂的采访。《纽约客》描述林语堂一家相当西化的客居生

---

[1] 林语堂:《八十自述》,宝文堂书店1990年版,第39页。
[2] 1936年10月,林语堂与太太和三个女儿搬至纽约,住在中央公园西路50号一栋七间房的公寓。据《宇宙风》的周劭称,林语堂忽然决定举家赴美,是因为"参与过蔡元培、宋美龄发起的'民权保障大同盟'和编辑过《论语》,给国民党平添了不少麻烦,没当上南京政府的立法委员,因此愤而出国"。参见周劭之:《前言》,柯灵、冯金牛选编:《午夜高楼——〈宇宙风〉萃编》,上海古籍出版社1999年版,第6页。
[3] 林太乙:《林语堂传》,台湾联经出版事业公司1994年版,第171页。
[4] Chan Wing-Tsit, "Lin Yutang, Critic and Interpreter", *College English*, Vol. 8, No. 4 (January 1947): 165.

活,并提及他对中国的想念。[1]文章讨论的要点之一,是林语堂作为专栏写作者的经验与眼光。林语堂自 1930 年起至去美前,为上海英文刊物《中国评论周报》(The China Critic)的专栏"小评论"(The Little Critic)写稿。《纽约客》记者将林语堂的专栏文笔与布龙、佩格勒相提并论。海伍德·布龙(Heywood Broun)和韦斯特布鲁克·佩格勒(Westbrook Pegler)均为纽约当时擅写时政的专栏作家。20 世纪 20—30 年代,布龙常常为《纽约客》撰稿,同时为民主党的《纽约世界》(New York World)日报主持"在我看来"(It Seems to Me)专栏。[2] "小评论"中的林语堂也常常以"我"为视角,看似从个人生活抒发感言,但包含见理精深的观点。[3]而佩格勒则是和主流大唱反调的讽刺行家,他的抨击对象不仅有罗斯福家族和劳工领袖,也有知识分子、作家、诗人和评论家,甚至包括《纽约客》的费迪曼本人。[4]《纽约客》认为林语堂畅销书作者的行文风格,与写作专栏的经历密不可分,这是极其准确的判断。《吾国

---

[1] Richard J. Walsh, Charles Cooke, and Russell Maloney, "The Talk of the Town: Chinese Hustler", *The New Yorker*, (January 16, 1937): 12.

[2] 1927 年至 1936 年,布龙为《纽约客》撰写了两篇人物访谈、五篇小说和一篇通讯稿。

[3] 例如《假定我是土匪》《我搬进公寓》《言志篇》《我不敢游杭》等等 [Lin Yutang, "If I Were a Bandit", *The China Critic Weekly*, Vol. 3 (August 21, 1930): 804 - 805; Lin Yutang, "I Moved into a Flat", *The China Critic Weekly*, Vol. 5 (September 22, 1932): 991 - 992; Lin Yutang, "What I Want", *The China Critic Weekly*, Vol. 6 (July 13, 1933): 264 - 265; Lin Yutang, "I Daren't Go to Hangchow", *The China Critic Weekly*, Vol. 8 (March 28, 1935): 304 - 305]。

[4] William F. Buckley, Jr., "Life and Letters: Rabble - rouser", *The New Yorker*, (March 1, 2004): 46 - 53.

与吾民》中的多数观点,正是对"小评论"既有议题的重申和扩展。不过,此时林语堂的讽刺远没有达到佩格勒"煽动人心"的程度,在后者的专栏中,"没有人是安全的"。[1]林语堂虽有布龙和佩格勒的辛辣文笔,但格调要温和许多。

《中国掮客》是一篇用典型的美国式新闻笔调写作的报道,但"掮客"一词,并非出自刁钻的记者,反倒是林语堂的自嘲。[2]彼时他并不高看自己的文化小品。《吾国与吾民》的最末一章"生活的艺术"谈论中式园艺及饮食,成为许多美国女士的生活法则。趁西方尚无此类专书,林语堂又口述完成《生活的艺术》(*The Importance of Living*,1937),讲西方风俗,也讲中国的生活思想,出版之后,高居畅销书首位竟有一年之久。

抗日战争全面爆发后,《纽约时报》《时代周刊》等报刊纷纷请林语堂撰写文章,阐释中日战争的背景。1937 年 8 至 11 月底,林语堂在《纽约时报》及其杂志版多次撰稿讨论中日战事。[3]《纽约客》也不再额外推荐林语堂"与草木为友""和土壤相亲"的生活散

---

[1] William F. Buckley, Jr., "Life and Letters: Rabble-rouser", *The New Yorker*, (March 1, 2004): 46.

[2] 结尾处记者"郑重"总结,林先生"最喜欢的自称是'掮客'"。(Richard J. Walsh, Charles Cooke, and Russell Maloney, "The Talk of the Town: Chinese Hustler", p. 13)

[3] Lin Yutang, "Captive Peiping Holds the South of Ageless China: Culture, Charm, Mystery, and Romance Linger in the Vivid City Occupied by the Japanese", *The New York Times*, (August 15, 1937): 110; Lin Yutang, "Can China Stop Japan in Her Asiatic March?", *The New York Times Magazine*, (August 29, 1937): 5; Lin Yutang, "Key Man in China's Future: The 'Coolie' a Portrait of the Stoical and Humorous Toiler Who is also a Stubborn Fighter", *The New York Times*, (November 14, 1937): 152.

文。1937年11月27日,费迪曼在"图书简讯"栏中明确表达了自己对《生活的艺术》的失望:"此书的说教,老套的怜悯与讽刺的风格,却是三百年来二流哲学家轻车熟路施舍的一贯套路。"[1]林语堂的本意是让《生活的艺术》达到"不说老庄,而老庄之精神在焉,不谈孔孟,而孔孟之面目存焉"[2]。但"众人皆醉我独醒"的中国式思辨,并不为《纽约客》所欣赏。1938年,译成中文的《生活的艺术》开始在上海《西风》杂志连载时[3],国内还鲜有对林语堂的批评,而《纽约客》上却出现了戏仿的文章。常驻作者科妮莉亚·奥蒂斯·斯金纳作《鸡尾酒的艺术——或林语堂的灯之油》,称鸡尾酒是中国某朝某帝某臣之发明。斯金纳还堆砌了大量毫无意义的韦氏拼音,并佯装严谨地为自己编造的汉语新词一一作注。[4]这是为了讽刺《生活的艺术》没有提供有质感的中国材料,既然如此,不如像她一样胡编乱造。原本林语堂想做超然的评论家,领悟美国的现代生活,评述中国的古代智慧,不讲"宇宙救国的大道"[5],但战争背景下出现的这类批评,将部分地改变他未来的写作策略。

沃尔什曾劝林语堂用"纯中国的小说艺术"写英文长篇小说[6],这就有了1939年出版的《京华烟云》。小说的时间跨度长达四十年(从义和团运动到抗日战争),主要篇章都与战争和革命有关,但

---

[1] Clifton Fadiman, "Books Briefly Noted: The Importance of Living", *The New Yorker*, (November 27, 1937): 103-104.

[2] 林太乙:《林语堂传》,台湾联经出版事业公司1994年版,第172页。

[3] 林语堂:《生活的艺术(一)》,黄嘉德译,《西风》1938年第22期。

[4] Cornelia Otis Skinner, "The Importance of Cocktails: Or Oil From the Lamps of Lin Yutang", *The New Yorker*, (June 4, 1938): 16.

[5] Lin Yutang, *My Country and My People*, New York: John Day, 1935, p. 15.

[6] 林太乙:《林语堂传》,台湾联经出版事业公司1994年版,第181页。

"瞬息京华"的大背景却是平静的。1939年11月18日,费迪曼在"书评"栏以"华夏四十年"为题发表评论,称《京华烟云》极其"散漫":有800页但"写成8000页也完全可以",书中200个角色,"其中50个是主角,以无比复杂的家庭纽带连接"。费迪曼认为,林语堂对四十年的时间跨度"并无类似托马斯·曼《魔山》中的哲学处理";且小说叙事展现的是贵族式的社会图景,"而非赛珍珠笔下的中国",它的感觉方式、说话习惯、礼仪的拘泥和习俗的转变,似乎都得益于普鲁斯特,虽然情感处理"并没有普鲁斯特的敏感微妙";有时角色陷入感官上的乐趣,对彼此有不同程度的情感,但如《荷马史诗》般"全无我们现代意义上对罗曼蒂克之爱的理解";有人死去,却"没有悲剧感";有悲伤,却"没有莎士比亚的悲痛"。[1] 费迪曼对中国小说全无概念,面对对此同样一无所知的《纽约客》读者,只能通过比照的方式,列出《京华烟云》所缺少的经典特质。费迪曼判断,作为一本中国人用英文为英语读者写的中国社会小说,林语堂使用了"一种为他的国民写小说时不会使用的方法",对风俗习惯、家居建筑的描写,与人物关系松散地联合,产生一种"滑稽的、过分传授知识的效果"。[2] 虽然有这类批评的声音,但一个月后的12月23日,"书评"栏登录1939年的图书总结,《纽约客》仍将"最佳精艺奖"(Most Admirable Piece of Virtuosity)授予《京华烟云》。[3]

---

[1] Clifton Fadiman, "Books: Forty Years of Cathay", *The New Yorker*, (November 18, 1939): 103.

[2] Clifton Fadiman, "Books: Forty Years of Cathay", *The New Yorker*, (November 18, 1939): 104.

[3] 奖项后特别注明,因林语堂可"让美国大多数的三流小说家们懂得如何使用简洁清楚的英文" [Clifton Fadiman, "Books: Mopping up", *The New Yorker*, (December 23, 1939): 62]。

此事说明，在抗日战争的背景下，美国读者需要一部与战时中国相关联的小说。虽然林语堂没有将"英文技能"直接用在"为抗建国策做宣传"上，但《京华烟云》还是成为当时他所有作品中销路最好的一本。[1] 稍后在《美国与中国的抗建》一文中，对于海明威叙述西班牙内战的《丧钟为谁而鸣》销量已超 50 万一事，林语堂感叹："倘能撰一中国战争小说，亦可为中国作文学宣传，力量较大于政治宣传也。"[2]

此后，"二战"局势彻底改变了美国新闻出版与文化生产的格局。1940 年伦敦大轰炸后，图书、戏剧和广播的大量报道，让美国读者能够将同情的目光给予饱受空袭之苦的伦敦市民。"轰炸纪实"也是当时报道中国的核心议题，以《纽约时报》为例，1938—1943 年间，与"重庆大轰炸"相关的文本有 187 篇。[3] 1941 年，林语堂的《风声鹤唳》在太平洋战争爆发前夕出版，很快成为《纽约时报·书评周刊》的十大畅销书。1941 年 11 月 22 日，费迪曼在《纽约客》"书评"栏表示，这部小说之所以重要，因其谈的是中日纷争，在"三角恋的陈腐俗套和佛教教义的空洞训诫"之下，可见"侵略者的病态倒错与中国民族精神的成长"。[4] 被轰炸的汉口，扩大了《风声鹤唳》的读者效应，这一时期，无论林语堂如何谈论儒家情理、道家精神或佛教思维，都比不上战祸书写的意义和影响。

---

[1] 时金：《评〈京华烟云〉》，《文艺世界》1940 年第 3 期。
[2] 此文起初为 1941 年初《大公报》（重庆版）的通讯稿，后载《宇宙风》（参见林语堂《美国与中国的抗建》，载《宇宙风》1942 年第 150 期）。
[3] 张瑾、王爽：《西方主流媒体对重庆大轰炸的报道分析——以〈纽约时报〉为例》，《重庆大学学报》（社会科学版）2010 年第 5 期。
[4] Clifton Fadiman, "Books: A Week of Storms", *The New Yorker*, (November 22, 1941): 108.

二

1943 年，战局尚不明了，美国的外交政策围绕战后安全问题、欧洲与远东地区可能出现的局面而展开。7 月，林语堂出版时事政论集《啼笑皆非》(*Between Tears & Laughter*)，用大量篇幅讨论地缘政治学，评论若干本当时出版的涉及地缘政治的地理学名作，并梳理了这门欧洲科学的起源与脉络。林语堂的爬梳从学科鼻祖、英国历史地理学家麦金德爵士（Sir Halford J. Mackinder）开始，论及德国地缘政治学派的创始人霍斯何弗（Karl Haushofer），进而讨论耶鲁大学国际问题专家的斯皮克曼（Nicholas John Spykman）教授。这一系列对地缘政治知识谱系的重构与批评，或与 1942—1943 年间费迪曼在《纽约客》发表的一系列评论有关。

1942 年 8 月，中途岛海战结束一月有余，《纽约客》介绍了麦金德当时再版的《民主的理想与现实》(*Democratic Ideals and Reality*, 1919)。麦金德的"陆权论"强调欧亚平原作为腹地的重要性，并提出"世界岛"（欧亚非大陆）概念。作为一名典型的维多利亚时代的英国学者，在他的思考中，地中海地区和欧洲种族才是世界中枢，美洲不过是"世界岛"的外岛。此书在"一战"后风行，20 多年后再版之际，费迪曼一再重申，以霍斯何弗为首的现代地缘政治家，是由麦金德引申出他们的理论。[1] 麦金德回顾欧洲千年历史，总结出一条简单易懂而又过于齐整的空间决定论，即统治东欧便控制"心脏地带"，进而控制"世界岛"，把握整个世界的局势。麦金德的本意是从地理位置的角度确保英帝国的安全，但将大陆腹

---

[1] Clifton Fadiman, "Books Briefly Noted: Democratic Ideals and Reality", *The New Yorker*, (August 22, 1942): 59.

地视为枢要的地缘政治战略,被德国学派的霍斯何弗引用后,直接影响了希特勒对东欧的政策。

对于费迪曼关于地缘政治的评论,林语堂在《啼笑皆非》中写道:"美国人民迟迟开眼,才当觉在霍斯何弗之前,还有一个英国人名麦肯德(麦金德)早在1904年,便发表地缘政治的中心理论,倡欧亚'中心地'之说。"[1]费迪曼关注的是麦金德启蒙史观下政治地理的现实,而林语堂更关注强权政治与民主、自由理想之间不可调和的矛盾:

> 每听他们讲起"地球"或"世界岛",我就觉得它已为人血染红。地略政治并不是研究"土地"、"地片"(Land-Mass)、"核心地"(Rimland)、"边沿地"、生存空间,以及伸张空间的科学,而是"血地的科学"。[2]

林语堂之所以发出这样的感慨,因为对于甲午战争之后的中国来说,凌弱暴寡的地缘政治确无公平与正义可言。1904年,麦金德向皇家地理学会宣读报告《历史的地理枢纽》,并在报告的尾声假设,一旦中日合纵便有可能推翻俄国,构成"威胁世界自由的黄祸"。[3]仅仅两周之后,日俄战争在旅顺港揭开序幕。一方面,英国舰队已经支持日本,另一方面,麦金德依然警惕任何可能的新兴力

---

[1] 林语堂:《啼笑皆非》,徐诚斌译,东北师范大学出版社1994年版,第136页。
[2] 林语堂:《啼笑皆非》,徐诚斌译,东北师范大学出版社1994年版,第138页。
[3] H. J. Mackinder, "The Geographical Pivot of History", *The Geographical Journal*, Vol. 23, No. 4 (1904): 437.

量对英国形成的潜在威胁。[1]到了1919年,《民主的理想与现实》出版,在巴黎和会的背景下,麦金德强调胶州"不该重归德国",因为德国占领的明显目的是要使用中国人作为补充的人力,帮助德国征服"世界岛"。[2]但麦金德却从未提及"胶州湾是中国领土,理应从德国人手中归还中国"。[3]在"民主的理想与现实"题目之下的世界史论析,看不到大英帝国之外的"民主的理想与现实"。在麦金德看来,自然环境对人类的行动产生影响,因而人类历史是世界"有机体生活"[4]的一部分。"国家有机体"在"有机欲望"的驱使下争夺"生存空间",是掩藏在自然生物概念之下的政治意识和视野。[5]因此,林语堂指出,这一学说理所当然会被霍斯何弗引申利用,作为德国地缘政治理论的核心,进而为纳粹的国家安全理论和领土扩张政策提供相应的地理学解释。[6]

同一时期《纽约客》对于霍斯何弗的讨论,集中体现在费迪曼对《霍斯何弗将军的世界》(*World of General Haushofer*,1942)

---

[1] 出于对俄国崛起的恐惧,也"为了使通向中国市场的门户开放",英日同盟已于1902年签订(H. J. Mackinder, *Democratic Ideals and Reality*, New York: Henry Holt and Company, 1919, p. 180)。

[2] H. J. Mackinder, *Democratic Ideals and Reality*, New York: Henry Holt and Company, 1919, p. 217.

[3] 刘小枫:《麦金德政治地理学中的两种世界文明史观》,《思想战线》2016年5期。

[4] H. J. Mackinder, "The Geographical Pivot of History", *The Geographical Journal*, vol. 23, no. 4, (1904): 422.

[5] 麦金德和霍斯何弗都沿用了德国地理学家拉采尔(Friedrich Ratzel)的"国家有机体"和"生存空间"(lebensraum)的概念。

[6] 林形容霍斯何弗教授对希特勒的影响,有如"拉斯布丁(Rasputin)影响最后一个俄国皇帝",他对"二战"的关系,有如"突来茨基(Treitschke)对一战的关系"(参见林语堂《啼笑皆非》,东北师范大学出版社1994年版,第136页)。

一书的评价中。在这本费迪曼看来表述"漫不经心,极其淡漠"的德国地缘政治学科论著中,林语堂反而捕捉到为数不多的对霍斯何弗主义清醒的认识和批判。此书在思想史梳理中涉及大量原文典籍,让林语堂格外重视它在"资料备载上"[1]的意义。费迪曼认为,霍斯何弗主义是一门"虚假"的"科学",德国学派的地缘政治理论混杂着地理政治、"最模糊的德国式的形而上学"和"简单又甜蜜的德国式的对土地的渴望"。[2]而林语堂也做出了几乎一模一样的评价:

> 地略政治之所以危险,因为它是一门"科学",而假借科学之名……不论是霍斯何弗派或其他派,百分之五十是集合而成的客观材料,百分之三十是冒牌科学,百分之二十是德国玄学,或可说是"浮士德的悬望"。[3]

不过,费迪曼看到的是强权政治之下的畸形怪物,林语堂则窥见了半个世纪内,作为一个文化有机体的欧洲的衰落。他将占据尽可能多的"生存空间"的"有机欲望",与19世纪欧洲的自然主义论调相联系,认为"将达尔文物竞论移来适用于人事","把植物学应用及人类文化",会带来斯宾格勒式的悲观主义。[4]霍斯何弗主义象征着西欧文明的普遍衰落,这一学派不仅受斯宾格勒的"文化形

---

[1] 林语堂:《啼笑皆非》,徐诚斌译,东北师范大学出版社1994年版,第140页。
[2] Clifton Fadiman, "Books Briefly Noted: World of General Haushofer", *The New Yorker*, (January 2, 1943): 52.
[3] 林语堂:《啼笑皆非》,徐诚斌译,东北师范大学出版社1994年版,第137—140页。
[4] 林语堂:《啼笑皆非》,徐诚斌译,东北师范大学出版社1994年版,第142—143页。

态说"影响,也暗含对"西欧中心论"的批判。19 世纪末 20 世纪初知识界的动向,几乎都与自然科学的技术有关,而显著的科学贡献又各自受物质因素的影响,林语堂逐一列举了种种知识界的唯物主义风潮,包括马克思主义的唯物辩证法、左拉的实验小说、德莱赛的自然主义作品等。霍斯何弗的政治伦理,与这半个世纪的欧洲文化运动的发展相辅相成。林语堂亦提及艾略特的"私人僻典"、乔伊斯的"自我剖析和自我暴露"、斯特拉文斯基的"逃避和谐"、毕加索的"逃避美观"、达利的"逃避逻辑理性"以及斯泰因的"逃避文法"等,均为"科学"西方强压之下的产物。[1]当现代主义文化运动已重新发出 18 世纪浪漫主义反理性至上的呼声时,地缘政治运动却还走在人文科学机械袭用自然科学的老路上。

另一本同时收获费迪曼和林语堂评论的地缘政治论著,是斯皮克曼影响深远的《世界政治中的美国战略》(America's Strategy in World Politics,1942)。麦金德的"陆权论"先是在霍斯何弗的引介之下,成为纳粹德国"国家科学"的一部分,"二战"后期又为美国学派的斯皮克曼利用,成为注重武力均衡的战略指导。《世界政治中的美国战略》强调从战略上思考国家安全,宣扬建立视本国利益为根本的战争学说。斯皮克曼毫不隐讳地称,武力才是美国生存与实现和平愿景的唯一途径,美国积极参战的重要意义在于控制欧洲和亚洲的边缘地带,维持分歧的局面。这本书的副标题是"美国及武力均衡",在某种意义上,它确实具有透视国际政治的实用价值。站在世界主义和自由主义立场的《纽约客》无法苟同斯皮克曼的"务实"精神,费迪曼称他"理由充分却并不友好""超然客观却冷

---

[1] 林语堂:《啼笑皆非》,徐诚斌译,东北师范大学出版社 1994 年版,第 163 页。

冰冰",并将其比作"美国版的霍斯何弗"。[1]

对于时刻关注中国命运的林语堂来说,斯皮克曼及其言论显然是一个威胁。关于"武力均衡"的种种言论已被纳入当时的外交文献,也为国防政策的制定者提供科学背景和行动指导。美国社会普遍认为,不仅应该用武力干涉欧洲或亚洲,而且战后的美国更可以作为一个超越他国的更高权威,控制与处理国际关系。在《啼笑皆非》中,林语堂一方面反驳斯皮克曼"背离怜悯苍生之感的学府观点……借科学的名义辱贬人类的心知",一方面也惊讶于斯皮克曼与霍斯何弗的相似之处:

> 史班克孟(斯皮克曼——引者注)教授这本书最后十五页内所蕴含的国际毒液,比希特勒《我的奋斗》全书更剧烈……他所讲的是科学,与人生价值无关的科学。他保持完全超脱的客观态度,头脑用消毒密封方法封住,人类感情已全部肃清。如果有人说得出史班克孟教授,与霍斯何弗或希特勒在宇宙观上有什么分别,我倒愿意听听……德国的宇宙观以及达尔文自然物竞之说,影响美国地略政治家到何程度,且看史班克孟教授便可知道。他的著作最能完全反射出这"强权政治之自然科学"的德国风味,丝毫不容人道观念插足其间。[2]

林语堂无数次质疑地缘政治搬弄定义,既不客观中立,又无视

---

[1] Clifton Fadiman, "Book: American Geopolitics", *The New Yorker*, (March 21, 1942): 68-70.
[2] 林语堂:《啼笑皆非》,徐诚斌译,东北师范大学出版社1994年版,第136—139页。

道德人情。他更多次呼吁,既然"有许多独立国家的世界,是斯必克门(斯皮克曼——引者注)教授所不敢想象的"[1],那么废道忘义不应始于教育有素的知识阶层,美国大学课堂不应教授此类政治学说,高等研究院更不应被强权政治的势力把持。

20世纪40年代重新发酵的地缘政治学热潮,奠定了此后这一学科的基本格局。今日学界在思想史的研究范畴内讨论地缘政治已非常普遍,而对于1942年前后的美国人来说,它是个全新的词。《纽约客》曾发表一首小诗《修面》("Shave")调侃地缘政治的流行,形容连理发店的空气中也"弥漫宏大的战略",理发师在顾客耳边"绘制战术防御","剃刀高高地摆成V型……哦美妙新地略"。[2]地缘政治骤然为美国人津津乐道,尽管之前他们的地理学知识还相当陈旧。短短几年内,译介地缘政治的图书大量涌现,包括《纽约客》在内的报刊大力推广,一种在全球范围内具有决定性的世界观,一种新的美国式的地理政治学思想的系统表述,已初现端倪。[3]它通俗易懂,又打着科学的名号,几乎成为当时最流行的政治学说。借助《纽约客》的相关评论,林语堂敏锐地注意到地缘政治学科的风行及其所产生的影响,并使之成为他这一阶段思考的重点。

三

林语堂与《纽约客》共同反对地缘政治的鼓吹者,同时,也批

---

[1]《啼笑皆非》前12篇由林语堂自译,12篇之后由徐诚斌译出。因此人名常有前后不一的译法,再版也未作修正。(参见林语堂:《啼笑皆非》,徐诚斌译,东北师范大学出版社1994年版,第19页。)
[2] Maurice Sagoff, "Poem: Shave", *The New Yorker*, (February 28, 1942): 53.
[3] Geoffrey Parker, *Western Geopolitical Thought in the Twentieth Century*, Sydney: Croom Helm, 2015, p. 103.

判政客中"倡武力治安"或"倡武力挟制天下"[1]的现实主义者。《纽约客》杂志元老 E. B. 怀特在"热门话题"栏述及"理想家"林语堂,引出了当时更流行的某种观念趋势:

> 林语堂博士说"问题实质是:武力足恃吗?"我们倒不认为这是问题的实质。武力显然解决问题。它是唯一解决问题的途径。每天我们都目睹武力的效用(对我们有利的),当它被用来支持法律,被用来维护民意时。每隔二十年左右,我们都目睹武力的效用(对我们不利),当它不经民意批准被无常地用来与法律分离之时。问题的实质不是武力是否解决问题,而是共同体的范围及意识,是否能,怎样能,扩大发展,直至武力不仅可以在地方上,也可以在国际上起到好的作用。[2]

在这里,怀特委婉地将关于"武力"的讨论,转向对"共同体"的关注。国际联盟当时虽然崩溃,但人们越来越看重全球一体化的观念,"世界合作政府"或"世界平等联邦"的构想依然盛行。只是在怀特看来,"世界警团"的存在与国际公平、安全并无绝对关系。1943 年 2 月,《纽约客》曾介绍桥牌大师伊黎·古尔柏森(Ely Culbertson)"伟大"的"世界联邦计划"(World Federation Plan),称之为"高烧之下"的疯狂产物。[3]古尔柏森认为,世界秩序"不需要

---

[1] 林语堂:《啼笑皆非》,徐诚斌译,东北师范大学出版社 1994 年版,第 1 页。

[2] E. B. White, "The Talk of the Town: Notes and Comment", *The New Yorker*, (August 28, 1943): 13.

[3] E. B. White, "The Talk of the Town: The Culbertson System", *The New Yorker*, (February 27, 1943): 12-13.

比桥牌更复杂",并倡导"世界警团分配原则"(World-police Quotas),从制度上保障和平。但在古氏的分配数据中,美国军力占20%,中国军力占4%,绝无平等可言。

林语堂在《啼笑皆非》中注意到斯皮克曼对"世界联邦计划"的附和,力证古尔柏森从大众心理入手,借联邦的名义行英美领导之实,强调"英美联邦"才是"建立世界联邦之初步"。[1]不过,林语堂的观点并无独到之处,因为支持某种自由的盎格鲁-撒克逊式的权力联合,是英美政治家与学者的主流意见。历史学家阿诺德·汤因比,就主张建立某种"民主的盎格鲁——美利坚世界联邦",让"世界的领导权暂时落入说英语的人手中"。[2]1943年初,在没有中国代表出席的卡萨布兰卡会议中,英、美两国单方面决定了联合行动里中国的任务。3月,丘吉尔在关于战后重建的演讲中,谈及未来世界的合作组织工作,多次使用美、英、苏"三大列强"的提法。[3]罗斯福也认为,任何一个新的世界组织,都要遵守"由大国高度掌控"的原则。[4]在那些讨论如何用世界合作来维护和平稳定的谏言中,"帝国"一词已经被"联盟"成功置换。

有感于此,林语堂对"世界联邦合作"尤为谨慎。他援古证今,

---

[1] 林语堂:《啼笑皆非》,徐诚斌译,东北师范大学出版社1994年版,第113—132页。

[2] Mark Mazower, *Governing the World*: *The History of an Idea*, 1815 to the Present, New York: Penguin Press, 2012, p. 194.

[3] "Three Great Victorious Powers" 或 "Three Leading Victorious Powers" (Cf. Winston S. Churchill, *A Four Years' Plan for Britain*: *Broadcast of 21 March 1943*, London: The Times Publishing Company, 1943).

[4] Mark Mazower, *Governing the World*: *The History of an Idea*, 1815 to the Present, New York: Penguin Press, 2012, p. 195.

引用古代雅典因"不能解决帝国主义与自由之矛盾"[1],以致提洛同盟解体、希腊文明衰落的例子,以证明联邦的弊病。一方面,林语堂坚信美、英两国的战后政策是"富国的寡头政治"[2],可能以灾难收场;另一方面,他又以救国为最终目的,为沟通文化、促进邦交的工作奔波。1943年8月,在赛珍珠创立的民间组织"东西方协会"(East and West Association)的协调下,林语堂通过电台,谴责日本侵略并号召美国人民支持中国。活动结束后,协会收到上千封美国听众的来信。林语堂表示会将这捆信件带回中国,转交至重庆政府高层手中。12月18日,《纽约客》有幸浏览过这批来信的记者,在"热门话题"栏中转述了部分信件的内容,称"与政府的政策表现相比,多数美国人更加同情中国……他们既非孤立主义者,也非帝国主义者,亦对国际义务有较敏锐的意识"[3]。依据来信的人群之广,反应之热烈(有听众甚至在信中附上了捐款),可以看出林语堂当时在美国具有极强的号召力。

《纽约客》编辑部不清楚的是,携带美国人民的好意归国,原本打算搜集英勇抗战故事以资国际宣传的林语堂,并没有受到中国知识界的热情礼遇。林语堂搭乘宋子文的飞机回国,落地后即推广将要被译成中文的《啼笑皆非》,称之为数年来国外观察的汇总报告。1943年10月24日,林语堂在重庆中央大学演讲,声明"所收的是

---

[1] 林语堂:《啼笑皆非》,徐诚斌译,东北师范大学出版社1994年版,第23页。
[2] 林语堂称"现此的世界联邦必成为富户政治或富国的寡头政治,其不稳固亦不亚于一国中的寡头政治"(参见林语堂《啼笑皆非》,徐诚斌译,东北师范大学出版社1994年版,第167页)。
[3] Andy Logan, "The Talk of the Town: Best Wishes", *The New Yorker*, (December 18, 1943): 20.

公开的资料，所表的是私人的见解"，因国人"读物缺乏，对国外政治的暗潮，未免太隔膜"，读后可对"国际政治将来之发展及战后的局势，有更亲切之认识"。[1]1944年3月，林语堂在长沙作《论月亮与臭虫》的演讲，又特意谈及《啼笑皆非》，重提东西方政治的比较，称西洋政治学"专讲政制机构、代议制度"，而中国政治学是"礼乐刑政四者缺一不可，寓伦理与政治于一炉"。[2]

与此几乎同时进行的，是国民党中央宣传部国际宣传处的"政治丛书"系列，将林语堂《地缘政治：野蛮的法则》[3]的译文编入小册子《地缘政治与心理政治》（蒲耀琼译，国际编译社1943年版）。在1944年的大背景下，林语堂在正式场合的发言，直接就"中国治道"发论，谈及儒家"政者正也"，并一再坚持"儒家言治不在西洋政治学之下"[4]的说法，是不顾形势的一意孤行。林语堂高调亲蒋的立场备受质疑，在陪都乃至全国都引起巨大的反对声浪。除上海的《文艺春秋》（1944年10月号），重庆的《天下文章》（1944年11月号）刊发特辑集中批评林语堂之外，更有人从《半月文萃》《当代文艺》《爱与刺》《大公报（桂林版）》等报刊中，将批评林语堂的二十余篇文章汇编成集，单独出版。[5]田汉严厉指责林语堂对左派的攻

---

[1] 题为《论中西文化与心理建设》的发言稿先后在《大公报（桂林版）》《重建月刊》《新动向》《国民杂志》《天下文章》等刊转载（参见林语堂：《论中西文化与心理建设》，《宇宙风》1943年第135、136期合刊）。

[2] 林语堂：《论月亮与臭虫》，《宇宙风》1943年第135、136期合刊。

[3] 此文为《啼笑皆非》中《血地篇第十七》的部分内容，先载于美国《亚细亚》杂志（Lin Yutang, "Geopolitics: The Law of Jungle", *Asia*, Vol. 43 [April, 1943]: 199-202）。

[4] 林语堂：《论月亮与臭虫》，《宇宙风》1943年第135、136期合刊。

[5] 参见子介等编：《啼笑皆是：林语堂论》，东方出版社1944年版；陈荡编：《评林语堂》，华光书店1944年版。

击"损害祖国文艺界已有的团结",称林语堂"认友作敌,不分民族恩怨……不知他会把我抗战军民写成什么",又"把中国固有文化和西洋思想无原则地对立起来"。[1]这一批评显然与林语堂的初衷相差甚远。虽然林语堂两次发言的主旨,都是劝青年人不要盲目崇拜西洋,但郭沫若依旧用"新辜鸿铭"的绰号,讽刺他引"门外学者的话来装点门面"。郭沫若尤其不能容忍林语堂认为"易经为儒家精神哲理所寄托","非懂易不足以言儒"。[2]曹聚仁是唯一试图将辩题深入下去的批评者,他用了很大的篇幅强调,林语堂在讲话中"否定因果律,叫青年们也跟着进入玄学的浑沌圈子"。[3]即便《啼笑皆非》在开篇便解释因果循环是"全书立论的张本",而中日战争也"可引为业缘的好例"。[4]

这波批评林语堂的浪潮,往往援引美国报刊书评对《啼笑皆非》的负面评价。上海的《杂志》引《纽约时报·书评周刊》中所言"林语堂业已疯狂"。[5]桂林的《半月文萃》也取该篇评论中的"故意用不公平来呼吁公平,带着如此温雅的情态来歪曲事实,对于人性的深刻了解,又如此流于浅薄"[6];又引《星期六文学批评》(*The Saturday Review of Literature*)中的"林语堂不知道从什么地方得到一种奇绝的观点,以为美国应负责中国的幸福……他甚至建议要我们改变我们自己的政府的哲学和形式,信口把中国的施政

---

[1] 田汉:《送抗战的观光者——林语堂先生》,《当代文艺》1944年第1卷第3期。
[2] 郭沫若:《啼笑皆是》,《半月文萃》1943年第2卷第5期。
[3] 曹聚仁:《论"瞎缠三官经"的东西文化观》,《文艺春秋》1944年第1期。
[4] 林语堂:《啼笑皆非》,徐诚斌译,东北师范大学出版社1994年版,第15页。
[5] 《林语堂〈啼笑皆非〉》,《杂志》1944年第12卷第5号。
[6] William S. Schlamn:《评林语堂的〈啼笑皆非〉》,淑译,《半月文萃》1943年第2卷第5期。

理想作了一番形而上学的概述"。[1]可见，大后方的中国知识界对林语堂群起而攻之，而美国主流报刊亦讽刺林语堂面对美国仍在进行中的援助不知感恩。

　　林语堂这一时期的言论由战略、战事讨论强权政治，分析欧美百年来的自然主义思潮，再言及人道主义对于自然主义的超越，提出"东西哲理，可以互通"。[2]这一论证过程，显然缺乏严密的逻辑推导。1945年，《美亚》(Amerasia)杂志称林语堂为"学术型"的"新闻代言人"[3]，这种描述实际上并不准确。虽然林语堂会发出类似"美国必受良心的谴责，精神上自觉理屈"[4]的言论，但真正刺激他发声的，绝非某种"新闻代言人"的本能，或某种国家主义信仰。美国主流文化刊物深刻地影响了林语堂的观点。在一点上，《纽约客》似乎已与他达成共识，即如果安宁与和平的愿景真的可以实现，那么比起政治家、外交家和科学家，诗人一定能更好地被委以重任。[5]这想法近乎玩笑，但由此重新来看《纽约客》在《啼笑皆非》出版当月的评价，便可理解这本杂志及其背后的作者们，何以认同林语堂的诸多抱怨：

　　　　林博士认为"我们"处理得不太妙……以因果业缘，或强权政治，或数字统计，或世界警团分配为原则，但此事牵扯道

---

[1] Paul I. Wellman:《〈啼笑皆非〉书评》，淑译，《半月文萃》1943年第2卷第5期。
[2] 林语堂:《啼笑皆非》，徐诚斌译，东北师范大学出版社1994年版，第2页。
[3] "China's Scholarly Press Agent: Lin Yutang's New Role", Amerasia, (March 9, 1945): 67-78.
[4] 林语堂:《啼笑皆非》，徐诚斌译，东北师范大学出版社1994年版，第148页。
[5] E. B. White, "The Talk of the Town: Notes and Comment", The New Yorker, (May 5, 1945): 15.

德价值体系。除非我们能像孟子说的那样"先得我心",否则只能愈加茫然。[1]

"先得我心"来自《孟子·告子上》:"心之所同然者何也?谓理也义也。圣人先得我心之所同然耳。故理义之悦我心,犹刍豢之悦我口。"[2]《纽约客》能够理解林语堂在引言中列入"先得我心"[3]的用意。"理""义"为人类所共有,事关伦理道德的基本准则,已无须再作重申与讨论。

---

[1] Vincent McHugh, "Books: The Chinese and Others", *The New Yorker*, (July 24, 1943): 60 - 63.
[2] 焦循:《孟子正义》,中华书局1987年版,第765页。
[3] 林译 "The Sage is one who has first discovered what is common in our hearts" (Lin Yutang, *Between Tears & Laughter*, New York: John Day, 1943, p. 5).

微观管理者的艺术家肖像：
创意写作培训与《纽约客》杂志

　　21世纪以来，越来越多的中国大学创建了与创意写作培训相关的专业学位和培养方向。而早在1945年以后，美国校园就已经迎来了创意写作的第一次蓬勃发展。在这一点上，我们晚了整整半个多世纪。未来，创意写作必然会成为中国当代文学生态中最重要的组成部分。从创意写作的学科实例中，考察写作者们不间断的自我评价与自我反省，能够为当代文学的生产模式及其格局本身，提供一个更为具体，也更为贴切的描述。

　　"创意写作"的兴起是战后英语文学史上最重要的文学事件。如今，与创意写作全无交集的作者可能无法逃脱被市场边缘化的命运，大多数写作者或为创意写作的学生，或为创意写作的老师，或同时拥有这两种身份。可以肯定地说，庞大的创意写作培训网络是战后文学出现的实际机构，生成了今日英语世界的主流文学形态，也培育了普遍意义上的审美趣味和实践法则。整个创意写作培训的成长过程，是战后英语文学生产体制化的历史。自创立伊始，这门学科就充满了焦虑的因子。一方面，创意写作作为制度的功能价值如此重要，它是最原创性、最具有象征意义，也最占据主导地位的文学历史转型物；一方面文学史又几乎从未对它做出充分的描述，或肯定它的合法身份，或给予足够历史的解释。对更精于理论的国别文学或比较文学系的学术研究者来说，创意写作似乎意味着另一种全然不同教学气候：它摆脱精英主义的樊笼，回归了一种对于文学性的百分百的关注，更聚焦于"虚构"的过程本身，不再强调社会、哲学、历史和文化的滤镜。但实际上，创意写作实践不仅涉及现代主义文学中的诸多关注重点，也让19世纪末20世纪初，在学院之外兴起并完善的现代性艺术原则，逐渐适应高等教育体制下的文学实验田。

培训时代的微观管理者

文化媒体《纽约客》杂志为文学生产与高等教育实践之间日益紧密的对接，提供了数量惊人的场域之外的思考。随着学科性的系统教育越来越多地成为作家的职业起点，"创意写作"也不断重新建构文学教育的方式与方法，培训将作者的职业与教室、教学委员会、学位证书等等相联，但又排斥一种基本统一的学习方法或一套标准化的测评方式。现有的争论热点，几乎总是与它的组织机构和方法论有关，大多数问题直接针对此学科难以确定的教学法：写作可不可以教，教不教得会，教风格还是教内容，弊端是否大于益处，诸如此类。对创意写作的系统性观察，以马克·麦克戈尔（Mark McGurl）的《培训时代》(*The Program Era：Postwar Fiction And the Rise of Creative Writing*) 一书作为典型。

哈佛大学的路易·梅南德（Louis Menand）在《纽约客》杂志中将《培训时代》的核心读解为，创意写作教学的两难性在于既要像作家一样思考，又要能够抽身于作家自由创造的本能。[1] 创意写作常常被拿来与通常隶属于英语系的、更专业系统、更实用主义、与论文写作过程直接相关的本科生必修课"写作"（"Composition"）来进行比较。相比之下，创意写作天然富有一种"解放感"，它所承诺的不仅仅是赋予文学或写作的知识，而是与此同时保持某一种"一无所知"或"纯真"的状态。套用麦克戈尔的原话，就是必须不惜一切代价保护文学的"光环"，一方面全力探索创造过程中的奥秘，一方面又并不驱散奥秘本身。[2] 当然，强调实在知识的现代大学校园，不会仅仅满足于对审美经验的深思熟虑。无论多么"自由"或"解放"，创意写作本身必然是管束性的、训练性的，强调技巧与工艺（Craft）的合法化。虚构离不开情节与结构的创建组织，不仅必修课"写作"（"Composition"一词在形象艺术的范畴中特指构图）强化学习者架构的能力，创意写作的教学法也必然包含一定意义上的整体统筹与局部管理。

关于"技艺"的合法化，英国青年女作家扎迪·史密斯（Zadie Smith）——作为《纽约客》最为青睐的作者之一——给出了另一套风格迥异的指导与承诺。1999 年，尚未靠《白牙》（*White Teeth*）走红的史密斯，已在《纽约客》发表短篇小说《斯图尔特》（"Stuart"）[3]。2008 年史密斯在哥伦比亚大学教授创意写作，2 年

---

[1] Louis Menand, "A Critic at Large: Show or Tell", *The New Yorker*, (June 8 & 15, 2009): 106 - 112.

[2] Mark McGurl, *The Program Era: Postwar Fiction and the Rise of Creative Writing*, Massachusetts: Harvard University Press, 2009, p. 10.

[3] Zadie Smith, "Fiction: Stuart", *The New Yorker*, (December 27, 1999 & January 3, 2000): 60 - 67.

后，35岁的她成为纽约大学创意写作的终身教授。她将自己在哥大的教案总结为"That Crafty Feeling"（"那种诡计多端的感觉"）。"Crafty"一词，表面说"技艺灵巧"，又有"诡计多端"的意思。史密斯将小说家分为宏观规划者和微观管理者两类，并自我归纳为后者，形容自己在修建作品之屋时，尚未明白楼梯通向何处，便已贴好了决定整屋风格基调的壁纸。对于微观管理者史密斯来说，完成整部小说，找准结构、情节和人物的方式，都包含在"对句子的感受性"当中。[1]史密斯教案中的许多片段，都是对她写作环境与状态的一种描述。她常常强调某种"感觉"：恶心的感觉，兴奋的感觉，愧疚的感觉，惊讶的感觉。很难想象写作中途的氛围感受可以成为教学的一部分，而写作的学徒们又能从氛围中总结出某种在实际操作中可复制的经验。和大多数进入校园的作家一样，史密斯在写作课堂上向学生呈现了一个有非凡个性魅力的创造性个体。对写作者来说，某一种特殊的写作环境，或某一个个性作家的榜样力量，有可能成为一种潮水般无法阻挡的影响力。史密斯认为，即便没有"脚手架"，小说的建筑结构也能屹立不倒，搭建"脚手架"固然树立信心和目标，分隔前途未卜的写作路程，但同时也把要走的路无限延长。对搭建作品框架的天然敌意，暗示了作家对写作"教"与"学"的本能排斥，但史密斯依然慷慨给出了"拆除脚手架"的警诫，"如果决定把它留在那里让众人观摩，那至少给它披上一层华丽的外观，就像罗马建筑的外立面一样"[2]。

---

[1] Zadie Smith, *Changing My Mind: Occasional Essays*, New York: Penguin, 2009.

[2] Zadie Smith, *Changing My Mind: Occasional Essays*, New York: Penguin, 2009, p. 111.

比起史密斯面目模糊的"感觉论",雷蒙德·卡佛是创意写作教学中微观管理的更好案例。很少有作家愿意像卡佛那样承认,一个人需要继续深造,接受写作的教育,才能成为一名作家。他本人与爱荷华写作坊关系紧密,1963年和1967年两次在工作坊学习,虽未取得学位,但1973年又有幸获得客座教授的席位。两者的关系甚至可以追溯到更早些时候:1959年,卡佛人生中的第一位写作老师,奇科州立学院"创意写作101"课的约翰·加德纳(John Gardner)恰巧是爱荷华的毕业生。[1]卡佛回忆,加德纳逐字逐句为学生修改作品,要求他用普通词"ground"(地面)替代更有诗意的"earth"(大地)。[2]二十多年后,杰伊·麦金纳尼(Jay McInerney)在雪城大学的创意写作课上,同样蒙受了卡佛大量悉心的辅导,他清楚记得这位极简主义大师用"10到15分钟的时间"讨论麦金纳尼行文中对于"earth"一词的使用。卡佛坚持认为,"ground"才是更合适的词。[3]

麦金纳尼最初便是"纪律严明"的写作者,他"行文的活力"实际上也是微观管理的训练成果。[4]当初,时任《纽约客》编辑部事实核查员的麦金纳尼,凭借1984年的小说《如此灿烂,这个城市》(*Bright Lights, Big City*)成为职业作家。与"ground"相关类似

---

[1] Raymond Carver, "Foreword", in John Gardner, *On Becoming a Novelist*, New York: Harper & Row, 1983, p. Ⅺ.

[2] Raymond Carver, *Call If You Need Me: The Uncollected Fiction and Other Prose*, New York: Vintage, 2015.

[3] Jay McInerney, "Raymond Carver: A Still, Small Voice", *The New York Times*, (August 6, 1989).

[4] Adelle Waldman, "Books: Status Update", *The New Yorker*, (August 8 & 15, 2016): 73.

的教诲,显然被谨慎地(甚至过于谨慎地)传承了下去。麦金纳尼回忆,整个80年代爱荷华工作坊、雪城大学、斯坦福以及全美上下其他大小创意写作培训的学生们,都在用卡佛式的标题命名自己的短篇小说。而卡佛的标题,正如作者本人在采访中吐露的那样,常常从加德纳无法发表的手稿中"窃取"得来。[1]然而,将来自创意写作的经验,缩减为对于某一类型的词汇或标题的偏好是危险的,因为精确与科学的态度并不适用于这一领域。在培训时代产出的文学文本中,追溯它们来源于哪些具体的课堂经验与教训,并不能凸显其中微观管理的意义。

唯一可以确定的是,好的写作老师拥有友善而挑剔的声音,这种声音将伴随学徒的整个文字生涯。创意写作教育的重要性不仅仅存在于师徒关系中,那些历久弥新的伟大合作,也可以为微观管理者的教与学提供参照。虽然英语文学最黄金的1920年代早于创意写作的发生,但其间编辑与作者,同僚与同僚之间的重要往来,也在某种程度上肯定了未来创意写作教学中亲密无间的"友爱合作"。天才编辑珀金斯几乎是与托马斯·沃尔夫共同完成《天使,望故乡》,在他不懈的督促之下,沃尔夫从33万字中删除了9万字。埃兹拉·庞德大刀阔斧地帮助T. S. 艾略特修改《荒原》,从800行删至400行,缩减了近一半的篇幅。"删减"与"修改"往往带给刚刚起步的写作者们意想不到的巨大考验,珀金斯和庞德的出现完全改变了同伴作品的命运。但在大多数时候,来自同行或同伴的鼓励和帮助被

---

[1] Carol Sklenicka, *Raymond Carver：A Writer's Life*, New York：Scribner, 2010, p. 70.

选择性地遗忘掉了。

1993年，哈金加入莱斯利·艾普斯坦（Leslie Epstein）领导之下的波士顿大学创意写作，他的课堂练笔《复活》（"Resurrection"）在同学之间引起了不小的骚动。多数人对其中的讽刺困惑不解，只有孟加拉裔的女同学裘帕·拉希莉表示"挺喜欢"。[1]同为波士顿大学创意写作出身的哈金和拉希莉，之后都成为《纽约客》最关注的少数族裔作者。获普利策奖后的拉希莉曾在《纽约客》中回忆，自己当初如何"鲁莽地"加入波士顿大学创意写作。[2]她寻求的是某一种指引，无论是来自艾普斯坦，还是来自同期的伙伴。而正是拉希莉的诚挚认可，帮助哈金度过了写作中的一次危急时刻，打消初学写作时最难以克服的自我否定的"恶心感"。创意写作课堂讨论的特殊纪律，使文本直接进入"集体合作"的氛围中去。在关于《培训时代》的后续讨论中，阿莉森·斯塔克（Allyson Stack）写信给《纽约客》杂志，表示"当下出版社的利润预计在15％左右，而不是珀金斯时代的3％—4％"，这意味着很少有编辑能够"为当代菲茨杰拉德们提供磨炼其才华所需的关照、时间和专业意见"，但"创意写作培训的介入填补了这一空白"，让年轻作家们成为彼此的编辑。[3]

---

[1] Sarah Fay, "The Art of Fiction No. 202: Interviews", *The Paris Review*, No. 191., (Winter 2009).

[2] Jhumpa Lahiri, "Reflections: Trading Stories", *The New Yorker*, (June 13 & 20, 2011): 82.

[3] Allyson Stack, "Mail: Classroom Writing", *The New Yorker*, (July 20, 2009): 5.

"行星外"视角下的写作制度

1995年,作为校园之外另一处重要的文学赞助地和职业作家生成所的《纽约客》"小说"栏目发表了罗伯特·奥伦·巴特勒(Robert Olen Butler)的《嫉妒的丈夫变成一只鹦鹉回来》("Jealous Husband Returns in Form of Parrot")。[1]巴特勒1969年硕士毕业于爱荷华大学编剧专业,1985年进入高校教授创意写作,曾凭借短篇小说集《奇山飘香》(*A Good Scent from a Strange Mountain*,1992)获普利策奖。在《纽约客》眼中,题目取自八卦小报新闻头条的短篇与巴特勒本人,都是创意写作实践的绝佳案例。首先,他在位于格林威治村的社会研究新学院(The New School For Social Research)学习创意写作,师从《纽约时报》的书评人安纳托·卜若雅(Anatole Broyard)。其次,自20世纪90年代起,巴特勒已成为佛州州立大学创意写作的门面导师,他在此开始了一项创意写作网络直播的实验。2001年秋,用连续17个晚上,每次长达两小时的实时呈现,巴特勒记录了一个短篇手稿从最初的灵感捕捉到最后润色打磨的完整创作过程。网络直播开始前,他从多年来收藏的旧明信片中选出一张。明信片的正面是一幅黑白老照片,抓拍到一架在空中摇摇欲坠、右上翼已被撕裂的双翼机。明信片背面的手迹简短写道,"这是宾州伊利市的厄尔·桑特在他那架马上就要坠落的飞机里"。

巴特勒根据照片和文字,发挥出一段与之相关的叙事。他的写作过程被实时传送至网络,视频中的大窗格放送正在工作的电脑页

---

[1] Robert Olen Butler, "Fiction: Jealous Husband Returns in Form of Parrot", *The New Yorker*, (May 22, 1995): 80 - 82.

面,小窗格放送摄像机镜头下电脑桌前的作者,音轨中是巴特勒的讲解。网络直播传送了搜索引擎为作者问询的关键词"厄尔·桑特"提供的浏览信息,并呈现作者为选择叙述视角,为首句话的定调方式,为追索主要角色的执念等问题在文字处理器中的进退与删改。整个实验本身近似于一场元叙述,巴特勒不仅与观众分享情节虚构时遭遇的死胡同、失败的词句选择、糟糕的比喻或修辞,也分享为之提供的注意事项与解决方案。巴特勒甚至鼓励观众通过邮件提出疑问或建议,并在第二晚的直播中一一回应。但这并不是一次协同各方力量完成的民主创作,它的目的简单而朴实:巴特勒希望至少在最字面或最表象的意义上,进行一场创意写作的教学展示。

此次命题虚构的最终成果,是一部 4000 字的微型短篇《这就是厄尔·桑特》("This is Earl Sandt")。[1]巴特勒偏好质朴的文字感染力,让虚构意识不受阻碍的向前行进,用无意识无理论无体系的"自然"流露取代意义的分析指涉,但他同时又对"非自然"的形式探索有强烈兴趣。在短篇小说的写作上,巴特勒是限制文体规则,制定题目与主题的行家。每一部小说集都遵循某一种命题格式:《小报戏梦》(*Tabloid Dreams*)以八卦小报的头条为灵感来源;《愉快时光:来自美国明信片的故事》(*Had a Good Time*:*Stories from American Postcards*,2005)是由 20 世纪早期 15 张明信片上的潦草字迹而引发的系列练笔;形式发展到《断:故事集》(*Severance*:*Stories*)时,以 62 位被斩首的人物(包括 4 万年前的穴居人、美杜莎、罗伯斯庇尔、三岛由纪夫,甚至想象中的作家本人)为虚构对象,

---

[1] Robert Olen Butler, "This is Earl Sandt", *The Georgia Review*, Vol. 57, No. 4 (Winter 2003):748-759.

记述其中每一个颗脑袋，从被斩落瞬间到意识泯灭的90秒中产生的散文体独白。巴特勒是当代美国作家中，少有的对字数极度敏感的写作者。《断》中每一篇独白均为严格的240字，细致规划后的标准化方式，尤其适用于操控写作教学中的作文进程。

活跃在创意写作第一线的巴特勒用他特有的坦诚，至少部分化解了长期以来写作艺术家对学院体制中创意写作教学的天然敌对，但巴特勒的短篇本身并非《纽约客》杂志最钟意的类型。《嫉妒的丈夫变成一只鹦鹉回来》刊发至今已有二十五年，"小说"栏目再未发表过巴特勒的作品。或许因为与创意写作培训的距离过于紧密，即便拥有近似上帝的高远视角，巴特勒的叙述观察也难以完全摆脱笨拙而陈腐的工作坊气息。无论主角们经历怎样的变形，都难以逃离某种顽固的同质命运。

麦克戈尔在《培训时代》中对巴特勒的观察颇有意味，他注意到巴特勒的角色常常青睐于"行星外"的俯瞰视角。飞行器似乎格外能激发起作家的想象力，叙述者要求读者凝视的对象，有时是双翼机，有时是太空飞船。《帮我寻找我的外星爱人》（"Help Me Find My Spaceman Lover"）便是一篇具有"行星之外"视角的短篇：在阿拉巴马州的包法利小镇，离异独居的中年理发师埃德娜，爱上了一个正在学习地球语言的外星人，她称它为德西。德西带给埃德娜更大的视野，而天真坦率喋喋不休的埃德娜，也替极度渴望了解人类的德西完善了对地球语言的研究。外星人与人类爱情互惠的故事继续发展，演变为长篇《太空先生》（*Mr. Spaceman*）。此时埃德娜已是德西的妻子，她的昵称是"未编辑的词语串联"，而德西的太空飞船劫持了一辆夜幕中前往赌场的大巴，他采访车中12位赌徒乘客，让他们使用意识中"未清除的垃圾单词"来表达自己。德西善于营造光影音的微妙平衡，诱导地球人质袒露心声，倾诉种种塑造自我性格的创伤事件。格外敏感的倾听能力使他能够捕捉其中隐而未发的声音，服务于自己未来的叙述。不用麦克戈尔总结，读者也能隐约感受到《太空先生》中的德西与12人小组，是创意写作工作坊的形式浓缩，巴特勒用德西疏远的太空视角夸张再现了这一写作制度。劫持者德西与地球人质的交流模式，正是巴特勒与学生作者们互动的自我投射。德西文学性的"倾听"，既存在于写作教师对学生的指导，又是作家写作的核心技巧。在麦克戈尔的描述中，巴特勒是创意写作培训时代之下能够将两者融合的最佳样本。[1]太空飞船操控台后的德西，就是创意写作网络直播实验中用电脑写作的巴特勒，甚至可以是对整个创意写作培训时代的拟人化。

因为创意写作的广泛普及，写作"写作本身"这种原本相对封闭的文学趣味已变得普适通俗。这里讨论的小说类型，特指在创意写作的背景设定中，特别描绘的作者肖像。不仅仅是说每一个人都在写作，每一个人都可以成为作家，而是说每一个人都有写作的野心，都试图记录一种象牙塔里的文学生活，虚构文本的产出过程。在《纽约客》"小说"栏目近年来发表的几部短篇中，"创意写作培训"似乎正在成为一种不可或缺的叙述机制。黑人作家约翰·埃德加·怀特曼（John Edgar Wideman）的《写作教师》（"Writing Teacher"）[2]中，白人女学生正尝试构写某个黑人女孩的人生困境，这让身为少数族裔的黑人写作教师不知所措。一对表面平静的教学

---

[1] Mark McGurl, *The Program Era*: *Postwar Fiction and the Rise of Creative Writing*, Massachusetts: Harvard University Press, 2009, pp. 394-395.

[2] John Edgar Wideman, "Fiction: Writing Teacher", *The New Yorker*, (January 22, 2018): 58-63.

关系下，潜藏令人不安的怀疑与暴戾。教写作与学写作的双方之间从未建立真正的对话，虽然有诸多彼此交流的方式，但在现实中，同时也在写作中，这些道路被作家有意为之的封锁了。另一篇译自希伯来语作家埃特加·凯雷特（Etgar Keret）的《创意写作》("Creative Writing")[1]，讲述因流产而抑郁的妻子在写作班里虚构了三个故事，故事的暧昧不明让丈夫在生活中小心翼翼。几周后，丈夫瞒着妻子报名加入创意写作课程，在"无意识写作"的练习中，他虚构了一个与自己经验或许有关又或许毫无关系的成人童话。在凯雷特的故事中，家庭间的交流倚靠创意写作的练习诡异传递。

凯雷特有着丰富的创意写作教学经验，而怀特曼不仅是著名爱荷华写作坊的毕业生，更拥有半个世纪以来在多个校园教授创意写作的工作履历。来自不同代际，使用不同语言的《纽约客》作者们，不约而同地重构作为文学生产地的写作课堂，将之作为小说角色们情感交流的唯一场所。之前"家庭"单位之下的人，那些曾经从原生家庭或婚姻家庭中蝶变出的具有多重意义的文学个体，如今离家走进教室，在校园中写作，在创意工作坊中写作。不仅仅是为了接受某种关于写作的教育，而是主动进入热奈特所说的"同故事叙述"（homodiegetic）中去，并使创意写作的培训过程成为叙述分层的普遍机制。

"非创意写作"：信息的迁移与"非原创性天才"

当代美国最受争议的观念诗人肯尼斯·戈德史密斯（Kenneth

---

[1] Etgar Keret, "Fiction: Creative Writing", *The New Yorker*, (January 2, 2012): 66-68.

Goldsmith）曾发起革命性的诗歌运动"非创意写作"。戈德史密斯观念诗歌的创作方法远比其成果引人注目，他不仅不做任何形式的原创，甚至拒绝通读自己的作品，擅长将语言做最大意义上的解构，拆解至最小的碎片。他记录一周之内讲出的每个单词，或机械地说明一个人走路时如何迈步，他的作品可能是按字母表排序的词语集合，或转录长达 800 页复制粘贴后的报刊文章，或抄写累积一年的天气预报。2015 年《纽约客》对戈德史密斯的讨论，与后者 50 万字的巨著《纽约：20 世纪的首都》（*New York：Capital of the 20th Century*）发行在即有关。此书参照本雅明"拱廊研究计划"中的《巴黎：19 世纪的首都》。本雅明以都市的异化景观入手，从巴黎的角度研究 19 世纪，而戈德史密斯则从纽约参看 20 世纪。与本雅明的不同之处在于，戈德史密斯的整部作品，包括前言与后记，全部由"引文"构成。

眩晕的抄书游戏让人想起博尔赫斯的短篇《〈吉诃德〉的作者皮埃尔·梅纳尔》：试图写作《堂吉诃德》的小说家，写出了一部与塞万提斯作品逐字逐句不谋而合的巨著。但戈德史密斯又与博尔赫斯构想中的梅纳尔不尽相同，梅纳尔的力量来自作家正重新创造一件自己熟悉的作品，拥抱记忆存储中完美的文学世界，而戈德史密斯是搬运文本的苦力，他在"信息迁移"中劳动，对信息管理、解析、重组又分配。梅纳尔的复制发现让人惊叹，戈德史密斯的疯狂引用却很难被看作为一种文学上的行动。

戈德史密斯发明并执行的"非创意写作"运动，部分反映了知识界对创意写作的既有偏见。那就是，总体衰落的文学之势，包括作者质量的下降与读者兴趣的萎缩，都与创意写作的过度发展有关。在多数文学杂志围攻戈德史密斯之时，《纽约客》在文章中（借他人之口）用"借来的东西""将抄袭上升为一种艺术""品味高雅""被学院经典化了""老派的先锋诗人"等措辞,对戈德史密斯文学景观中的"诗学正义"不置可否。[1]在之后一期的读者来信中,人们纷纷哀悼"创意"表达中所包含的情感与美:有人厌烦了"非创意写作"形式概念中冷漠的智力游戏,要求杂志对抄袭与"非创意写作"的界限做出区分,也有人要求在写作教学中,努力劝导学生规避此种潮流。[2]戈德史密斯的革命议题,恰恰证明了它的对立面"创意写作"并不像想象中的那样毫无价值。事实上,倡导所谓"非创意写作"的戈德史密斯本人,不仅是乔伊斯的仰慕者,还常年在宾夕法尼亚大学教授创意写作。

在《纽约客》另一篇题为《创意的》("Creative")黑色小品文中,幽默作家伊恩·弗雷泽（Ian Frazier）讽刺道:

> 多年来我教授创意写作,持有国家颁发的执照,可以在各个级别上进行教学:初级创意、中等创意和极度创意。最后也是最高的这一级别,实际上被细分为其他三个等级:普利策、布克和诺贝尔……。[3]

尖酸的弗雷泽重申了一件让人难以接受的事实,写作中最具有

---

[1] Alec Wilkinson, "Life and Letters: Something Borrowed", *The New Yorker*, (October 5, 2015): 26-32.
[2] John Baglow, Tan Lin, John Beer, "Mail: Poetic Justice", *The New Yorker*, (October 19, 2015): 5.
[3] Ian Frazier, "Shouts & Murmurs: Creative", *The New Yorker*, (June 3, 2019): 25.

"创意"的部分,并非来自创意写作培训。关于"Creative"("创意/创新/创造")一词,1959年的艾略特曾在《庞德诗选》的导论中,写下过一段极其拗口的话:

> 在诗人中,有的诗人发展技巧,有的模仿技巧,还有的创造技巧。我所说的"创造",应该加引号,因为如果可能的话,创造是无可指责的。"创造"仅仅是因不可行而被认为是错误的。我的意思是,"发展"和"突变"在诗歌上的区别是很大的。在园艺的意义上,诗歌中有两种"活动":一种是对发展的模仿,另一种是对某种原创的模仿。前一种是司空见惯的文化废品,后一种与生活截然相反。绝对原创的诗歌绝对不好。从不好的意义讲,这样的诗是"主观的",同它所吸引的世界无关……换句话说,诗歌批评中的原创性绝非是一种简单观念。真正的原创只不过是发展;如果是正确的发展,我们最后可能不可避免地否认诗人所有"原创的"优点。[1]

艾略特对庞德诗歌的讨论,大概可以借用来提醒培训背景中的当代写作者们:即便庞德也是在模仿中寻找属于自己的写作声音,所谓"创意",其实是对其前辈作者的合理发展。因此,深究"创意"(也包括"非创意")这个词,或许毫无必要,多想想"诗"本身,而不是"写诗"这件事情。

---

[1] T. S. 艾略特:《〈庞德诗选〉前言》,秦丹译,蒋洪新、李春长编:《庞德研究文集》,译林出版社2014年版,第239页。

  作为学科的"创意写作"的发展在中国正逐渐步入正轨,参与培训实践的学院与机构,都期望迅速生成某些具有目的性、计划性和系统性的话语观察。但以《纽约客》杂志作为参考框架,我们不难发现,在不同作者从各自立场出发,以虚构、报道或评论的形式达成的某些共识中,即便是成熟发展了近一个世纪的美国创意写作培训,其中的核心价值与主要问题仍然有待反复的推敲与检验。

"扣动虚拟的手枪扳机"：
鲁迅、李翊云或围观的阴影

让鲁迅弃医从文的著名"幻灯片事件"，是现代中国的一段重要集体记忆。1922年在《呐喊·自序》中，鲁迅提及自己曾在仙台医学专门学校的课堂"画片"上，见到替俄国人做军事侦探的中国人正要被日军砍头，周围是"赏鉴这示众的盛举的人们"[1]。四年后，同一段经历在《藤野先生》中得以重述，课堂中放日本人枪毙中国人的电影，影片中围观的也是中国人，而"在讲堂里的还有一个我"[2]。鲁迅看的究竟是幻灯片还是电影，给俄国人做侦探的中国人是被砍头还是枪毙？"幻灯片事件"是否可以作为一件明确无误的史料？又是否可以作为鲁迅文学的起点？近年来，关于"幻灯片事件"的讨论从未停止。

虽然"围观"的阴影无处不在，但当代小说家效仿鲁迅的方式，通常艰涩而隐蔽，"看"与"被看"几乎总是藏匿于幻化的叙事之下。在这一点上，美国华裔女作家李翊云似乎是个例外。她在创作

---

[1] 鲁迅：《呐喊·自序》，《鲁迅全集》第一卷，人民文学出版社2005年版，第438页。

[2] 鲁迅：《藤野先生》，《鲁迅全集》第二卷，人民文学出版社2005年，第317页。

道路的准备初期,即选择直接书写"围观"的体验。

万花筒后的"围观":为什么要由"我"来说?

"我要说给你们听的是一件真事。"2003 年夏天发表在《葛底斯堡评论》(*The Gettysburg Review*)的《那与我何干》("What Has That to Do With Me?")这样开头。[1]十来页的短文中,多次出现"我说""我要说的""我接下来说"或"但我还没有说完的",等等,由"我"(从五岁起一直到当下)而发起的一系列主观回忆。如果能够判定《那与我何干》是一篇以回忆为主干的杂记,而不是一篇承认虚构行为先在的元叙事。那么,写作策略"我说"的背后目的,除了能够与小说区分,拉开文类上的间隔之外,究竟还有哪些?

"我"要说的"真事"如下展开:"文革"初期,湖南省某个 19 岁的高中共青团女书记见证了红卫兵的诸多暴行。女孩在写给男友的信中悄声质疑,却被男友出卖,判以十年监禁。十年中她不断申诉誓不悔改,最终在 1978 年被判以死刑。

"我"的目光长久停留于行刑的过程,详细描绘了一场自己实际并未参与的"围观",体味匆促间消毒好的手术刀如何切入皮肤,甚至在手术与死亡之间感知生命迹象的流逝。鲁迅通过对"幻灯片事件"中"围观"的重述来呐喊,同样,李翊云将"围观"作为最惹人注目的段落,对其进行有效地筛选与编排,不仅让故事中的残忍延绵不断,也制造了一种"看"与"被看"的关系。"我"不仅是一个讲述者,还必须作为亲历者参与到"围观"中去,让"残忍的围

---

[1] Li Yiyun, "What Has That to Do with Me?", *The Gettysburg Review*, Vol. 16, No. 2 (Summer 2003): 183.

观"与"被围观的残忍"共同作用。

倘若反复强调真实性的"我"就是处在文本外部的李翊云,那么"我"应该1972年出生在北京。当时还不满6岁的"我","围观"的目光触及了远在湖南某小镇的体育场。通常,李翊云的文学叙事有着异常清晰的时空界定,尽管有一部分跟随她移民的脚步拓展至北美小镇,但更多时候还是发生在她的故乡北京。即便虚构性的作品也是如此,比如《多余》("Extra")中,在新恋情新工作中不断受挫的林奶奶,是首都日新月异社会转型的受害者;《不朽》("Immortality")说的是紫禁城最后一代公公,死后得以肉身不灭的传奇;无论由社会新闻演变出的都市父女孽缘《一个像他这样的男人》("A Man Like Him"),还是由威廉·特雷弗(William Trevor)《三人行》("Three People")启发后写作的《金童玉女》("Gold Boy, Emerald Girl"),其中或多或少都牵扯了李翊云对于北京这座城市的感觉和追怀。

但《那与我何干》的时空设定远在熟悉的北京之外。为了摆脱"我说"的限制,李翊云赋予"我"一种召唤鬼魂,并与之共情的罕见能力。"我"可以不受时空限制,仿佛乩童附体,睁开眼就能"看见"二十多年前发生在湖南某体育馆的酷刑,像"一支怪诞的万花筒旋转着令我惊恐不已的花色",要闭上眼睛方能摆脱。[1]李翊云用了"万花筒"(kaleidoscope)而非"望远镜",不仅减少了主体窥视(即去看不该看的东西)的"隐秘感",且自觉表达了"所见并不为实"的意味。现实花色正有意识有规则地变幻重叠,再造成像,为"我"所观看:

---

[1] Li Yiyun, "What Has That to Do with Me?", p. 185.

我可能出现在湖南的体育场，五岁还是七十五岁，一个困在童年苦恼中的小孩，还是一个已厌倦了长日的老人。在医务人员试着摁倒她时，我是否见证了剧烈的挣扎？我是否听见她被捂住嘴里发出的闷声哭喊……不，我没看见，我没听见。我无聊地要打瞌睡。[1]

由"我"来说，缩短了记忆与现实的鸿沟，原本叙述者对于"我"的感受应深信不疑，但此刻"我"与记忆的距离时近时远，语言主体与叙述对象之捆绑，时而紧密又时而松散。"我"越是洞彻事理，恰如其分地冷静记述，越考验回忆重现现实的可靠性。"我说"天然意味着可以永无休止的修补翻新或彻底重写，作为宾语从句的国族叙事不再是表达的核心。因此，《那与我何干》既斩钉截铁又面目不清，一方面反复强调叙述的真实性，一方面又对故意为之的"讲不对"供认不讳。苦难背后的"救世心"，或对受害者施以力所能及的"救治/救赎"，或对极权进行的显在批判，均伴以虚构中某种脆弱的自我审视。

作为真实观者的诉说

鲁迅作为唯一的中国学生颇受侮辱地观看同胞的惨状，这一"幻灯片事件"很可能是一次文学的虚构。幻灯片记忆中，也有一个并不稳定一致的"我"。竹内好认为鲁迅处在了屈辱的中心点，一部分来自日本同学的凝视，一部分又将他者的凝视镜像为自我的观察：

---

[1] Li Yiyun, "What Has That to Do with Me?", p. 185.

不管怎么说，幻灯事件与那个令人讨厌的时间相关，但与文学志向没有直接的关系。我认为，幻灯事件给予他的东西是与那个令人讨厌的时间同样性质的屈辱感。屈辱，都是他自己的屈辱。与其说是怜悯同胞，不如说是怜悯不得不怜悯同胞的他自己；而不是一面怜悯同胞，一面想到文学。[1]

李翊云笔下五岁半的"我"，不仅经历了一场通过万花筒时空切换后的围观，同时也身体力行的参与了另一场围观的体验。"我"亲眼目睹了某个操场空地上对四个"反革命分子"的死刑判决。扩音器宣判的历史瞬间溶于常态化的生活背景之中，围观的人群有带着板凳和阳伞的街坊、鱼贯而出的学生们、嚼着一袋豆腐干的托儿所女老师王阿姨，还有在数云朵玩蚂蚁的"我"。让"我"记忆格外深刻的并非是丧失尊严的被示众者，而是自己在"围观"过程中所承受的屈辱。在围观人群欢呼"反革命分子死罪"时，托儿所的王阿姨也用手在"我"脑边，比划出一支"警告的手枪"，"不听话，有一天就变成罪犯。砰，你就完蛋了"。[2] 王阿姨甚至体罚"我"蹲着看完审判，额外的欺凌是空地上正在进行的审判的镜像。"我"在"蹲下"的惩罚中，以一种"蜷着腿，脊椎弯曲，臀部下坠"的姿态完成了属于"我"的围观。[3] 至此，"我"幼年生活中对于死刑审判的无意照见，与鲁迅当年目睹屠杀同胞的幻灯片一样，不仅是"看"，同时也是"被看"的一部分。

---

[1] 竹内好：《鲁迅》，李心峰译，浙江文艺出版社1986年版，第59页。
[2] Li Yiyun, "What Has That to Do with Me?", p. 186.
[3] Li Yiyun, "What Has That to Do with Me?", p. 186.

鲁迅曾用《示众》白描看客，虽然被示众的对象没有明说，但在"首善之区"马路上看热闹的"众"，有对祥林嫂发出"又冷又尖"笑影的鲁镇人，也有在阿Q法场周围出现饿狼一样咬人灵魂的眼睛。同样，托儿所王阿姨的出现是写作伦理的客观需要，她不得不和大多数围观者一样，陷入"围观"却不以为意。稍有意味的是，"我"得不到王阿姨的认同，不在于其他，而在于"我"有一种虚构能力，爱在打仗游戏中编出日本侵略军、国民党反革命、朝鲜战争或越战中的美国兵等假想敌。当光学玩具"万花筒"停止折射时，历史成为孩童游戏的一部分。

李翊云的叙事记忆努力舔舐"围观"隐痛的根源。由于文体本身的暧昧，曝光过度又僵固的记忆景观也带有符指化的偶然。"围观"在短小的篇幅中大张旗鼓，令人痛苦地重复着，"我"的成长过程将紧密围绕"围观"展开：在大学入学前的军训中，"我"又"围观"了某地方法院临时法庭对火车劫犯的审判。幼儿时期盲目讨好成年人的"我"，不理解王阿姨无来由的恨意，现在"我"似乎明白，愤怒使人能够用虚大填充真实的自我，从而让生活有了某种意义。但步入青春期再一次作为"看客"的"我"，却生长出了另一种冷漠的怨恨：从在罚蹲中"被看"的屈辱，变为被迫去围观去"看"的委屈——时间浪费掉了，那一切"与我何干"。

革命与自由诗意的"血统性"交代

当然"那与我何干"，显然是颇为感伤的"那与我息息相关"。一方面，"围观"的背后是在背井离乡的叙述者眼中"人"的局限；另一方面，"围观"又是因为远走他乡的契机而被重新记忆。"我想干预历史，异想天开地编故事，给传奇制造花边"，在《那与我何干》的最后一部分，从不同"围观"体验生长出的"我"，不禁私下幻想，家族中的"大人物"曾叔父，是清末女革命者秋瑾的老师：

> 他（曾叔父）是最后一个王朝的革命者，和志同道合的同志为建立共和国而战斗。秋瑾24岁，是大人物最漂亮的学生。她被派去刺杀皇帝的私人代表；炸弹未引爆，她却被捕了，在我们家乡的镇中心被斩首。死刑那天，上百人围观她在街上的游行，目睹她惨遭折磨。许多人带来成堆的银元，贿赂刽子手，好拿上一只蘸了她鲜血的馒头，据说这样的馒头能治愈痨病。不知那天消耗了多少只血馒头，又有多少人被治愈。秋瑾死后不久，大人物发动了另一场刺杀行动。他成功了，同时也被抓捕，最后心肝被守卫挖走炒食。[1]

与第四次"围观"有关的叙述，是另一场对"革命"的改编。被人炒食心肝的革命党人和"皇帝的私人代表"，说的当然是徐锡麟和恩铭。在李翊云的浪漫假想中，徐锡麟教会秋瑾"射击、击剑、马术和制造炸药"，并且两人就义的顺序前后颠倒，秋瑾先徐锡麟而死。既然"我永远也讲不对大人物和秋瑾的故事，我想让大人物爱上秋瑾。我想让大人物参加自杀式的行动，作为对秋瑾，他的同志，他的爱人的纪念"，"我"甚至"禁不住想让秋瑾做我的家人"，想让自己身上也流淌侠女的无畏血脉"。[2] 与徐锡麟、秋瑾（还有鲁迅）一样，李翊云也祖籍浙江，这让人不禁好奇，她是否真与徐锡麟有某

---

[1] Li Yiyun, "What Has That to Do with Me?", p. 191.
[2] Li Yiyun, "What Has That to Do with Me?", p. 192.

种血缘上的关联。但"讲不对"即刻免除了继续深挖下去的必要。有意识的"讲不对",因为"对"的重要性要远低于"我说"的重要性。从"我"通过万花筒窥视之下被凌辱的女孩,一路转折至晚清志士女杰秋瑾,其中显在的逻辑,是浪漫侠女的自由诗意吸引着"我最简单的私心"。当然,进而申论,也为前三次的"看"与"被看"点明了血统上的归属,向前一路追溯至《狂人日记》里的"从易牙的儿子一直吃到徐锡林"[1],也追溯至《药》中为华老栓儿子治病的血馒头。

在李翊云的绝大多数小说中,极少有热情洋溢的人物。他们或克己隐忍,有孤独的自觉,或精神憔悴,深陷于过去可怖的记忆中去。充沛的活力、鲜活的情感,或强烈的感知力,这些都被谨慎地回避掉了。虽然李翊云的作品有和鲁迅相似的苍凉感和压抑感,但又与鲁迅叙述声音中以退为进、混浊的、来源不详的痛感完全不同。无论散文还是之后的小说,李翊云的叙述者偏爱将"残忍"外化,没有什么东西是无法言说的,没有"隐而不说",只有"不得不说"。鲁迅以为,自己"在《药》的瑜儿的坟上凭空添上一个花环"是"不惜用了曲笔","因为那时的主将是不主张消极的……我的小说和艺术的距离之远,也就可想而知了。"[2]"曲笔"的背后,是鲁迅不满革命中启蒙与希望的假象。在《范爱农》中,借对徐锡麟的弟子范爱农的回忆,鲁迅忆及曾经被自己轻慢的革命党人。对被围观的英雄们,鲁迅始终抱有复杂难言的情感。但在李翊云对"大人物"的回望中,烈士对革命与爱情的强烈渴望,覆盖了一切不应被省略

---

[1] 鲁迅:《狂人日记》,《鲁迅全集》第一卷,第452页。
[2] 鲁迅:《呐喊·自序》,《鲁迅全集》第一卷,第441—442页。

的怀疑。

伦敦企鹅经典丛书出版由蓝诗玲（Julia Lovell）翻译的《〈阿Q正传〉及鲁迅其他小说》[1]，邀请李翊云写作《后记》。李翊云能够成为北美世界普通读者"入门鲁迅"的领路人，一方面，因为她在美国文坛初出茅庐即收获了广泛关注和热烈讨论，2010年甚至入围《纽约客》杂志评选的"二十位四十岁以下的作者"；另一方面，李翊云似乎也认为，自己文学的发轫点和写作行动的伦理观，皆直接受惠于作为启蒙者的鲁迅。"或许，文学是无法改造世界的；也许改造不了才是文学不死的原因，也因此鲁迅的小说在五十年、一百年后，还会有读者。"[2]

在《后记》中，李翊云追溯了一个与鲁迅时刻共振，心心相印的自己。她和鲁迅一样，也经历了从"医学"到"文学"的回心。从北京四中毕业后，李翊云于1991年考入北京大学生物系，后以理科留学生的身份初入美国，前往爱荷华大学念免疫学硕士，之后成为著名的"爱荷华作家工作坊"学员。更重要的是，无论文学运势如何急剧上升，她作品中对历史与现实有选择的记忆与反应，都凝聚在对"围观者"目光的读解之中：

> 五岁时，我和托儿所的小伙伴们被护送去围观一群死囚临刑前的批斗会。之后，有个嫌我调皮的老师用手比划成手枪抵

---

[1] Lu Xun, Julia Lovell Trans. Li Yiyun Aft., *Real Story of Ah-Q and Other Tales of China*: *The Complete Fiction of Lu Xun*, London: Penguin Group, 2010.
[2] Lu Xun, *Real Story of Ah-Q and Other Tales of China*: *The Complete Fiction of Lu Xun*, p. 416.

着我的头。"不听话,就和这些犯人们一样。砰!"她说着,扣动虚拟的手枪扳机,也逗乐了其他老师。当我重读鲁迅的故事,《药》里面也有与此共振的时刻——刽子手康大叔为愚众津津乐道描绘革命青年被斩首前的情形。回想起来,托儿所老师的话与康大叔的一样,俏皮又自得;事实上,两人都很擅长用他者的厄运开玩笑。[1]

无论时代交迭嬗递,"围观者"总还是会享受他者的不幸。李翊云显然无法摆脱《药》中精确状写的无名"围观者们"(onlookers),她甚至未将"托儿所老师"和"刽子手康大叔"加以区别。对"围观者"的凝视,已然成为她写作中最常用的通式,是施展批判的技术情节,也是处理现代问题的核心线索。重提《那与我何干》与《后记》中的写作逻辑,理清李翊云对于"围观"的追认与重构,正视其中的困难与局限,方能讨论她创作中新的可能性。

李翊云向英语世界的读者转述着一个永远在场的前驱者鲁迅,一个她所理解的革命运动中的启蒙者。同时,她也不忘对一个狭窄化的,被鲁迅遮蔽掉的中国文学景深略表怀疑。至于究竟是何种意义上的狭窄化或遮蔽,李翊云并未言明。重回鲁迅促进了她的成长,但大概只有与鲁迅保持足够审慎的距离,才能保有出走后的叛逆。

---

[1] Lu Xun, *Real Story of Ah-Q and Other Tales of China*: *The Complete Fiction of Lu Xun*, pp. 415-416.

隐秘地带：
从《纽约客》中的余华说起

2013年夏天，几乎每个与文学沾边的人都在讨论余华的《第七天》。8月底，《纽约客》杂志也为这场声势浩大的文学争论添砖加瓦。"小说"栏目直接刊载了余华短篇《胜利》（"Victory"）[1]的译文，并在官网上发布了为《第七天》造势的简单采访。《胜利》发表之后，中文读者对这部90年代的小说很失望，有人在微博上感言，"如果不署余华的名字，怕是连地级市的文学刊物也不会要"。很多人想不明白，余华有那么多令人着迷的短篇，为什么英语文学圈中最有影响力的杂志《纽约客》，会对此篇小说兴趣浓厚。

《胜利》原题为《女人的胜利》，1995年发表于《北京文学》，1999年收入短篇小说集《黄昏里的男孩》。与《第七天》中频发的新闻事件不同，《胜利》讨论婚姻的日常生活，是对夫妻间精神角力的复杂观察与思考。倘若把主角"李汉林"和"林红"的名字换作"尼克"与"劳拉"，它就是一篇地道的《纽约客》小说。由于各式

---

[1] Yu Hua, trans. Allen Barr, "Victory", *The New Yorker*, (August 26, 2013): 58–63.

各样的偶然，擅写暴力的余华，以一种约翰·契佛式的温和面目出现。男主人公李汉林甚至有一个美国短篇小说中的典型职业：他是一个常常出差在外的净水器推销员。妻子林红发现了丈夫的精神出轨，两人斗智斗勇共渡危机。小说开篇快速搭建的情景体现了余华非凡的写作能力：

> 一个名叫林红的女人，在整理一个名叫李汉林的男人的抽屉时，发现一个陈旧的信封叠得十分整齐，她就将信封打开，从里面取出了另一个叠得同样整齐的信封，她再次打开信封，又看到一个叠起来的信封，然后她看到了一把钥匙。[1]

尽职尽责的《纽约客》"小说"栏目为其中的道德想象提供有据可循的图像还原。整页画幅的配图中，有被打开的抽屉，三支叠起又被拆开的信封，以及严格按照小说描写复制的钥匙。相比小说中的关键性道具，更为抢眼的，是一只最能代表"中文世界"的水果——蜜橘（"mandarin orange"，直译"中国柑橘"），和一本J. K. 罗琳（J. K. Rowling）2012年最新长篇《偶发空缺》（*The Casual Vacancy*）的中译本。两样暖色调的物件正在提醒读者，《胜利》是汉语作品的译文，并且它发生在当下的时空里，《纽约客》显然无意将之作为90年代的作品去处理。

35岁的林红认定这把钥匙是家庭的"不速之客"：

> 一个她非常熟悉的人，向她保留了某一段隐秘，就像是用

---

[1] 余华：《女人的胜利》，《北京文学》1995年第11期。

三个信封将钥匙保护起来那样,这一段隐秘被时间掩藏了,被她认为是幸福的时间所掩藏。现在,她意识到了这一段隐秘正在来到……就这样,她找到了丈夫的那一段隐秘。[1]

日常琐碎中"隐秘"的张力,让人想到约瑟夫·康拉德(Joseph Conrad)写于1897年的中篇《回来》("The Return"):英俊多金的阿尔万生活于伦敦上流社会,某日回家却发现妻子已和难看肥胖的编辑私奔。康拉德稠密地捕捉着阿尔万情感的瞬息万变,从震惊到屈辱、到绝望,再到哀伤。缺乏勇气彻底离家的妻子再次回到家中,在重重逼问和责难之后,阿尔万意识到:

> 他起身时,突然被一种无法抗拒的对谜(enigma)的执念穿透,坚信在他触手可及之处即将离他而去的正是存在的核心秘密——它的必然,无形与罕见。她朝门走去,他紧紧跟随,竭力搜索一个带有魔力的,可以解开谜团的,可以迫使天赋之人屈服的字眼。可根本没有这样的词汇!谜底通过牺牲方能明了,天赋人人皆有。但他们生活在一个厌恶谜团的世界里,不屑于上天的礼物……她说话时他在谜的轨迹上徘徊,从理智的世界进入情感的地界。倘若她言行的痛苦使他偶获谜之话语,那她做过的,说过的,又要什么要紧呢?[2]

---

[1] 余华:《女人的胜利》,《北京文学》1995年第11期。
[2] 引用部分为笔者所译。Joseph Conrad, "The Return", *Tales of Unrest*, New York: Doubleday, 1925, pp. 170-172.

一向重视措辞的康拉德用了书面语"谜"("enigma"),"谜"承载着存在本身意义朦胧的力量。《回来》的写作耗时五个月,它古怪笨重,在当时几乎没有杂志愿意发表。较之喋喋不休的康拉德,一百年后的余华虽然更轻巧也更经济,却同样弃简单寻常的"秘密"不用,改用"隐秘",强调主体空间中那种令人不安的"必然""无形"与"罕见"。被反复提及的"隐秘的谜",与易卜生或哈代故事中常有的神秘事件不同。康拉德和余华在实际情境中直截了当,因此隐藏的秘密最终要落回真实世界本身。康拉德一丝不苟地追求"保真度",在与妻子对话的进与退中,阿尔万密切注视自己言说的效果,发声刺激着思维。林红的叙述看似不修边幅,但在措辞语感上编排严谨。也就是说,探索"隐秘的谜",不仅需要对自我知觉的细密捕捉,也需要更诚实,更推心置腹,包含更多智慧与情感的技巧。

《纽约客》版的《胜利》中,译者白亚仁删去原题中的定语"女人的"。同时,对于原文的结尾:"她的手从李汉林身上松开,她的嘴也从李汉林嘴上移开,然后她微笑地对李汉林说,'我们回家吧。'"[1]白亚仁又删除了标志着林红关键性胜利的台词"我们回家吧",留下笑而不语的结尾。《女人的胜利》是皆大欢喜的喜剧小品,让林红和李汉林一起"回家"的友善结尾,作为小说的终局,与隆重而意味深长的开头并不完全匹配。康拉德的阿尔万毅然决然地出走后"再也没回来",或许在白亚仁看来,《胜利》需要努力规避"谁是胜者"的定论,结局的不置可否,可以向文学性的反转与悲鸣更靠近一步。虽然白亚仁在《胜利》中将"隐秘"一并译作"secret",但

---

[1] 余华:《女人的胜利》,《北京文学》1995年第11期。

他为即将发行的作品《黄昏里的男孩》系列短篇的英译版，添加了副标题"隐藏的中国故事"（"Stories of the Hidden China"）[1]。《纽约客》的《胜利》在很大程度上预告了《黄昏里的男孩》英译版的发行，而此部短篇小说集的书写动力正像编译者拟加的副标题那样，是为了敞开被遮蔽的叙述与存在。

余华并不是首个在《纽约客》刊登小说译文的华语作家。早在2003年，高行健获诺贝尔文学奖后的第三年，《纽约客》"小说"栏目前后刊登了他的两个短篇，《圆恩寺》（"The Temple"）[2]与《车祸》（"The Accident"）[3]。那是《纽约客》有史以来第一次发表华人作家的译文。两部短篇都在1983年用中文写成，《圆恩寺》同年发表在大连的《海燕》，《车祸》两年后由《福建文学》刊载。[4]它们有和《胜利》差不多的命运：在《纽约客》的刊用时间比创作时间晚了差不多二十年。

比起"小说"栏目，《纽约客》的"新闻报道"栏目对中国有着更即时而尖锐的观察。高行健获诺贝尔文学奖后，《纽约客》杂志驻中国记者何伟（Peter Hessler），在"来自北京的明信片"栏中发了

---

[1] Yu Hua, trans. Allan Barr, *Boy in the Twilight*: *Stories of the Hidden China*, New York: Pantheon, 2014.

[2] 《圆恩寺》的英译名直接简化为《寺》（"The Temple"），而不是完整的"The Temple of Perfect Benevolence"。Gao Xingjian, trans. Mable Lee, "Fiction: The Temple", *The New Yorker*, (February 17 & 24, 2003): pp. 178 – 183.

[3] Gao Xingjian, trans. Mable Lee, "Fiction: The Accident", *The New Yorker*, (June 2, 2003): pp. 82 – 87.

[4] 高行健：《圆恩寺》，《海燕》1983年第7期；高行健：《车祸》，《福建文学》1985年第5期。

一则快讯。在题名为《高什么?》("Gao Who?")的短文中,何伟指出,2000 年的北京街头,即便那些卖非法书籍的人,也不知道高行健是谁,刚刚步入 21 世纪的中国正忙于为三十年前的诺贝尔文学奖得主索尔仁尼琴出版四卷本的文集。[1] 就是这样一个刊登《圆恩寺》与《车祸》的 2003 年,《纽约客》在新闻写作中,报道了三峡边眼见要被长江淹没的巫山城,也报道了正在美国篮球职业联盟打比赛的姚明,从中国寻常百姓的命运到体育明星的花边生活皆在《纽约客》的视野之中。[2] 2003 年,也是当今最著名的华裔女作家李翊云第一次在《纽约客》发表的年份:年末热闹的圣诞特辑刊载了李翊云写作中国孤寡老人的短篇《多余》("Extra")。[3]

隐藏在混杂的闹哄哄的面向之下,极简的《圆恩寺》和《车祸》像留白一样无法引人注意。高行健在《纽约客》的文化平台上从未引起像对待索尔仁尼琴那样全景式的讨论。1972 年,索尔仁尼琴获诺贝尔文学奖之后的两年,《纽约客》认为他"改变了文学的景观,会在空中徘徊很久"[4]。四十年来,杂志言必及这位伟大的作家,不断刊载他的诗歌、小说、书评简讯及生平纪事。当然,索尔仁尼琴在获奖之后,依然有《古拉德群岛》和《红轮》这样重要的作品出

---

[1] Peter Hessler, "Beijing Postcard: Gao Who?", *The New Yorker*, (December 25, 2000 & January 1, 2001): p. 62.

[2] Peter Hessler, "Letter From China: Underwater", *The New Yorker*, (July 7, 2003): pp. 28 – 33; Peter Hessler, "Profiles: Home and Away", *The New Yorker*, (December 1, 2003): pp. 64 – 75.

[3] Li Yiyun, "Fiction: Extra", *The New Yorker*, (December 22 & 29, 2003): pp. 120 – 127.

[4] "The Talk of the Town: Notes and Comment", *The New Yorker*, (September 9, 1972): p. 21.

现,同时又吊诡地站在整个西方现代政治的对立面,高行健显然不具有相同的话题性。《纽约客》无法视其为一位试图干预现实世界,与改革齐头并进,抑或是改革的反叛者。同样,在《纽约客》的发表,也没有改变高行健作品的接受度,他依然是小众的,是某个少数派的成员,一位与正统相悖的先锋作家。至少从《纽约客》所呈现的作品看来,高行健并不在表达某种轮廓清晰的社会观念,既没有参与现实运作的强烈意愿,也没有报道与虚构的热情冲动。从总体上来说,他的作品与索尔仁尼琴的携带着迥然不同的基因,比起描述物质世界的苦难和高调的反叛姿态,高行健似乎更擅长于空灵的哲理的搭建。

由《圆恩寺》与《车祸》作为组成部分的小说集《给我老爷买鱼竿》(*Buying a Fish Rod For My Grandfather*)1989年由台湾联合文学出版。2004年,高行健在短篇集中挑选了最能表达其小说重点的六个篇目(五个短篇《圆恩寺》《公园里》《抽筋》《车祸》《给我老爷买鱼竿》和中篇《瞬间》),由陈顺妍(Mable Lee)翻译,在美国、澳大利亚和英国发行了英文版。[1]陈顺妍早年翻译杨炼的诗歌,作为一位谨慎的译者,她将高行健的中文写作形态多数还原。选集中的许多篇目被美国主流文学杂志瓜分了去:大量运用意识流的《给我老爷买鱼竿》在美国文艺期刊《大街》(*Grand Street*)上发表,爱情故事《公园里》刊载于《凯尼恩评论》

---

[1] 高行健:《给我老爷买鱼竿》,联合文学出版社1989年版;Gao Xingjian, trans. Mable Lee, *Buying a Fish Rod For My Grandfather*, New York & Pymble: HarperCollins; London: Flamingo, 2004.

(*The Kenyon Review*)。[1]如今很难再说清楚,《纽约客》出于哪些原因,率先选择了在时空观感上极其模糊的《圆恩寺》。

讨论《圆恩寺》和《车祸》之前,不妨先回顾一下写作喧闹的80年代初期。它作为文学从复苏走向更新,从"伤痕"到"寻根"的重要节点,是中国当代小说技巧"五花八门"的开始。对于刚刚苏醒的中国文坛,任何一种形式的反叛与实验都可能吸引眼球。1981年,高行健的小册子,风靡一时的《现代小说技巧初探》出版。[2]今天看来,它不过是"现代小说"文学概念的知识普及。但在当时,它确实提供了大量的话题与思考。许多评论者都提到了它的"伟大",这两个字也未必全是危言耸听的谬赞。[3]通过《现代小说技巧初探》及其后续的讨论,高行健试图通过借鉴新兴技术,来挑战旧的文学秩序,彰显"彼时当下"与历史的差异。这意味着,先宣布自己在方法和原则上的卓越,再贯彻到文本中予以实践证明。因此,1983年的《圆恩寺》也好,《车祸》也好,都是展现"现代小说"在文艺上选择与站队的试笔之作,是姿态的抗议,也是身体的抗议。

《圆恩寺》的故事用一句话就可以概括:"我"与新婚妻子方方蜜月旅行,在无名小镇上邂逅了一座名叫"圆恩寺"的庙宇。这座

---

[1] Gao Xingjian, trans. Mable Lee, "Buying a Fish Rod For My Grandfather", *Grand Street*,(Fall 2003. Vol. 72);"In The Park", *The Kenyon Review*,(Winter 2004)。

[2] 高行健:《现代小说技巧初探》,花城出版社1981年版。

[3] 彼时关于《现代小说技巧初探》的讨论,可参见刘心武:《在"新、奇、怪"面前》,载《读书》1982年第2期;王蒙:《致高行健》,载《小说界》1982年第2期。冯骥才、李陀、刘心武:《关于当代文学创作问题的通信》,《上海文学》1982年第8期等。

象征"隐逸精神"的建筑暗示了孤独给人带来的独立性,但偶遇的陌生男子又让人不免珍重人与人之间的好意与温暖。故事最明显的技术在于它的叙述视角多变。混用人称的写作技巧,源于高行健十分推崇的法国作家路易·阿拉贡(Louie Aragon)的小说《共产党人》(Les Communistes)。高行健在早期的一篇《法兰西现代文学的痛苦》中就有提及:"(阿拉贡的)《共产党人》结构复杂,打乱了三个人称,在形式上做了许多有益的探索。"[1]在《现代小说技巧初探》中,他又做了更进一步的讨论:

> 当我谈及阿拉贡的时候,对我所说的对象,用的是第三人称。当我要把我的看法告诉本文的读者的时候,我便自然而然地转向你,用第二人称"你"同你谈他——那位阿拉贡。而你未必赞同我的意见。比方说,你认为我的话失之武断。这时候,我在行文中又不觉站到你作为一个读者的立场上,设想你可能对我有什么批评。现在,请你再回头看一看这段文字,你便发现,即使在这种讲道理的文章中,三个人称"我""你""他"竟然在不知不觉中相互转换。这难道不是一种颇为活泼的语言吗?[2]

20世纪50年代末,六册版的《共产党人》由人民文学出版社译介出版,彼时法国人阿拉贡是对在中国受众最多的苏联进步文学影响极大的先锋。今天重读口语体的《共产党人》,它实际上缺少推

---

[1] 高行健:《法兰西现代文学的痛苦》,《外国文学研究》1980年第7期。
[2] 高行健:《现代小说技巧初探》,花城出版社1981年版,第15—16页。

陈出新的艺术创造，是一部斗争性极强的巨型政治小说。高行健多半已经意识到，在欧美曾经引发热潮的"现代主义"先锋，在大量的临摹和重复下已成为经典，已是"遥远的历史"，已经"不现代了"。[1] 但作为一种积淀，它依然是80年代写作的核心观念。在高行健的系列短篇中，保有大量让人难以适应的视角切换，比如《圆恩寺》中的：

"扎脚吗？"我问方方。
"我喜欢，"你轻声回答。[2]

"你""我""她"三种叙述坐标的混用，或许也为之后的长篇《灵山》有所准备。可惜的是，因为情节的过度缺失，短篇中的混用并未丰富叙述的层面。高行健认为小说可以不讲情节，《圆恩寺》倚靠一种"幸福"的情绪贯彻始终。从第一句"我们完全陶醉在幸福之中了"开始，便对幸福的来源只字不提。同一时期他的另一部短篇《公园里》，青梅竹马的儿时恋人成年后相约在公园里谈心，在大段密不透风的对话之后，角色表示"现在说那些没什么意义了"，"我希望你幸福"。[3] "生活伤害了我但我很幸福"，是当时许多作家的行文基调。80年代初期，在"85新潮"和"先锋小说"爆炸性出现之前，或许李杭育是比高行健更具有里程碑式意义的人物。1983

---

[1] 李欧梵、李陀、高行健、阿城：《文学：海外与中国》，《文学自由谈》1986年第6期。
[2] 高行健：《给我老爷买鱼竿》，联合文学出版社1989年版，第149页。
[3] 同上，第210页。

年，李杭育的"葛川江系列小说"《最后一个渔佬儿》[1]和《沙灶遗风》[2]中，也有同样的幸福洋溢。渔民上岸做了庄稼佬，画屋的行当日渐衰落，社会在改革，生活被颠覆，但依然笑唱挽歌。此处累述的"幸福"，和余华笔下的"隐秘"一样，强烈的字面意义在同义反复之后，逐渐被软化。

《圆恩寺》中还有许多模仿西方哲理小说的痕迹，但它轻易就从中国当代文学评论者的指缝中溜走。因为在80年代的中国，许多人都在写作这样的故事。高行健依循一系列《现代小说技巧初探》中讨论过的原则，试图在实践中做出高级、精密而尖端的示范。笔调晦涩的《圆恩寺》不失为一件高仿的成品，它形式完整，却是先锋的反义词。虽然有别于批判现实主义的伤痕文学，但与伤痕文学和问题小说又有千丝万缕的关系。仔细阅读《圆恩寺》，无法看到一个被问题小说差异化出来的高行健。也因此，在二十年后的2003年，在与"先锋"有关的新意已消失殆尽的诗学新时代，这一系列来自中国的先锋小说很难在以英语为表象的世界文学中独立生存。

1827年歌德提出"世界文学"概念之时，他的受众只有一小群懂法语和拉丁文的上层精英。歌德在他的时代可以通晓世界文学的精华，实际上，这种程度的通晓，即便在不同国别间文学已基本流通无阻的今天，也很难再被复制。以《纽约客》的视野为例，以"世界文学"面目出现的翻译小说实际上只占有文学版块中极小的份额。每年稳定出新的50篇左右的《纽约客》小说中，只有零星几

---

[1] 李杭育:《最后一个渔佬儿》,《当代》1983年第2期。
[2] 李杭育:《沙灶遗风》,《北京文学》1983年第5期。

篇是翻译作品。其中，还要再隔上几年才能看见华语作家的名字。除了高行健与余华，经过翻译后出现在《纽约客》上的华语小说家，还有马建和莫言。2004年，在马建的长篇《拉面者》(*Noodle Maker*)英文版发行之前，《纽约客》刊登了其中的节选《抛弃者》("The Abandoner")。[1] 2012年10月，莫言获诺贝尔文学奖之后，《纽约客》又发表了小说《四十一炮》(*Pow!*)的节译片段，取名为"公牛"("Bull")。[2] 两次刊载译者都在尊重原作的基础上，做出了一定程度的改编。翻译必然是围绕差异性展开的，是否认差异性又坚持差异性的一种方式，而原本翻译中的"翻越"之意，是空间的移位，是去到一个之前没有去过的地方。《纽约客》的华语小说翻译，由于时空上的巨大错位，又将这种特殊的差异性面向不断放大。只能说，华语小说的输出本身必然是一个复杂而微妙的过程，它混合了在不同文化不同文学观念之下，出版代理、译者和杂志编辑的重重选择。

1981年初，艾青、王蒙和冯亦代在哥伦比亚大学翻译中心与爱荷华作家坊的帮助下，访问了《纽约客》的编辑部。事后《纽约客》将接待的短短数小时写成了一篇小文章。[3] 在中美刚刚建交的背景之下，此次访问几乎没保留下多少有价值的记录。三位与其说是中国

---

[1] Ma Jian, trans. Flora Drew, "Fiction: The Abandoner", *The New Yorker*, (May 10, 2004): pp. 92-97; Ma Jian, trans. Flora Drew, *Noodle Maker*, London: Chatto & Windus, 2004.

[2] Mo Yan, trans. Howard Goldblatt, *POW!*, New York: Seagull Books, 2012.; Mo Yan, trans. Howard Goldblatt, "Fiction: Bull", *The New Yorker*, (November 26, 2012): pp. 66-73.

[3] "The Talk of Town: Visitors", *The New Yorker*, (January 19, 1981): pp. 27-28.

诗人、小说家和翻译家们的代表,更像是在美国游玩的观光客。他们带着新奇的眼光打量美国,而美国人对他们也一无所知。对于三人的作者身份,《纽约客》略知一二,但谈起作品来却毫无概念。三十年之后,在《纽约客》愈加多元的话语中,其对华语文学的期待与判断理应不断升级与改变。倘若始终谈论当代华语小说先锋派古早的面目,不免让人为其中信息的延宕而感到惋惜,即便它确实唤醒了一段许久以前的记忆。

猪头哪儿去了：论《纽约客》中的莫言与葛浩文

2005年5月9日，约翰·厄普代克在《纽约客》"书评"栏目以"苦竹"（"Bitter Bamboo"）[1]为题，介绍了两部由葛浩文翻译的小说《我的帝王生涯》（*My Life as Emperor*, 2005）与《丰乳肥臀》（*Big Breasts & Wide Hips*, 2004）。厄普代克一生为《纽约客》撰写过500篇以上的书评，只此一篇与中国文学有关。短短两个月之后，《当代作家评论》就刊登了《苦竹》的译文。

《纽约客》"书评"的例行传统，往往是并置两位写法上相近的作者，或是比较两部主题类似的作品。比如，1943年，书评人推荐熊式一的《天桥》（*The Bridge of Heaven*），同时提到的是林语堂，只因两位中国作家的英文写作，皆善于让西方更好地了解战时中国，发现"人之荒诞"，并以一种"温和、有教养的、学童式的嬉闹"泰然处之。[2] 同样，1994年伊恩·布鲁玛（Ian Buruma）在"书评"

---

[1] John Updike, "Book: Bitter Bamboo", *The New Yorker*, (May 9, 2005): pp. 84 - 87.
[2] Vincent McHugh, "Books: The Chinese and Other", *The New Yorker*, (July 24, 1943): pp. 60 - 62.

栏目介绍韩素音写作的传记《长子：周恩来与现代中国的形成》(*Eldest Son: Zhou Enlai and the Making of Modern China*)，同篇荐读了吴弘达身陷劳改农场十九年的回忆录。一边是激荡人心的"圣徒录"，另一边是叙述灰暗的往事追忆，两者互为补充地展现了同一历史维度中自上而下的不同立场。[1]

"书评"栏目看似随意的文本对读，实际有着相互借力的巧劲。一向精于比较的《纽约客》为何会用"中国叙事"来笼统概括苏童与莫言？《我的帝王生涯》与《丰乳肥臀》分明是从风格到内容完全不同的作品。此处，原文本已退居二线，将它们紧密联系的中心词，是被戏称为负责当代华语小说降临美国大陆的"接生婆"[2]——译者葛浩文。

华语作品的英译本在美国读书界普遍遭受冷遇时，葛浩文坦言，要产生国际影响，还得靠《纽约客》，只有"《纽约客》能卖得动书，《纽约时报》什么的不管用"。《纽约客》自70年代末起，不断以"图书简讯"的方式，简略地提及由葛浩文经手的华语小说：从最早他与殷张兰熙（Nancy Ing）合作翻译陈若曦的短篇小说集，到萧红的《生死场与呼兰河传》(*The Field of Life and Death and Tales of Hulan River*, 1979)，到虹影《饥饿的女儿》(*Daughter of the River*, 1999)，再到王朔的《千万别把我当人》(*Please Don't Call Me Human*, 2000)，这些现当代华语小说各个阶段的经典之作，在《纽约客》豆腐块大小的篇幅中，都遭遇了或多或少的调侃和"不妨

---

[1] Ian Buruma, "Books: Getting to Know Zhou", *The New Yorker*, (May 23, 1991): pp. 96-100.
[2] "接生婆"一词引自赋格、张建：《葛浩文：首席且惟一的"接生婆"》，《南方周末》2008年3月26日。

一读"的轻快推荐。[1]

《纽约客》1925年创刊,在最初的半个世纪中几乎从不发表翻译小说。桑塔格认为,这是《纽约客》"势利"与"反文化平民主义"的表现,是对"一切皆应翻译,皆能翻译"的质疑。[2] 20世纪60至70年代,对翻译作品的禁锢逐渐松懈,"小说"栏目开始直接引入博尔赫斯和马尔克斯作品的英译;80年代,杂志中出现对昆德拉作品的翻译实践;自90年代开始,包括日韩国民作家如小川洋子或李文烈的作品,也均有上榜。谈及对小说的筛选时,栏目总编德博拉·特雷斯曼(Deborah Treisman)认为,《纽约客》的大多数小说是艾丽丝·门罗、村上春树和乔治·桑德斯(George Saunders)这三位作家作品的变体。[3]不仅如此,迄今为止英译后的村上春树作品,已有20多篇被《纽约客》刊用。村上能成为"小说"栏目一大风格类别的代表,在三足鼎立的格局中独据一方,也从侧面说明,《纽约客》"世界小说"的平台已初具规模。

进入21世纪后,华语小说的英译也陆续在《纽约客》中登载。高行健获诺奖后的第三年,他在80年代用中文写作的两篇短篇《圆恩寺》和《车祸》,先后在"小说"栏目出现译文;2004年,马建

---

[1] "Books Briefly Noted: The Execution of Mayor Yin and Other Stories from The Great Proletarian Cultural Revolution", *The New Yorker*, (June 19, 1978): pp. 97-98; "Books Briefly Noted: The Field of Life and Death and Tales of Hulan River", *The New Yorker*, (July 23, 1979): pp. 95-96; "Books Briefly Noted: Daughter of the River", *The New Yorker*, (February 21, 1999): p. 77; "Books Briefly Noted: Please Don't Call Me Human", *The New Yorker*, (September 4, 2000): p. 87.

[2] 苏珊·桑塔格:《论被翻译》,《重点所在》,陶洁、黄灿然等译,上海译文出版社2004年版,第406页。

[3] Http://www.thestranger.com/seattle/Content?oid=25280

《拉面者》在英国发行的同月,"小说"栏目又选登了其中的章节《抛弃者》。《圆恩寺》和《车祸》是 80 年代模仿西方现代派小说的典型;而马建的小说经由译者弗洛拉·德鲁的改写和扩充,与原文的声音与目的并不完全契合。偶然出现的高、马二人,或许在某种意义上被《纽约客》视为来自中国的贝克特与昆德拉,但单看这几篇零星的译作,可以说,21 世纪华语文学的真实面目几乎被完全遮蔽了。

2012 年 10 月莫言获诺贝尔文学奖,11 月《纽约客》即采访葛浩文,并发表了莫言小说的节译片段,取名为"公牛"("Bull")[1]。标题让熟悉莫言作品的读者,误认为翻译的是短篇《牛》。《牛》是在《丰乳肥臀》(1996)后写成的一则与饥饿有关的故事:在生产资料稀缺,杀家畜犯法的年代,为了能吃上牛肉,只能通过假造痈牛事故让牛大出血死去。[2]实际上,《公牛》是中篇《野骡子》的节选,在写作时间上紧挨着《牛》,而在"饥饿"的程度上更变本加厉。《野骡子》通篇倾吐对"吃"的垂涎与对"肉"的执念:最爱吃猪头肉的父亲,和善做猪头肉的野骡子姑姑私奔。而"我"罗小通在父亲离家的五年中,忍受着母亲几近"变态"的节俭,捞不到一点肉食荤腥,伙食素得像"送葬的队伍或是山顶上的白雪","肠子只怕用最强力的肥皂也搓不下来一滴油"。[3]父亲贪吃,"只有吃到肚子里才是真实",而母亲厌食,"嘴里不吃腔里不拉";野骡子越风骚,母

---

[1] Mo Yan, trans. Howard Goldblatt, "Fiction: Bull", *The New Yorker*, (November 26, 2012): pp. 66 - 73.
[2] 莫言:《牛》,《东海》1998 年第 6 期。
[3] 莫言:《野骡子》,《收获》1999 年第 5 期。

亲就越褴褛，越对父亲的离家刻骨仇恨。五年后，落魄的父亲带着和野骡子生养的女孩回到家中，母亲一阵哭骂后，上街给父亲买了一只猪头。

《纽约客》中《公牛》的篇幅只有《野骡子》的三分之一，重点节选出父亲与村长老兰在估牛场上的一场争斗。关键的女性角色母亲和野骡子隐退之后，重点描述的亲子关系，从"我"因吃不上肉而对母亲的愤恨，转换为对英雄父亲的敬仰与崇拜。《野骡子》中母亲专注于生意作假，靠给废纸掺水致富，成为村里的"破烂女王"，而《公牛》则突出父亲在估牛时公正不阿，目光如秤；即便是为野骡子和父亲结了仇的老兰，在父亲逃亡后也依旧关照着"我们"孤儿寡母。男性在这里显然是更为重要的角色。译后节选的《公牛》强调荷尔蒙充沛的雄性力量和西部片式的画面感。"一刀将牛的心脏戳两半""一口咬掉人的半只耳朵"，诸如此类的暴力描述，几乎回归了传统说书人的叙事技巧。惊险最终会沉着落地，充满男子气概的血腥斗牛表演，实际上是缺乏危险性的危机时刻。《公牛》的呈现方式从某种意义上说，改写了典型的莫言式的"狂想"与"现实"。

被牛角戳伤固然有致命的可能，但或许母亲在老兰指导下驾驭拖拉机的艰难时日，比起父亲制服鲁西大黄牛的桥段，更值得小心翼翼的回顾；罗小通生活中五年吃不上一口肉的匮乏，大概也比老兰被咬掉半只耳朵的痛苦，呼声更大也更急迫。《野骡子》对整个民间生活的动态有敏锐细密的排演，但葛浩文的节选更在意行动的悬念，《公牛》保留了对于某次英雄事件的完整记录，冲淡叙述中对"吃肉"的热望。因此，读完莫言的《野骡子》再读葛浩文翻译的《公牛》，不仅要面临语言、人物与情节上的转换，也要面对叙述风格的跨越。

在《纽约客》最终呈现的译文文本中，那只无与伦比的猪头始终没有出现。但在栏目首页一整页画幅的配图中，"猪头"极为夺人眼球地被供奉在街边的肉摊之上。配图照片由美国摄影师蒂姆·克莱因（Tim Klein）摄于太原，照片中卖猪肉的少年低头注视自己面前被砍下的猪头，它正紧闭双眼面带微笑。克莱因的镜头窥探的是饮食文化中的猎奇心，或许还有对被野蛮屠戮的生命体的同情。作为"奇观"呈现的猪头，与《野骡子》中贪婪算计的屠宰专业村、与父亲归家后母亲买来的猪头，与"饥饿"对父亲和"我"的意义其实毫无关联。照片上的那只正在微笑的猪头，在物质与感官之间产生了新的联系。也是在这种新的联系中，"猪头"失去了稀有感，它本身携带的强烈的仪式感与情感力量，也被冷酷而"合法"的隐去了。实际上，与民间饥饿有关的《牛》《野骡子》与《四十一炮》，都写作于新世纪前后。这一时期作为莫言创作心理的分野，是他从对拉美魔幻现实主义的纯粹模仿（比如英语读者最熟悉的《红高粱》），到能够自觉的、"师法自然"的施展出中国式民间的天马行空。[1]在"互相审视"与"互相演说"的民间叙事中，"猪头"不仅要承载着食利者的幻象，也要成为金钱秩序之外最重要的情感纽带。

说到底，《纽约客》中的《公牛》是作为《四十一炮》，而不是《野骡子》的预告出现。莫言对《野骡子》的故事意犹未尽，在准备了足够的"面粉""水分"与"温度"后，3万字的中篇发酵膨胀成了30多万字的长篇《四十一炮》。[2] 2012年12月，诺贝尔文学奖发

---

[1] 陈思和：《莫言近年小说创作的民间叙述》，《钟山》2001年第5期。
[2] 莫言：《诉说就是一切——代后记》，《四十一炮》，上海文艺出版社2012版，第402页。

布后的两个月,海鸥图书快马加鞭地发行了由葛浩文翻译的《四十一炮》(POW!)[1]。正是此时,《纽约客》与葛浩文合作刊发了《公牛》。葛浩文曾说,"阅读(英译的)莫言就是在阅读我",这并不是多么傲慢的说法。[2] 换作任何一位其他译者,恐怕《纽约客》中的莫言作品,从题目的拟定到章节的选取都会与《公牛》迥然不同。葛浩文并没有用八页的篇幅压缩出一个精简版的《野骡子》,他深谙图书市场也可以用电影营销的方法,搭乘通俗文化的快车,在预告中最大程度地将叙事因素悬疑化和奇观化。

葛浩文对于莫言的写作极为熟悉,过去的二十年中他翻译过九部莫言的作品。2000 年在科罗拉多大学的演讲中,莫言谈及自己作品的英译本时,称葛浩文是"作风严谨的翻译家"。[3] 仔细比对原文与译本后不难发现,葛浩文很少在翻译中添加原文本之外的内容,更多着手于省略或删除的减法工作。译介莫言的智慧也便主要体现于到底该做哪一种减法之上:是牺牲叙述的线索,还是牺牲叙述的展开?莫言的写作在刹车与停摆之间有漫长的等待时间,而葛浩文愿意打破平衡,当出版方篇幅有限时,坚持保留作者叙述中累述、叠加与延宕的部分,哪怕以牺牲叙述线索为代价。

虽然我们很难不将《公牛》看作是一种营销策略,但实际上,"小说"栏目多年来,在节选作家作品时几乎从不标注出处。目前为止,纸版《纽约客》对《四十一炮》的发行还只字未提。《公牛》对

---

[1] Mo Yan, trans. Howard Goldblatt, *POW!*, New York: Seagull Books, 2012.
[2] Http://lareviewofbooks.org/article.php?id=1702&fulltext=1.
[3] 莫言:《我在美国出版的三本书》,《小说界》2000 年第 5 期。

于没有相关阅读背景的大多数英语读者来说,就是一部纯粹的《纽约客》小说。杂志与葛浩文有意制造的留白,也许是对预告和试读行为本身的抵抗。葛浩文并不急于贡献译本中最精妙的一笔,《公牛》的意义也不是在最短的篇幅里证明《四十一炮》是一部好小说。它既有漫画式的惊险悬念,也有属于纯文学的渐入与停顿,在《纽约客》惜字如金的舞台上,《公牛》居然呈现出一种天真的、心平气和的状态。

进入当代的《纽约客》杂志对"小说"栏目的作品有颇多限定:它有严谨的审核制度,常雇专人去查证核实虚构文本中所涉及的"事实"("facts");篇幅长短也是刊发时的重点要求;每年发表50篇左右的小说,其中翻译小说的比例不超过十分之一。《公牛》发表的半年后,《纽约客》才发表了另一篇翻译作品,译自智利作家罗贝托·波拉尼奥的《墨西哥宣言》("Mexican Manifesto")[1]。波拉尼奥因长篇巨作《2666》红极一时,是21世纪《纽约客》最喜欢的外国作家。《墨西哥宣言》实际上是1984年的某个写作断片,在作家生前从未发表。波拉尼奥去世后,这段回忆"我"与女友在墨西哥城的公共浴室中混合爱与游戏的氤氲冒险,收入诗选《未知大学》(*La Universidad Desconocida*, 2007)。《纽约客》的刊发恰在英译版的《未知大学》出版之前。和大多数可以被收入诗选的文字一样,《墨西哥宣言》具备诗的自发性和随机感,但它并不是诗,没有诗的语音单位和格式表达。虽然算不上一部严格意义上的短篇小说,但综合看来确实是诗选中最适合在"小说"栏目中作为预告出现的文

---

[1] Roberto Bolaño, trans. Laura Healy, "Fiction: Mexican Manifesto", *The New Yorker*, (April 22, 2013): pp. 96 - 101.

本片段。《墨西哥宣言》的刊用是栏目对翻译文本选择的另一种尝试。与《公牛》一样,它体现了对好的作品、作家与译者的信任,也体现了《纽约客》在趣味与格调上的坚持。

第 二 辑

"确定性早已被历史洪流卷走"：
詹姆斯·伍德之论 W.G.塞巴尔德

塞巴尔德（W. G. Sebald）生于德国，1960 年代起侨居英国，用德语写作了四部长篇《眩晕感》（*Schwindel. Gefühle.*，1990）、《移居国外的人们》（*Die Ausgewanderten*，1992）、《土星之环》（*Die Ringe des Saturn*，1995）与《奥斯特利茨》（*Austerlitz*，2001）。最早在德语世界，他的作品只是少数人的经典。20 世纪 90 年代，批评家詹姆斯·伍德（James Wood）初读塞巴尔德的小说，不惜动用最高级别的赞美，引述本雅明评价普鲁斯特时的名言——"一个伟大的作家都瓦解或建立了某种文体"[1]。1997 年 3 月，英译本《移居国外的人们》（*The Emigrants*，1997）出版后不久，伍德在美国笔会中心与塞巴尔德对谈。这篇访谈发表于加拿大的文学半年刊《布里克》（*Brick*），成为英语学界中塞氏研究的一个起点。之后，伍德为英译本《土星之环》（*The Rings of Saturn*，1998）和英译本《奥斯特利茨》（*Austerlitz*，2001）撰写书评与导读。2001 年 9 月，与伍德关系深远的《纽约客》杂志，在"小说"栏目刊登《奥斯特

---

[1] "James Wood: An Interview with W. G. Sebald", *Brick*, 59 (Spring 1998): 23-29.

利茨》的部分节选。[1]一个从未在德国成为文学创作主流的德语作家，能够在英语世界意外走红，这很大程度上得益于评论者与文学刊物的大力推动。虽然伍德之外，苏珊·桑塔格、辛西娅·奥兹克、J. M. 库切和约翰·班维尔等文化名家，也相继在不同平台为塞巴尔德造势，但伍德不仅属于最早的一批评论先锋，二十年来他对塞巴尔德的推崇也从未中止。21世纪伍德为《纽约客》撰写的近百篇新书评论中，有数十篇皆以塞巴尔德的作品做比较与对照。时至今日，塞氏研究已是一门显学，相关著述层出不穷。[2]当下英文写作中

---

[1] W. G. Sebald, "Fiction：Austerlitz", *The New Yorker*,（September 3, 2001）：50－71.

[2] 据笔者不完全统计，2003年至今有关塞巴尔德的研究，八部较为经典的英文独著是：美国耶鲁大学卡罗尔·雅各布斯（Carol Jacobs）的《塞巴尔德的视野》（*Sebald's Vision*, 2015）、芝加哥大学埃里克·桑特纳（Eric L. Santner）的《怪怖的生命：里尔克、本雅明、塞巴尔德》（*On Creaturely Life：Rilke, Benjamin, Sebald*, 2006）、西北大学大卫·克莱因伯格-莱文（David Kleinberg-Levin）的《救赎话语：德布林与塞巴尔德故事中的语言与幸福承诺》（*Redeeming Words：Language and the Promise of Happiness in the Stories of Döblin and Sebald*, 2013）、戴维森学院马克·麦卡洛（Mark R. McCulloh）的《理解W. G. 塞巴尔德》（*Understanding W. G. Sebald*, 2003）、华盛顿大学理查德·格雷（Richard T. Gray）的《代笔：W. G. 塞巴尔德的历史诗学》（*Ghostwriting：W. G. Sebald's Poetics of History*, 2017）、密歇根州立大学琳·沃尔夫（Lynn L. Wolff）的《W. G. 塞巴尔德的混合诗学：作为历史编纂学的文学》（*W. G. Sebald's Hybrid Poetics：Literature as Historiography*, 2014）、英国杜伦大学 J. J. 朗（J. J. Long）的《W. G. 塞巴尔德：图像、档案与现代性》（*W. G. Sebald：Image, Archive, Modernity*, 2007）和芬兰图尔库大学凯萨·卡基宁（Kaisa Kaakinen）的《比较文学与历史想象：阅读康拉德、魏斯与塞巴尔德》（*Comparative Literature and the Historical Imaginary：Reading Conrad, Weiss, Sebald*, 2017）。另有两部较为经典的论文集，美国戴维森学院斯科特·德纳姆（Scott Denham）与马克·R·麦卡洛合编的《W. G. 塞巴尔德：历史、记忆与创伤》（*W. G. Sebald：History, Memory, Trauma,*

的"塞巴尔德现象",意味着塞氏原本陌生而惊人的风格,已能够对后来写作者产生影响。

一、"以卮言为曼衍"[1]:"错误线索"与"广角式写作"

伍德将塞巴尔德一度默默无闻的作品,视为"当代欧洲作家中最神秘的一座高峰"[2]。这种"神秘"首先体现在叙事形态。塞氏行文浩大又开阖有度,想象无边又皆有根基。以《土星之环》为例,叙述者"我"步行穿越英国东部萨福克郡,寻找17世纪英国自然科学作家托马斯·布朗爵士(Sir Thomas Browne)的头骨,途中所见不断钩沉历史记忆,引发一系列离题的搜寻与思索。在无数次智力漫游之后,话题又在布朗爵士处终结。[3] "我"熟读布朗爵士的论文写作,对线索纷杂、言论随心的叙事自有看法:

2006),和英国华威大学安妮·福克斯(Anne Fuchs)与 J. J. 朗合编的《W. G. 塞巴尔德与历史的写作》(*W. G. S Sebald and the Writing of History*,2007)。

[1]《庄子·杂篇·寓言》有"卮言日出,和以天倪,因以曼衍,所以穷年"。《庄子·杂篇·天下》有"以卮言为曼衍,以重言为真,以寓言为广"。详见王先谦:《庄子集解》,中华书局1999年版,第245—295页。此处借庄子的"卮言",漏斗式的话语,形容一种滔滔不绝、散漫无边的叙述。

[2] James Wood, *The Broken Estate: Essays on Literature and Belief*, New York: Picador, 2010, p. 239.

[3] 比如最后一章关于养蚕业的讨论,塞巴尔德从两名波斯教士将藏在空心手杖中的蚕卵带往查士丁尼的东罗马帝国朝廷,谈及法国叙利公爵对发展蚕丝业的阻挠,又谈及英国詹姆士一世的桑树园,话题最后再落脚于丝绸商人之子布朗爵士。

与十七世纪的其他英国作家一样，布朗的写作博学洽闻，引经据典，创造复杂的隐喻和类比，并构建有时长至一两页迷宫式的像仪葬队一般阵仗奢华的句子。的确，布朗负重累累的写作可能受重力牵制，但他总能通过螺旋式的行文越升越高，像暖气流中的滑翔机一般在空中飘浮，即使在今天，读者也能体会到这种悬浮感。距离越远，视角就越清晰：人们可以异常清晰地看到最微小的细节，仿佛既用一副倒置的观剧望远镜，又用一副显微镜，两个一起同时观察。[1]

实际上，塞巴尔德自己的文风也像布朗爵士一样"以卮言为曼衍"。在讨论这种风格之前，我们不妨回看塞缪尔·约翰逊（Samuel Johnson）如何用"大瑕大瑜"批评布朗爵士歧中生歧的本领：

> （布朗）学识如扶疏之茂林，见解如满目之琳琅，有时竟也壅塞他的理路，翳障他结论的澄明；无论他措意于怎样的话题，总有众多的形象，在他眼前联翩而来，以至于捕捉其一，便失却其他……它（布朗的文风）强劲有力，却疙疙瘩瘩；它学问瞻富，却不免掉书袋；它深刻，却晦涩；它震撼人心，却不柔美；它颐指气使，却不循循善诱；它比喻生硬，有生拉硬扯之嫌。[2]

---

[1] W. G. Sebald, *The Rings of Saturn: An English Pilgrimage*, trans. Michael Hulse, London: Vintage, 2002, p. 19.
[2] T. 布朗：《瓮葬》，缪哲译，光明日报出版社2000年版，第24页。

如果沿布朗爵士的风格路径向前摸索，那么塞巴尔德在创作中一定会经历相似的困惑，比如该如何抚平布朗爵士粗糙蛮勇的文字肌理，该如何避免为约翰逊博士所诟病的学究气，又该如何编排琳琅满目的记忆媒介。塞巴尔德在《土星之环》的结尾处，通过"织布工/写作者"被作品之茧死死束缚的比喻，引发了一段对于"叙事线索"本身的思考：

> 那些织布工，还有和他们非常相像的学者与作家们，不得不忍受它（工作）带来的忧郁恶果，工作的特性迫使他们夜以继日，耸肩曲背，紧盯自己造出的复杂花样。很难想象他们被打入的这种绝望到底有多深，即便工作日结束，他们依然全神贯注于那些错综复杂的设计，在梦中也被焦虑感追逐，以为手握错误的线索。[1]

伍德认为，那些劳而无功的"错误线索"（写作编码中看似无法被破解的转折）是塞巴尔德最大的文体革新。[2] 塞巴尔德从未创作一个"确实的""老派的""十九世纪意义上的"人物，即便在《奥斯特利茨》中，个人史叙述也并非小说的最终目标。[3] 无论是节奏滞缓

---

[1] W. G. Sebald, *The Rings of Saturn: An English Pilgrimage*, trans. Michael Hulse, London: Vintage, 2002, p. 283.

[2] 在伍德随后的讨论中，"正确/错误"（Right/Wrong）的对立，逐渐被"确定性/不确定性"（Certainty/Uncertainty）取而代之。书评在《新共和》发表时题为《正确的线索》（"The Right Thread"），2000 年收入文集时改为《如果：塞巴尔德的不确定性》（"If: W. G. Sebald's Uncertainty"）[see James Wood, "The Right Thread", *The New Republic*, (July 6, 1998): 38 - 41; *Broken*, pp. 239 - 248]。

[3] James Wood, *How Fiction Works*, pp. 120 - 121.

的挽歌体裁，还是层层扩张的思辨长句，都需要读者巨大的耐心。[1]在应对塞巴尔德作品艰涩难读的问题上，伍德让读者格外留意这种笨拙朴实、为多数现代叙述者所摒弃的风格。四部长篇的演变，本身是逐步取消段落分割的写作过程：《眩晕感》和《移居国外的人们》以四部和声为讲述形式，各自四章，在章节划分时另起炉灶；《土星之环》分作十章，一个故事引向另一个故事，但界限已模糊难辨；最后一部《奥斯特利茨》，不仅取消章节划分，甚至更近一步，承袭托马斯·伯恩哈德（Thomas Bernhard）的极端方法，彻底取消段落分行。

在伯恩哈德"砸下尼采式重锤的地方"，塞巴尔德文体的夸张"则是从一种梦幻般的沉默中挤出来的"[2]。具体来说，首先它引入了一种经多方仲裁调停的"转述"——塞巴尔德称之为"广角式的写作"（periscopic writing）。[3]小说通篇只有转述，由叙述者回忆场景，或用他人自述故事再转而叙述，没有直接对话和不必要的背景故事，也没有确定唯一的叙述者。以《奥斯特利茨》为例，由一个自始至终未被命名的"我"转述雅克·奥斯特利茨的故事。有时用"奥斯特利茨说"来暂停叙述；有时两层叠加，"奥斯特利茨说，薇拉这样讲……"；有时甚至是三层，"马克西米利安讲到——据奥斯特利茨说，薇拉是这样回忆的……"在转述，和经过转述的转述中，叙述者"我"和奥斯特利茨的"我"被有意混淆。用间接引语串联

---

[1] 因而中译本的撰序者称此书非比寻常，但"读来实在不爽"。详见塞巴尔德：《奥斯特利茨》，刁承俊译，译林出版社2010年版，第3页。
[2] James Wood, *The Broken Estate：Essays on Literature and Belief*, p. 243.
[3] "James Wood：An Interview with W. G. Sebald", *Brick*, 59（Spring 1998）：25.

起薇拉、奥斯特利茨和叙述者这三层讲述,是塞巴尔德惯有的层层套叠的语法形式。叙事摆脱冒号或引号的约束,回归报道体例,但并不过度强调语意的真实。用伍德的话来说,"它有力,因为它既是真的又是假的,既是活生生的图景,同时又是凝固的寓言"[1]。在"广角式写作"中,离心的叙事不断干扰文本看似可被证实的现实基础,一切都可以是一种相反的叙事。

伍德在《小说机杼》中曾详细讨论过"广角式写作"的反面——"自由间接体"(free indirect style)。焦虑的现代叙述者为了灵活呈现角色的言谈或思考,往往费尽心机地融入角色,一方面提供作者的偏见,一方面又急于摆脱作者的标识,掩盖全知叙述的在场。[2] 而在塞巴尔德看来:

> 不论什么类型的全知写作,叙事者在一个文本里安排自己担任舞美、导演、法官、执行人,我总觉着不太能接受。此类书于我是难以卒读的……确定性早已被历史洪流卷走,我们确实必须承认我们在这些事情上的无知和不足,并且按此写作。[3]

也就是说,构成大多数小说"确定性"语法的全知视角,常常要"启动模仿的特技",而塞巴尔德尽量避免角色风格和作者风格间

---

[1] James Wood, "A Critic at Large: the Other Side of Silence", *The New Yorker*, (June 5 & 12, 2017): 94.

[2] See James Wood, *How Fiction Works*, New York: Farrar, Straus and Giroux, 2008, pp. 10-50.

[3] "James Wood: An Interview with W. G. Sebald", *Brick*, 59 (Spring 1998): 27.

的紧张博弈。[1] 伍德对此颇有感触，2017 年在《纽约客》的长文《沉默的另一面：重读塞巴尔德》中再做解释：

> 没有污染大多数现实主义小说的虚假配方——戏剧性，对话，对实际时间的假装，动机的因果关系——塞巴尔德像一个事后才记录的传记作者一样行进……因为我们不是上帝，我们对他者生命的叙述只能是假装知道——这个试图了解的过程同时也袒露了我们的无知。大多数传统小说带着"从容的继承而来的自信"（easy and inherited confidence），隐藏了这一任务的困难……塞巴尔德将这种努力中的不可靠性作为他写作的要素。[2]

为了使行文动力不依赖情节的刺激，并且不受到虚构形式的束缚，塞巴尔德有时索性称自己的长篇作品为"纪录片式的小说"（documentary fictions）。[3] 但它们其实并没有纪录片通常会有的结构与线索，漫游独行的旅程一旦开始，叙述者很快便误入歧途，叙述也将不断在可靠的记录和虚构的意识间迅速转换。塞巴尔德的研究者们一直试图为这种独特的文体命名总结：马克·麦卡洛称之为"文学的一元主义"（"literary monism"），因为它具备统一繁杂线

---

[1] 借评价新晋作家加思·格林韦尔（Garth Greenwell）之际，伍德在《纽约客》中又重提"广角式写作"的某些优势 [James Wood, "Books: Unsuitable Boys", *The New Yorker*, (February 8 & 15, 2016): 103].

[2] James Wood, "A Critic at Large: the Other Side of Silence": 95-96.

[3] Mark O'Connell, "Why You Should Read W. G. Sebald". Https://www.newyorker.com/books/page-turner/why-you-should-read-w-g-sebald.

索的叙事能力;[1]J. J. 朗形容它为"地下根茎般的"结构,"既无出口可逃,也无等级之分";[2]卡基宁认为,塞巴尔德在本无关联的跨时空历史经验中建立联系,构成"跨越国界的创伤叙事",其中最大的诗学范式是"并不牢固的类比"(weak analogies);[3]这些杂乱经验之间的过渡,又被格雷称之为"无间断继续"(segues)。[4]但无论游记体、回忆录、文化历史虚构、还是超现实主义或创伤叙事,都无法用来完全归纳塞巴尔德的叙述实验。伍德之所以称塞巴尔德"瓦解并建立了一种新的文体",这句看似笼统的判断,一方面是强调"新"的文体建立可以被用来"抗议传统小说形式的英明统治",将"现实主义骚扰成一种自省的状态";[5]另一方面,"文体瓦解"打破讲述、抒情与辩论之间的壁垒,重新组织了话语秩序与情境秩序的关系,"文学性"在话语正当秩序的不规则形态中体现。[6]

---

[1] Mark R. McCulloh, *Understanding W. G. Sebald*, Columbia: University of South Carolina Press, 2003, p. xx.

[2] J. J. Long, "The Sense of Sebald's Endings... and Beginnings", in Alexis Grohmann, Caragh Wells, ed., *Digressions in European Literature: From Cervantes to Sebald*, Basingstoke: Palgrave Macmillan, 2011, p. 194.

[3] Kaisa Kaakinen, *Comparative Literature and the Historical Imaginary: Reading Conrad, Weiss, Sebald*, Cham: Palgrave Macmillan, 2017, p. 175.

[4] Richard T. Gray, *Ghostwriting: W. G. Sebald's Poetics of History*, New York: Bloomsbury Academic, 2017, pp. 273-275.

[5] James Wood, *The Broken Estate: Essays on Literature and Belief*, p. 239.

[6] 朗西埃曾将小说视为无主人操控的嘈杂语言,并认为应重新分配文学的感性地盘。详见雅克·朗西埃:《文学的政治》,张新木译,南京大学出版社2014年版,第61页。

二、"不确定"或"不完整"的图片叙事

几乎所有的塞氏研究者都无法绕开他独树一帜的"图片叙事"。虽然桑塔格说,"就连像 W. G. 塞巴尔德这样步入十九世纪和早期现代文学庄严风格的作家,也要配合照片来叙述他对失去的生命、失去的自然、失去的城市风景的哀悼"[1],但图文叙述的灵感恰恰也源自那个"庄严"的 19 世纪文学。在与伍德的对谈中,塞巴尔德主动提及司汤达的《亨利·勃吕拉的生活》(*Vie de Henry Brulard*,1836)是他时常参照的文本,这部自传比《巴马修道院》好看得多,因其"有一种可以核算的真实。而在小说中……受虚构规则的种种制约,到了让人乏味的地步"[2]。司汤达在自传中插入 200 多幅粗略画下的房间、街道、乡村或广场的草图,塞巴尔德将这种图文相间的风格加以改编利用,吸纳为自己的实验方法。在四部长篇低缓轻柔使人敬畏的论辩中,语流停顿几乎全部倚靠穿插其中的黑白图片。

《眩晕感》是塞巴尔德创作的开始,第一章"贝尔,爱情是最谨慎的疯狂"是司汤达的传记略写,大致重述《亨利·勃吕拉的生活》,并从中援引图片加以重新编辑。当提及司汤达对自己的眼睛颇为满意时,塞巴尔德从青年贝尔(司汤达本名)的肖像中单独截取眼睛的部分;当提及司汤达 17 岁时疯狂爱上的昂热拉·彼得拉格吕阿(Angela Pietragrua)时,塞巴尔德在这位米兰夫人的炭笔肖像画上打了网格。类自传式的第二章"异域",写叙述者 1980 年前往意大利北部的游历历程,当"我"在维罗纳观摩 15 世纪圣乔治屠龙

---

[1] Susan Sontag, "A Critic at Large: Looking at War", *The New Yorker*, (December 9, 2002): 94.

[2] "James Wood: An Interview with W. G. Sebald", *Brick*, 59 (Spring 1998): 27.

救公主的壁画，感叹皮萨内洛（Pisanello）如何精于在没有景深的平面上表现真实时，塞巴尔德又截取了绘画中的两个局部：圣乔治紧盯前方睁大的双目，和公主低垂谨慎的眼神。在图像实验的初始阶段，塞巴尔德对于眼睛、瞳仁，尤其对集中在目光背后个人所特有的面部表情情有独钟。当叙述者在旅途中丢失护照，作家甚至插入自己由米兰德国领事馆签发的护照内页。扫描件仔细附注着塞巴尔德瞳仁的颜色，在证件照的正中央一条垂直遮挡的油墨分隔开双眼。这是一张不合常情让人难以直视的肖像照片，也代表塞巴尔德所热衷的那种再现图式法——赋予读者直视眼睛的特权。在作家最初的尝试中，微妙纤弱的"眼部神态"似乎尤其能传达语言无力表现的精神在场。

但伍德提醒我们，这些图片的使用并非只是为了吸引注意，而是让我们转移目光，重新考量"可视性"的问题，因为"我们如何看待过去"和"过去又如何看待我们"才是塞巴尔德小说最深层的主题。[1]实验中的图像内容很快就多种多样，离简单现实的距离也越来越远。第三章"K博士在里瓦"中叙述者重温卡夫卡1913年独自前往维也纳、威尼斯、里瓦等地的旅途，结合卡夫卡本人的旅行日记及其寄给未婚妻的信件，来放大旅途中与孤独感相关的种种细节。当提及卡夫卡在维罗纳电影院里哭泣时，此处插入的是老电影《布拉格的大学生》（Der Student von Prag，1913）中的一帧镜头；而卡夫卡在里瓦水疗所修养的部分，与之相配的又是某则医用手册中沐浴疗法的插图。到第四章"返乡"，依然是类自传式的寻根主题，叙述者"我"回到三十年前离开的家乡——德瑞奥三国交界处的

---

[1] James Wood, *The Broken Estate: Essays on Literature and Belief*, p. 243.

W，重温对其童年时代意义重大的图像记忆。此处，塞巴尔德截取的是第三帝国歌颂劳动与反映战争的纳粹艺术遗迹。酒馆壁画中的伐木工人与银行外墙镰刀在手的农妇肖像，原本是 1930 年代该地区向"新时代"现代性过渡的有力象征。但斑驳褪色的绘画经过影印复制后几乎无法辨认，有意为之的模糊处理扰乱了文字重塑的记忆与逻辑。《眩晕感》中语词被分解，和线条、笔触、造型融为一体，文本与黑白照片、变形绘画和电影镜头交汇。句子的不完全可说，与图像的不完全可见，一方面使被掩埋的记忆得以重现，一方面记忆本身也变得可疑而不确定。

塞巴尔德希望图片"在文字叙事的内部……建立第二层'无声的'话语"，伍德认为这些图像与文字"令人困惑"的互文关系，首先呈现的是"虚构"与"真实"的角力。[1]《移居国外的人们》中，当叙述者 1970 年代的房东塞尔温医生为叙述者播放旧时的旅行幻灯片时，塞巴尔德为这位 20 世纪初移民英国的立陶宛犹太人设计的配图，是一张从瑞士杂志上剪下的纳博科夫照片；对于小说中最主要的角色——以德国犹太画家弗兰克·奥尔巴赫（Frank Auerbach）为虚构原型的画家马克思·菲尔博（他在青年时被安全转移至英格兰，父母惨死于集中营），塞巴尔德并没有插入任何一幅画家作品，而是用基辛根犹太人墓园（奥尔巴赫父母的安息之地）的诸多照片取而代之。《土星之环》中当"我"揣测医学研究者托马斯·布朗爵士，是否在阿姆斯特丹出席了尼古拉斯·杜普医生的解剖学课时，塞巴尔德插入了这堂课在艺术史上的重要成果——伦勃朗 1632 年的

---

[1] "James Wood: An Interview with W. G. Sebald", *Brick*, 59 (Spring 1998): 27.

同名油画。[1]塞巴尔德注意到,伦勃朗让杜普医生先支解被绞死的小偷的左手,延续惩罚的行为,故意违背解剖时首先开膛破肚的惯例,而观者面对的是从解剖图集上位移来的一块图像,暴露的肌腱不成比例并左右颠倒。塞巴尔德在次页又重复穿插同一幅画中被放大的切口局部。这样的安排,一方面再次袒露严谨的现代医学对尸体所发起的暴力行为,另一方面,显示这幅原本因逼"真"而为人传诵的绘画中失"实"的创造。这是伦勃朗创作中故意为之的失误,画家创作与解剖图集之间的互文,可以看作是一种与塞巴尔德图文实验相似的手段。同样解构着观者基本感知原则的,还有最后一部长篇《奥斯特利茨》封面上身穿斗篷的男孩。这一形象并非要为虚构中1939年被送上营救专列的小孩雅克·奥斯特利茨塑造一个现实中的原型。[2]令人惊讶的是,它与小说内容全然无关,也并非是一张塞巴尔德的童年照,而是来自作家偶然收藏的一张明信片。

伍德定期为《纽约客》杂志撰写新书评论,在21世纪出版的小说中,他辨识出许多从塞巴尔德图文关系中衍生而来的实验文本:比如丽芙卡·戈臣(Rivka Galchen)的处女作《天扰》(*Atmospheric Disturbances*,2008)[3],比如诗人本·勒纳(Ben Lerner)的《离开阿

---

[1]《尼古拉斯·杜普医生的解剖学课》("Die Anatomie des Dr. Tulp")是伦勃朗的成名之作。

[2] 这部小说将"奥斯特利茨"(Austerlitz)这个词个人化,作为一种抽象的概念或一种隐晦的比方,既区别于1805年奠定拿破仑霸主地位的"奥斯特利茨战役"中的同名村庄,也区别于字形相近的长久以来直接作为对抗纳粹"潜在连续性"的主要符号"奥斯维辛"(Auschwitz)。"奥斯特利茨"在这里,成为一个意义不断积淀又不断被涂抹重写的新的所指。

[3] See James Wood, "Books: She's not Herself", *The New Yorker*, (June 23, 2008): 79-80.

托查车站》(*Leaving the Atocha Station*, 2011)[1], 也比如杰西·鲍尔 (Jesse Ball) 的《沉默一旦开始》(*Silence Once Begun*, 2014)[2]。对于影像超饱和的发展态势, 伍德有褒亦有贬, 他认为图文有助于鲍尔罗生门似的讲述, 但在戈臣这里是个"突兀又别扭"的错误。[3] 对照之下, 伍德试图重现塞巴尔德的图像与现实写作之间若即若离的关系。这些常常处于未解状态的图像画面, 和伯恩哈德叙事中突出的黑体和着重符号一样, 在判读的停顿中分割字符串, 成为阅读文本时具有弹性的定界符。塞巴尔德不会出于对静态的依恋而简单地描写图片, 也不会取巧地描述某个凝固的场景, 这些图像与历史书写中用以佐证的资料图片不尽相同。在塞巴尔德为虚构人物添加的作为现实提醒的图片库中, 只有很少一部分可以作为"真实"的直接证据。[4] 大多数时候, 图文互涉的方式混合史料与想象, 这些图像确实从属于正在发生的故事, 但它们同时又附着于文字之外更大的故事之中。通过时空错乱的不恰当叠合, 读者既要追寻虚构的角色, 同时也好奇于照片中早已被遗忘的人物与命运。因此, 伍德会说塞巴尔德不仅避免"平常的、直截了当的叙述", 也展现"探索的

---

[1] James Wood, "Books: Reality Testing", *The New Yorker*, (October 31, 2011): 96-98.
[2] James Wood, "Books: But He Confessed", *The New Yorker*, (February 10, 2014): 77-78.
[3] James Wood, "Books: But He Confessed": 78; James Wood, "Books: She's not Herself": 80.
[4] 比如《眩晕感》中回忆探访精神失常的诗人恩斯特·赫贝克 (Ernst Herbeck) 时, 插入的赫贝克在笔记本内页草草写下的德语短诗; 或《土星之环》中塞巴尔德本人1980年代在诺福克郡某棵巨型黎巴嫩雪松下的木纹纸照片。

蓄意落空和谜团的永不可解"[1]。塞巴尔德尤其擅长于放大图像所附带的干扰或错误信息，保留速写过程中的副产品，似乎越难以辨认越强调一种对记忆的忠诚。虽然图像与图像再现之物有所区别，并允许挪用、改动或彻底的编造，但塞巴尔德图文关系实验，借用桑塔格的原话，反而将"真实的效果推向了令人震撼的极致"[2]。

三、"世俗的无家可归"[3]：
对19世纪法语叙事的追述

茱蒂丝·赖安（Judith R. Ryan）在德国马尔巴赫文学档案馆阅读塞巴尔德手稿时，发现塞巴尔德的藏书中有伍德的文学评论集《破格》（*The Broken Estate*, 2000）。塞巴尔德不仅仔细阅读了此书中对于自己的讨论——《W. G. 塞巴尔德的不确定性》，也格外留意到另一篇与法语叙事有关的《臧否福楼拜》。塞巴尔德的铅笔划过伍德对福楼拜的若干评价，"对句子的痴迷""为散文注入诗的韵律""细节的暴政"或"正是福楼拜让文学在本质上出了问题"。[4]除了这些藏书中留下的阅读痕迹，塞巴尔德在文学随想《墓园》（*Cam-*

---

[1] James Wood, *The Fun Stuff and Other Essays*, New York: Farrar, Straus and Giroux, 2012, p. 18.

[2] Susan Sontag, *Where the Stress Falls*, New York: Farrar, Straus and Giroux, 2001, p. 42.

[3] 伍德用"世俗的无家可归"对应卢卡奇"超验的无家可归"。它算不上是"无家可归"，或许"离家不归"才是更恰当的说法(see James Wood, *The Nearest Thing to Life*, New York: Farrar, Straus and Giroux, 2015, p. 114)。

[4] Judith R. Ryan, "Sebald's Encounters with French Narrative", in Sabine Wilke, ed., *From Kafka to Sebald: Modernism and Narrative Form*, New York: Continuum, 2012, p. 130.

po Santo）中,通过追随福楼拜日记中的描述来记录自己在法国科西嘉岛的远足,不仅讨论福楼拜晚期的短篇作品《圣朱利安传奇》("La Légende de Saint Julien l'hospitalier",1877),还讨论另一位游记作家布鲁斯·查特文(Bruce Chatwin)对这个短篇的喜爱。[1]笔记和随想记录中反复出现的福楼拜,可以作为塞巴尔德熟读19世纪法语叙事的一个例证,他尤其熟悉这一时期法国作家的自传写作。

虽然赖安将三部法语小说作为塞巴尔德叙事的灵感来源[2],但塞巴尔德与法语叙事最大的互文性,体现在对于传记写作的附记和重写之中。最明显的例子,莫过于选用亨利·勃吕拉个人史的尾声,作为第一部虚构作品《眩晕感》的开篇。司汤达在自传《亨利·勃吕拉的生活》结尾处,回忆自己17岁时在拿破仑麾下的行伍生涯:1800年,地位不高的青年士官贝尔有幸见到拿破仑的宠臣马尔蒙将军。[3]这段让人无法信赖的记忆,最终落脚于塞巴尔德小说生涯的第一章节:

---

[1] W. G. Sebald, *Campo Santo*, trans. Anthea Bell, New York: Random, 2005.
[2] 除了《圣朱利安传奇》之外,还有普鲁斯特《在斯万家那边》(*Du côté de chez Swann*, 1913)和新小说派作家米歇尔·布托(Michel Butor)的《曾几何时》(*L'emploi du temps*, 1956)(see Judith R. Ryan, "Sebald's Encounters with French Narrative", in Sabine Wilke, ed., *From Kafka to Sebald: Modernism and Narrative Form*, p. 124)。
[3] "相貌堂堂的马尔蒙将军身着国家顾问的制服,纯青色的底子上绣着天蓝色花纹,(真有这样的制服吗?)……马尔蒙将军站在大路左边,时间是早晨七时许,地点是马蒂尼城入口处……对于后来我们如何下山的情景,我也历历在目,但说真的,事隔五六年后,我看见一幅图画与我下山的情景十分相似,现在我脑海中的真实情景已被那幅画所替代。"详见司汤达:《斯丹达尔自传》,周光怡译,江苏文艺出版社1998年版,第307页。

53岁的贝尔在奇维塔韦基亚逗留时写下的这些笔记，试图重新体验那些日子的苦难，为记忆追踪中裹挟的种种困难提供了语词证据。有时那些过去的视野只剩灰色斑块，有时出现的图像又有超乎寻常的清晰度，他反而觉得不足以信赖——比如他相信自己在马蒂尼行军队伍的大路左边，见到了身穿皇家天蓝色国家顾问长袍的马尔蒙将军，贝尔向我们保证，每当闭上眼睛想象那场景，这幅画面便清晰出现，虽然他自己也意识到，那时的马尔蒙一定穿将军制服而不是蓝色皇袍。[1]

《眩晕感》的重述明确地标明互文来由，塞巴尔德呈现了一个在震荡马背上生机勃勃的旅行者司汤达，作家身处世界历史的伟大转折点，却并不为法国在战争中急转直下的命运担忧。作为一个坚决的自我中心论者，司汤达毫无顾忌，不做修改地记录着绝对片面的感受。《亨利·勃吕拉的生活》一方面见证着历史，一方面又不完全为时代色彩所浸染。

不仅仅满足于重写司汤达的自叙，塞巴尔德亦多次在小说中回返夏多布里昂的作品。《移居国外的人们》中"我"重读伯祖德国犹太人安布罗斯·阿德瓦特的手札，得知他在1913年坐蒸汽游艇从威尼斯出发，沿克罗地亚海岸一路向南，途径阿尔巴尼亚与希腊，由达达尼尔海峡至伊斯坦布尔，最后抵达以色列的雅法和圣城耶路撒冷，这是一条法国人夏多布里昂在1806年就走过的旅程。游记《从巴黎到耶路撒冷》（*Itinéraire de Paris À Jérusalem*，1811）记录了

---

[1] W. G. Sebald, *Vertigo*, trans. Michael Hulse, New York: New Directions, 1999, p. 2.

夏多布里昂在各处胜地的旁征博引,他如何引述圣经追忆荷马,又如何安插自己爱慕光荣的虚构和幻想。[1]身为管家的安布罗斯跟随主人游历,虽然旅行的目的和心境与两百年前的夏多布里昂完全不同,但安布罗斯的手札却重复着《从巴黎到耶路撒冷》才有的细节。[2]塞巴尔德复制了离乡人的未知感,但这一次并不指明互文的来源,安布罗斯在手札中是"写",而不是"抄录"夏多布里昂的文字。怪诞而神秘的平行结构,使塞巴尔德的"不确定性"上升为"一种形而上的力量"。也因此,伍德会说,"自我反思"之于塞巴尔德,就是"文本自己拧自己,以确认自己的存在"[3]。安布罗斯郑重"写"下的"航海者看着渐渐远去即将消失的陆地写下他的日记",来自夏多布里昂的另一部恢宏巨著《墓后回忆录》(*Mémoires d'Outre-Tombe*, 1848—1850)。[4]在 2000 多页的回忆录中,塞巴尔德挑选出一条语不惊人的记叙,来作为整部小说最核心的情感驱动,因为这句话产生在夏多布里昂本人"顿悟"并重返写作的节点。它来自 1817 年 7 月的一篇日志,前一章写在拿破仑最后的光辉之下,新的章节在路易十八的统治下开始。作家深感没有人听见"帝国崩溃的

---

[1] 莫罗亚(André Maurois)认为《从巴黎到耶路撒冷》展现的,是夏多布里昂摆弄文字,"把客栈老板变成主教"的虚构天赋。详见安德烈·莫罗亚:《夏多布里昂传》,罗国林译,浙江文艺出版社 1998 年版,第 170 页。
[2] 关于安布罗斯的见证如何重演了夏多布里昂游记的种种细节,详见夏多布里昂:《从巴黎到耶路撒冷》,曹德明、徐波、杨玉平译,上海人民出版社 2002 年版,第 517—583 页。
[3] James Wood, *The Broken Estate*: *Essays on Literature and Belief*, p. 242.
[4] 夏多布里昂:《墓后回忆录·上卷》,程依荣译,花城出版社 2003 年版,第 76 页。

声音",带来欢乐或痛苦的依然是那些"微不足道的事情"。[1]塞巴尔德对于自传叙事的解读方式,也没有围绕帝国覆灭或王朝复辟的大事件展开,叙述重点似乎并不完全指向历史的细节真相,而是强调影响个体的在感觉层面的真实,比如勃吕拉会怀疑"脑海中的真实情景",也比如沉寂许久后顿悟的夏多布里昂。在地中海至黑海命运多舛的航道中,决定安布罗斯命运的不是"即将消失"的陆地,而是"写下日记"这件事本身。

《墓后回忆录》在塞巴尔德的小说中制造出一系列连续的平行回音。《土星之环》中的"我"一边徒步穿越英国东岸毁弃的遗迹,一边回望1795年夏多布里昂流亡英国在本盖小城艾夫斯牧师一家寄居的生活。[2]如同安布罗斯的手札对《从巴黎到耶路撒冷》的大段引用,《土星之环》的"我"也几乎原封不动地摘录夏多布里昂对本盖最后一夜的回忆。塞巴尔德有意重温一段早已被遗忘的罗曼史,近距离地观看天才作家虚构的矫饰。"我"用只言片语提及夏多布里昂在美国维吉尼亚海岸的军旅生涯,提及他作为大革命时期旧法国军队最后的代表所亲历的围攻蒂永维尔,提及拿破仑出征后开启一整个时代的莫斯科大火,却用漫长的篇幅叙述"我"在本盖的教堂墓

---

[1] 夏多布里昂:《墓后回忆录·上卷》,程依荣译,第75页。
[2] 彼时没有祖国,穷困又默默无闻的夏多布里昂隐瞒了已婚身份,在与牧师15岁的女儿夏洛特陷入爱情后落荒而逃。很多年后,夏洛特找到为路易十八出任驻英大使的夏多布里昂,请他关照自己的长子,助他在印度孟买谋求一个小小的职位。夏多布里昂对夏洛特·艾夫斯的回忆充满真情,他为曾经欺骗过慷慨好客的艾夫斯一家而感到愧疚。在对艾夫斯一家的回忆中,苦难被有意抹去,原本18世纪末的"英国岁月",是夏多布里昂人生的最低谷,他留在祖国的哥嫂被送上断头台,母亲、姐姐和妻子正遭受监禁。

园中寻找夏洛特·艾夫斯长子的墓碑。[1]在伍德看来,"暧昧性"(opacity)与"极端性"(extremity)并存是塞巴尔德文体最奇特的效果之一。[2]

作为同样与《墓后回忆录》互文的作品,当代美国最著名的后现代小说家保罗·奥斯特(Paul Auster)的《幻影书》,远比《移居国外的人们》或《土星之环》畅销好读。奥斯特重述了恐怖时代的最强音,寻求震慑人心的历史表述。[3]但伍德对奥斯特的嘲讽几近刻薄,当夏多布里昂的文本滑进故事主线时,正是奥斯特引读者沿"散落如鼠屎般的线索"进入"后现代洞穴"之时。[4]面对相同的文本材料,塞巴尔德的"重复式抄写"和奥斯特的"话语重述",是不同叙述者在历史同一时刻的不同走位。伍德越欣赏塞巴尔德沉默的微言大义,就越反感奥斯特的述古喻今。本盖墓园背后的夏多布里昂是用荣誉和旧时恋人和解的浪漫先驱,他不再是基督教义的阐述人或君主制度的捍卫者,不再只是提供一个18—19世纪稳定可靠的

---

[1] 石碑的铭文表明此人最终去了孟买,身为"第六十步枪团第一营上尉",他死在母亲嘱托初恋情人的二十八年以后。这是塞巴尔德为夏多布里昂这段回忆虚构的结局(see W. G. Sebald, *The Rings of Saturn*: *An English Pilgrimage*, trans. Michael Hulse, p. 315)。

[2] James Wood, *The Broken Estate*: *Essays on Literature and Belief*, p. 244.

[3] 《幻影书》(*The Book of Illusions*, 2002)中的"我",也正翻译着《墓后回忆录》这本"有史以来写得最好的自传","我"敬佩夏多布里昂能够用一句就承载一整个时代的风云变幻,在凡尔赛宫远远望见玛丽·安多奈特时,作家这样写道:"微笑时她的嘴型给我的印象是如此清晰,以至于当1815年这个不幸的女人的头颅从坟墓中被挖掘出来的时候,对她那个微笑的记忆使我认出了这位公主的下颌骨。"详见奥斯特:《幻影书》,孔亚雷译,浙江文艺出版社2012年版,第51页。

[4] James Wood, *The Fun Stuff and Other Essays*, p. 268.

历史知识场。在对法语自传叙事的有意追述中，塞巴尔德叙事使读者重新审视那些未知的、不确定的、被遗忘的注脚。

这种对法语自传叙事有意为之的反复追述，与纳博科夫的"自传追述体"（Autobiography Revisited）亦有类似之处。[1]在最多产的90年代，塞巴尔德曾撰文《梦的纹理》（"Dream Textures"）解析这种散文体的优美与雅致，他将纳博科夫的间离与疏远，称为高于叙述者本人的"飞鸟"视角。[2]塞巴尔德注意到，在17世纪荷兰绘画中常有这种处在防御性高点的对地平线的俯瞰。比如在《奥斯特利茨》中出现的伦勃朗"逃往埃及"（"Flight into Egypt"）主题小画中，没有同类主题画中的圣婴父母、圣婴或驮畜，只在幽暗的清漆中间有"一个微不足道的火的光斑"。[3]由于"个人史"叙事中的"鬼气"（ghostly quality）和对无常衰败经久不息的迷恋，塞巴尔德苍凉视角下的人物也常常让人想起纳博科夫早年俄语小说中的年轻流亡者，或《普宁》"松邸聚会"中的角色。

伍德将塞巴尔德"闲逛式流亡情结"之下的文学漫步，归为一

---

[1] 纳博科夫将看似松散即兴的《说吧，记忆》（*Speak, Memory*, 1951）称为"自传追述体"，强调它是一个"独特的怪物"，不是那种"唠叨的、杂乱的、闲扯的轶闻，主要倚靠日记中的点滴，那种艺术家或政治家通常的写法"，不是"一个职业作家的后厨，有些没有用过的材料，漂在不温不火慢慢酿制的文学与个人的酱缸里"，不是"那种华而不实的回忆录，为拔高自己作为三流小说家的地位，单调失礼地放入大量对话"；是"一种非个人的艺术形式与极其个人的生活故事相交汇"，是"艺术的菱形花样与记忆蜿蜒的肌理，在强劲又灵巧的前进中合二为一，而产生出的一种风格"[see also Vladimir Nabokov, "A Critic at Large: Conclusive Evidence", *The New Yorker*, (December 28, 1998 & January 4, 1999.): 124]。

[2] W. G. Sebald, *Campo Santo*, trans. Anthea Bell: 145.

[3] 详见塞巴尔德：《奥斯特利茨》，刁承俊译，第94页。

种"世俗的无家可归",既属于"膨胀后的世界文学",也应该属于当代后殖民主义的新的重要分支。[1]塞巴尔德笔下的田园风光和轶事传说,一向伴随着语言中的异乡感。文学的叙事在孤独旅行中口耳相传,起先,侨居者夏多布里昂走入英国的乡间小道;两个世纪后,另一位侨居者塞巴尔德一路追寻他的足迹;如今,身处美国的英国人伍德又目光紧随塞巴尔德的脚步。旧的侨居者始终在为新的侨居者充当导游。

四、关于"毁灭"的博物志观:
塞巴尔德与"后来作者"

今天我们回溯塞巴尔德的语体先驱,有 17 世纪精于礼貌体和优雅谦辞的布朗爵士,有 19 世纪自传叙事下的法国文人,有"飞鸟"视角后的纳博科夫,也有架构句法迷宫的伯恩哈德。而受塞巴尔德影响崭露头角的"后来作者"们,又不断在这一融合的文学形式周围徘徊,或公开模仿,或悄然修正。翻开 21 世纪的英语小说,有移民背景的青年作家往往热衷于向塞巴尔德片段式的,不断离题的,但整体结构又通畅的历史书写致敬。在尼日利亚裔美国作家泰居·科尔(Teju Cole)的处女作《不设防的城市》(*Open City*,2011)中,孤身一人的观察者在纽约和布鲁塞尔漫游,被城市历史的沉积物吸引。科尔的叙述者和塞巴尔德的"我"一样,对艺术史兴趣浓厚(比如熟悉委拉斯凯兹和夏尔丹的油画),并常常沉浸于对历史暗面的思索(比如由曼哈顿"9·11事件"世贸大厦遗址或黑奴坟场引发的讨论)。[2]科尔

---

[1] James Wood, *The Nearest Thing to Life*, p. 112.
[2] See also Teju Cole, *Open City*, New York: Random House, 2011.

的小说一开始就被投射了塞巴尔德叙事革命的阴影,即便章节分段,语流也毫无停顿感。[1]另一位孟加拉裔的英国作家齐亚·哈德·拉赫曼(Zia Haider Rahman),索性在处女作长篇的题词中直接援引《奥斯特利茨》,力图在开篇就指明书写、记忆与真相三者的永不相容。[2]

也有人认为,法国学者作家劳伦·比奈(Laurent Binets)的《HHhH》(2010)是一部深受塞巴尔德影响的后现代主义作品。[3]和《奥斯特利茨》一样,这部畅销历史小说同样具有多层叙事,也同样讲述纳粹在捷克斯洛伐克的暴行。[4]但在伍德看来,这两部小说之间的差异是有启发性的,塞巴尔德"有一种探究的,不屈服的强度,一种有迹可循的困境,甚至一种令人生畏的品质,是比奈有趣的小说所缺乏的……"[5]。按照伍德的分类,塞巴尔德与他的欧洲同

---

[1] James Wood, "Books: The Arrival of Enigmas", *The New Yorker*, (February 28, 2011): 68-72.

[2] 题词为:"我们对历史的研究就是去研究对往往已经预先制作好,铭刻在我们脑海深处,我们持续不断、目不转睛凝视的图片,而真相却在另外的某个地方,在还没有人发现的不远处。"塞巴尔德:《奥斯特利茨》,刁承俊译,第56页[see Zia Haider Rahman, *In the Light of What We Know*, New York: Farrar, Straus and Giroux, 2014; James Wood, "Books: The World as We Know It", *The New Yorker*, (May 19, 2014): 87-92]。

[3] Garth Risk Hallberg, "Exclusive: The Missing Pages of Laurent Binet's HHhH". Https://themillions.com/2012/04/exclusive-the-missing-pages-of-laurent-binets-hhhh.html.

[4] 这部历史小说讲述了捷克英雄刺杀盖世太保头目海德里希(Reinhard Heydrich)的故事。"HHhH"是"Himmlers Hirn heisst Heydric"(希姆莱的大脑是海德里希)这句话的首字母缩写,强调党卫军首领海德里希是第三帝国恐怖政治的绝对核心。参见劳伦·比奈:《HHhH》,刘成富、张靖天译,上海人民出版社,2015年版。

[5] James Wood, "Books: Broken Record", *The New Yorker*, (May 21, 2012): 76.

行身处两个相对而非相似的写作阵营。比奈否定 19 世纪小说中的大段离题,或对场景长篇累牍地仔细描绘,并不止一次地表露出对传统小说技艺的不满。[1]但同时,比奈又像 19 世纪的实证主义者那样强调真实,在抽象的语法结构之下力求具象的现实。伍德将比奈称为"程式化的后现代主义者"(postmodernist-by-number),他们警戒"虚构"行为对小说粗俗化的伤害,认定"捏造证据只会在审美和道德上弱化表达的内核"[2]。在大多数人盛赞《HHhH》之时,伍德却坚持认为,比奈本质上依然是信仰事实,向现实致敬的小说家,他并没有为传统虚构演绎出一种新的可能性,也没有制造出一种道德上更优越的历史小说形式。[3]

在比奈和塞巴尔德的鲜明对照中,伍德解读出作家在道德和审美上两种关于"虚构"的自我意识。述及历史研究中的真相,《奥斯特利茨》的角度让人出乎意料。"我"曾在 1960 年代的比利时安特卫普中央火车站,与一位健谈的建筑艺术史学者奥斯特利茨相识,此人对有历史意义的公共建筑与工程格外痴迷。三十年后在伦敦再次重逢,奥斯特利茨刚刚知晓自己流亡英国的犹太难民身世,急于

---

[1]《HHhH》的叙述者不断披露整个书写过程,坦言处理材料时的犹豫不决,比如"昆德拉暗示他以给人物取名感到羞愧",再比如"我本可以效仿维克多·雨果的描述方式",或者"尽量克制自己凭借已拥有的资料写出过多的细节"。详见劳伦·比奈:《HHhH》,刘成富、张靖天译,第 3—22 页。

[2] Garth Risk Hallberg, "Exclusive: The Missing Pages of Laurent Binet's HHhH"。

[3] 伍德认为,《HHhH》作为一份"支离破碎的记录"(broken record),最后只剩信息的狂潮,因为材料的冗余,即便有具体的敌人(比如海德里希),即便能够刮破"事实"的表皮,也缺少实在的痛感(see James Wood, "Books: Broken Record": 75)。

向"我"诉说他可能的人生故事:他经历了几次精神失常,似乎在幻觉中回忆起童年如何与父母分离,又如何被犹太儿童专列号营救得以逃离死亡厄运。得知母亲阿加塔最后被遣送至特雷西亚施塔特后,奥斯特利茨试图在电影宣传短片匆匆闪过的面孔中寻找她。[1]他为此制作了一部影片的慢动作拷贝,通过反复倒带来辨识陌生的人形和面孔,终于在一场音乐会的观众里魂不守舍地认出了自己的母亲。在这段十页左右密不透风又极其和缓的叙事中,塞巴尔德插入了一幅隔离区的建筑平面图、画有特雷西亚施塔特地区风景的邮票,和两帧宣传短片中的镜头。《奥斯特利茨》的悲剧性在于主人公本身的焦虑与执念,以及最后事实的难以辨认——奶妈薇拉否认这位女听众就是阿加塔。塞巴尔德构建一系列模糊不清的黑白幻象,既排除主要的解释性原则和明显的心理动机,也没有给予清晰明白的结局。在这一点上,《奥斯特利茨》不同于反思纳粹暴行的大多数小说,它没有英雄传奇的展开,一方面放大叙述者的主观愿望与情感,一方面也预设虚构与现实两者间的名不副实。在塞巴尔德这里,文学创伤记忆体现事实与真相之间,确证与理解之间的不一致。

谈及叙事革命的"发生史",单论文体风格无法完整呈现塞巴尔德涉及历史记忆的文学伦理观念。2002年11月4日,《纽约客》

---

[1] 1941年,布拉格西北30公里的要塞特雷西亚施塔特,被海德里希改造为大量犹太人从事无偿劳动的作坊,成为将欧洲西部犹太人送往东方(比如波兰奥斯维辛)途中的临时中转站。1944年,在红十字国际委员会巡视调查之前,党卫军为掩盖种族灭绝的迹象,在几周内建成了假的咖啡店、图书馆、剧院和礼拜堂,营造出一片疗养地风格的社区。对于西边不明就里的人来说,被改善和美化的模范监禁区是充满希望的福地。之后,这里成为纳粹帝国末期美化行动的宣传工具,配有欢快犹太音乐的电影宣传片也应运而生。

"思考"专栏发表了塞巴尔德1997年在苏黎世讲座《空战与文学》("Luftkrieg und Literatur")的部分节选。长文题名为《毁灭的博物志》[1]细述二战最后几年德国城市在暴力空袭之下所遭受的破坏。虽然这一议题常常出现在纪录片、史籍、展览或证人的口述中,但却极少进入能够用于公开读解的"虚构"经验。直至20世纪末,这一短缺在德国艺术家们(无论导演、剧作家、小说家还是诗人)的现代叙述中也未完全得到补偿。塞巴尔德认为,就连经常被引用,以海因里希·伯尔(Heinrich Böll)为代表的"废墟文学",主要关注的也只是战争结束后的返乡("当我们回到家时发现了什么")。人们急于投身重建,有一种不言而喻的默契,约束着战后德国人的集体意识,"这个国家所处的物质和道德毁坏的真实状态是不应被描述的,毁灭终章最黑暗的一面——如绝大多数德国人所经历的——仍然处在某种禁忌之中,像一个可耻的,在私下也不被承认的家族秘密。"[2]塞巴尔德触痛了人们敏感的神经,一方面恐怖事件的残酷性凌驾于人类的理解力之上,它几乎无法用一种可理解的术语去表达;另一方面,德国文学关于二战的历史记忆已约定俗成,从"受害者"心态出发的讨论被认为是狂妄而不道德。但塞巴尔德同情失去栖身之所的难民,更同情战后一代人身处的奇怪而难忘的情境。

---

[1] 直接参与讨论空袭战略的英国人索利·朱克曼(Solly Zuckerman)男爵是不列颠轰炸调查团的科学顾问,《毁灭的博物志》为朱克曼目睹科隆的城市废墟后写作的观察报道 [see W. G. Sebald, "Natural History of Destruction", trans. Anthea Bell, *The New Yorker*, (November 4, 2002): 66 – 77; see also W. G. Sebald, "Air War and Literature", *On the Natural History of Destruction*, trans. Anthea Bell, New York: Random House, 2003]。

[2] W. G. Sebald, *On the Natural History of Destruction*, trans. Anthea Bell, p. 10.

他认为暴力空袭没有令人信服的战略依据,而德国人"悔罪"意识中的自我审查,德语叙述中的集体失忆,都早应纳入公开的讨论。

身处20世纪末期,塞巴尔德的文学叙事展现了多元而复杂的文化历史观。他在评论中激进地探讨盟军无差别轰炸所带来的城市毁灭,同时又在小说中纳入对排犹历史的殷切思考。"毁灭"的发生史以及人类对于"毁灭"的记忆选择,是塞巴尔德四部小说的核心议题。《奥斯特利茨》重点反思屠犹过程中人类机械式的工业性的残忍;《移居国外的人们》中的犹太移民者们在若干年后依然难以摆脱过去的历史阴影;《眩晕感》漫谈欧洲宗教文化史中关于"毁灭"或"重建"的记忆残片,"眩晕感"即来自记忆与经验的差距;而《土星之环》涉及自然灾害与人类暴力所带来的地景破坏,在历史残痕与事实真相的关联中,重新审视善与恶、黑暗与光明的共生。关于"毁灭"的种种理性分析,可以用来检验伍德对塞巴尔德的文体批评:简言之,当隐喻或影射并不足以使历史复活时,在文学中关于"毁灭"的历史必须以"再造"的形式得以再现,只有当虚构对历史的讨论充分自由化和公开化,关于"毁灭"的阴影才会淡去。

塞巴尔德从属于当代最严肃深沉,也最难以读解的写作者阵营。香港作家董启章曾写作一部英文标题的吊诡短篇《Ghost on the Shelf》(2004)[1],小说中陷入疯癫的作家在日记中不仅记录塞巴尔德的死亡,还认真摘抄《土星之环》中的段落,他走火入魔,最后只能通过犯罪供述来向世人表达文学己见。董启章用"鬼上身"

---

[1] 董启章:《衣鱼简史:董启章中短篇小说集Ⅱ》,联经出版事业公司2014年版,第169—186页。

来比喻塞巴尔德如何痴缠写作者,成为作家们"书架上的鬼魂"。这个短篇表达了写作者们"可怜身后识方干"的遗憾。[1]对于大多数身体力行的小说写作者们来说,塞巴尔德的影响是一种模糊的前驱力。批评家伍德事无巨细地反复推敲,迫使我们无数次回望塞巴尔德写作中的支配力量,并最终有可能找到厘清这些作品的某些途径。对于小说家的死,伍德痛感:"他用全部智慧处理着欧洲历史中最沉重的问题,无畏地建立了一种新的文学形式——混合随笔,小说与图像——并以新的方式探讨这些问题。但再也没有这样的作品了。"[2]

---

[1] "9·11"事件之后的两个月,塞巴尔德在驾驶时心脏病发作,与卡车相撞后去世。

[2] James Wood, "A Critic at Large: the Other Side of Silence": 93.

《格兰塔》:"新写作"的虚与实

浮云和藏着猫头鹰的柳树

斜过温和的格兰塔河

清澈水下映着它们白与绿的世界

倒影骑着泊处的浪。

....

学生们走走停停,

恍惚慵懒爱得着迷——

黑袍在身,却不晓得

一派祥和里

猫头鹰从它的炮塔俯冲,河鼠惊声尖叫。

——《格兰切斯特草地的水彩画》

西尔维娅·普拉斯,剑桥,1959年。[1]

---

[1] 笔者译,这诗最初在《纽约客》杂志发表。原文参见:Sylvia Plath, "Water Color of Grantchester Meadows", *The Collected Poems of Sylvia Plath*, New York: Harper & Row, 1981, p. 111.

格兰塔（The Granta）其实就是流经剑桥镇的剑河（The Cam），在徐志摩笔下，它是"世界上最秀丽的一条水"，承载着裸泳少年与剑桥的灵性。1889年，学生们用"格兰塔"命名了新诞生的校园周刊，第一期封面是个面色忧郁托腮沉思的小丑，售价一先令。

刚开始《格兰塔》（Granta）纯为打趣而创刊，一群早慧青年喧哗地抖着机灵，见证剑桥人的江湖恩怨，也记录自己见识的成长。作为一本荒谬无礼，浸润在"批评"语境里的校刊，它很快成为英国知识人与新闻人的摇篮。常驻编辑中，曾有日后在西南联大成为王佐良和穆旦的老师的燕卜荪（William Empson，1906—1984）[1]，有左翼近代史大师霍布斯邦（Eric Hobsbawn，1917—2012），也有汉学家史景迁（Jonathan D. Spence，1936—2021）。即便在20世纪"牛剑"校园红色激进的30年代，"格兰塔人"也只将最热烈的争论献给文艺。霍布斯邦晚年回忆编辑部年少时光，想起免费看戏的福利和熠熠生辉的茶歇，也不由得要检讨，当时的《格兰塔》"实在不怎么样"。[2]

局内人轻佻浮薄，局外人却望而生畏。1955年，美国冉冉升起的文学新星西尔维娅·普拉斯（Sylvia Plath，1932—1963），获富布莱特奖学金留学剑桥研究生院。格兰塔河畔绿草白云，却没有天才少女想象中那样温和。普拉斯投给《格兰塔》的诗和短篇，一两年

---

[1] 燕卜荪任《格兰塔》编辑时为剑桥数学系大一到大三的学生，在《格兰塔》发表了近百篇书评和影剧评。可参见：William Empson, *Empson in Granta 1927—1929*, Kent: Foundling Press, 1993.

[2] Eric Hobsbawm, *Interesting Times: A Twentieth-Century Life*, Knopf Doubleday Publishing Group, 2007, p. 113.

内都没有被启用。她在日记中将《格兰塔》描述成一本剑桥生办的《纽约客》，一本小圈子里的"大"杂志。[1]回到美国后，追忆剑桥时光的诗里，普拉斯这样写道，"一派祥和里/猫头鹰从它的炮塔俯冲，河鼠惊声尖叫。"也许不只是偶然，这首诗最后在《纽约客》发表。[2]对于来自新世界的美国年轻女作家，《格兰塔》那些过分讲究的剑桥文艺，是英国文学圈的缩影，它对新人刻薄，说起话来拐弯抹角。

一

英年早逝的普拉斯不会想到，日后，恰恰是另一位美国学生，为这本"大杂志"注入新机。1979年9月，在剑桥的美国博士生比尔·巴福特（Bill Buford，1954—　）唤醒当时已停刊十年的《格兰塔》，并为之起了一个能让普拉斯破涕为笑的副标题——"美国新写作"。

巴福特丝毫没有回顾《格兰塔》可以追溯到维多利亚时期，作为学生刊物的前史。他把复刊导言写成一篇洋洋洒洒的檄文，专心申讨当时的英国文学。"没劲""不惊人""千篇一律""平庸得要命""无法引人争辩""艺术成就上毫无斩获""少有新声音多数是回响"，所有这些都用来形容当时的现实主义主流，连留下来的唯一褒奖，"聪明稳重"和"技术熟练"，听上去也像是批评。巴福特无法忍受

---

[1] Sylvia Plath, *Johnny Panic and the Bible of Dreams: Short Stories, Prose, and Diary Excerpts*, New York: Harper Collins, 2000, pp. 208-220.
[2] Sylvia Plath, "Water Color of Grantchester Meadows", *The New Yorker*, (May 28, 1960): 30.

当时对实验性持有偏见、恪守传统的大多数英国作家："只有在当代英国小说中，19世纪才会这般赖着不走。"

没有哪个神志清醒的人敢以国家为单位，讨论文学的孰轻孰重，但在巴福特笔下，大西洋彼岸的美国小说已经摆脱了现代主义的殖民，从劳伦斯、普鲁斯特、沃尔夫，甚至乔伊斯那里解放出来，宛若新生，独立又多元。作家们寻找着新的语词结构和语言表达，评论家们提供着新的定义与争辩，乌托邦一样美好的美国文学生态圈是整个新兴世界文学的缩影。这里面不仅有法国新小说，拉美实验派，还有一系列全新自创的冒险：不强调呈现现实世界，不被经验与规范束缚，而是投身于"虚构"本身。这一门美国有而英国没有的独特叙事艺术，和数理逻辑一样，已经隶属科学的门类。读者大概也无从判断巴福特的话有几分真假，当时大不列颠引进的美国小说甚至远不及法国或德国，这多少为巴福特的讨伐提供了便利。

复刊号作为先头部队出场的作家，在今天看来已十分久远。约翰·霍克斯（John Hawkes，1925—1998）《万有的恐慌》（"The Universal Fears"），是一篇在美国早已发表过的短篇，巴福特用它打头阵，因为愤慨于霍克斯最重要的作品《情欲艺术家》（*The Passion Artist*，1979）很久都无法在英国找到出版商；长篇节选来自乔伊斯·卡罗尔·奥茨（Joyce Carol Oates，1938—　）的《黎明之子》（*Son of the Morning*，1978），也是一部美国已出版而英国尚未有下家的作品；唐纳德·巴塞尔姆（Donald Barthelme，1931—1989）的《新音乐》（"The New Music"）和苏珊·桑塔格（Susan Sontag，1933—2004）的《没有向导的旅行》（"Unguided Tour"），是不久前《纽约客》"小说"栏目刊发过的短篇，两者都是晦涩难懂的对话体小说。

评论栏目也从自己人下手，责己感人。《布尔乔亚传统中的约翰·契佛》("John Cheever in the Bourgeois Tradition")将21世纪美国短篇小说最重要的红宝书《约翰·契佛故事集》(*The Stories of John Cheever*, 1978)列为被批判的典型，挑剔契佛只为"中产阶级读者"写"只谈中产阶级问题中产阶级小说"，间接点化那些"无精打采"的英国写作。另一篇《厄普代克的纳博科夫》("Updike's Nabokov")一边评价厄普代克的新作《政变》(*The Coup*, 1978)，一边借机反驳厄普代克在《巴黎评论》访谈中曾发表过的轻谈——巴塞尔姆的作品是"波普"的"行为写作"。最后，担心反叛姿态不够彻底，复刊号以一篇《为布考斯基做广告》("A Plug for Bukowski")结尾。"地下作家"布考斯基（Charles Bukowski, 1920—1994）的写作是20世纪70年代末美国小说另一类典型：沉浸于赌马，酗酒和妓女，不在乎社会政治或纲常伦理，甚至有勇气从强奸犯角度写作强奸幼女的故事。作为藏匿于都市底层丛林中伏击的反智分子，布考斯基与伊丽莎白时期的道德规范有着完全彻底的对立。以上种种，集合在一起，为"美国新写作"的开场白。

巴福特推崇的后现代文学实践，固然是英语系博士生们的心头所好，但实验小说很快就显露了它们危机四伏的一面。进入20世纪80年代，无论霍克斯还是巴塞尔姆都不再是美国小说主力军，直白好读的雷蒙德·卡佛（Raymond Carver, 1938—1988）或安·比蒂（Ann Beattie, 1947— ）显然更畅行无阻。美国作家们突然又温顺起来，行文坦率清晰，对大众日常和本土历史投入一种几乎"英国式"的热情。

倒是英国有些年轻人正在写作更狂野奇特，生机勃勃的小说。

巴福特不得不转过身，重新招抚曾被自己鄙视为只出产"《理智与情感》型"小说的作者。到了《格兰塔3》，前两期中的美国阵容就已经被清一色反叛的英国作家所取代。巴福特独具慧眼地选择了安吉拉·卡特（Angela Carter, 1940—1992）的短篇《表亲》（"Cousins"）——一则对童话"彼得与狼"的改写，并节选了萨尔曼·拉什迪（Salman Rushdie, 1947— ）尚未出版的长篇《午夜之子》（*Midnight's Children*, 1981）。当时卡特还远没有今天的地位，而拉什迪几年前完成的处女长篇《格林姆斯》（*Grimus*, 1975）无人问津。次年，《午夜之子》得以出版并一举获得布克奖，连巴福特本人也惊叹于自己作为出版编辑的眼光。

大张旗鼓的复刊号还没来得及完全展现与现实主义死磕的美国文学景观，《格兰塔3》却已经在记录英国文学走入的黄金年代，一个介于巴塞尔姆与简·奥斯丁之间的写作方阵。由复刊而引起的"英美文学之争"，没有开始就已经结束。巴福特要征服的是一个比剑桥大得多的世界，他无心做战后美国文学复兴的护教者，也无心孤注一掷地拥护实验写作。他一定已经意识到，要细水长流做杂志，不用反复追悔自己乱糟糟的判断，必须从国别和流派以外的角度讨论文学。

《格兰塔》不再是快人快语的学生周刊，而是以主题为系列的季刊，"一本有关'新写作'的平装本杂志"（"A Paperback Magazine of New Writing"）。截至2016年，在全球有着近4万册发行量的《格兰塔》，已出版了复刊以来第134期杂志。平装的小开本让它看上去更像一本书，感觉上有着比杂志更持久的生命力。"新写作"在体裁上也几乎无所不包，除了虚构类的长篇节选、短篇和诗歌以外，还囊括大量非虚构类的评论、报道、传纪、访谈、书信、回忆散文，甚至用图像叙事的摄影作品。

几乎任何一种写作都可以被称之为"新写作",也几乎任何一种写作都可以立刻站在"新写作"对立面。它不强调地缘政治上文学属国归类,也放弃了对文学形式的总结与命名。这三个字语义含糊身份暧昧,狡猾到让人无法争辩,却也很好地包容"文学"本身微妙的演化与延展。三十年以后,中国大陆青年女作家张悦然也以"新写作"为副标题,创办了文学杂志《鲤》。或许可以这么说,"新"是《格兰塔》及其后继者们最钟情的写作现实——一种年轻、反叛、打破边界、本土之外的叙事。

二

1983 年春天,巴福特所掌握的资源已足够主办一场文学选秀。《格兰塔 7》从至少有一本小说出版(或即将出版)的大不列颠公民中,甄选出 20 位 40 岁以下的作家,以他们的短篇或长篇节选组成"格兰塔·英国(不列颠)最佳青年小说家"特辑。

恰恰也是从 20 世纪 80 年代伊始,遍地开花的文学奖,文学节,朗读会,发布会,指引着聚光灯走向,让作家们像明星一样可见。以文学奖项为例,自 60 年代起就有的布克奖,进入 80 年代,才开始体现作为英语世界最高文学奖项的市场价值,为作家带来可观的印数与版税。"格兰塔最佳"大约也算作一场让读者们买书的市场营销,但卖书不是文学杂志的分内事。为了在取舍标准中体现严肃,避免畅销的类型小说,侦探悬疑不选,奇幻魔幻不选,儿童文学也不选,偏重写作当代全景的长篇小说。

今天重温第一届"格兰塔最佳"名单,三十多年前预言的可能性,还真成就了当代英国文学的坚实地表:朱利安·巴恩斯(Julian

Barnes，1946—　）、拉什迪、伊恩·麦克尤恩（1948—　）、马丁·艾米斯（Martin Amis，1949—　）、格雷厄姆·斯威夫特（Graham Swift，1949—　）、石黑一雄（Kazuo Ishiguro，1954—　），这些人与背后推手巴福特，至今仍然是英语文学最主要的大家和主宰者。他们长时间地占据着伦敦文学中心，被调侃为"牛津地方帮"[1]。如今，每十年评选一次的"格兰塔·英国最佳青年小家"榜单，成了和布克奖一样主流的文学权威。"格兰塔最佳"这几个字是书腰上的畅销章，也是一言九鼎的作者简介，更重要的是，它让作家在青年时代就有机会进入文学史。

青春文学一不小心就与稚气未脱划上等号，不幸站到严肃与经典的对立面去。尽管18岁的萨冈写了《你好，忧愁》，19岁的简·奥斯丁写《理智与情感》，托马斯·曼25岁写《布登勃洛克一家》，少年老成写出伟大作品的名单，可以没完没了地列下去。《格兰塔》把目光长久地停留在新生一代，至今为止坚持了快四十年。那些在二十几岁就写出大长篇的当代英国作家，甚至能接连两次入选"格兰塔最佳"榜单，一二届有石黑一雄，二三届有苏格兰女作家A. L. 肯尼迪（A. L. Kennedy，1965—　），此外还有同时入选三四两届的扎迪·史密斯（Zadie Smith，1975—　）和亚当·瑟尔韦尔（Adam Thirlwell，1978—　）。《格兰塔》为青年写作者提供了无与伦比的平台，给予他们早早成名的便利：走出寂寞书斋瞧瞧外面的世界，练就一身与媒体公众对话的本领，熟悉另外19个与自己比肩对抗的玩伴。

总在寻找新鲜血液的文学星探《格兰塔》，无论多么想预见未来

---

[1] Jonathan Wilson, "A Very English Story", *The New Yorker*, (March 6, 1995): 98.

也难免会犯错,有心软眼花的时刻。在某个历史节点捕捉一群蓄势待发的年轻作者,这些人在未来可能有大气象,也可能每况愈下。猜错或许比猜对更具有启示,"格兰塔名单"的偏见和武断,它的失误与遗漏,本身也值得探讨。为什么几乎每一届都有过半的作者拥有牛津或剑桥学历背景?为什么长篇比短篇在入选时更占优势?为什么女作家比男作家更有优势?为什么列一份"英国/大不列颠最佳"名单,却不得不尴尬地把爱尔兰作家摒除在外?

"格兰塔最佳"名单尽力模糊作家的属地问题,而异地流动来的精英也让不列颠的人口组成日新月异。到了2013年第四届名单公布时,一半以上的作家是入籍不列颠后用英语写作的"世界公民"。除了来自中国的郭小橹(1973—)、三位来自南亚大陆:巴基斯坦的卡米拉·沙姆希(Kamila Shamsie,1973—)、孟加拉的塔米玛·阿奈姆(Tahmima Anam,1975—)、印度裔的桑吉夫·萨霍塔(Sunjeev Sahota,1981—);三位有非洲背景:尼日利亚-加纳裔的泰雅·泽拉西(Taiye Selasi,1979—)、索马里的纳迪法·默罕默德(Nadifa Mohamed,1981—)、尼日利亚的海伦·奥耶耶美(Helen Oyeyemi,1984—);算上加拿大、美国,以及澳大利亚出生和长大那几位,土生土长的不列颠作家已变为20人中的少数派。"格兰塔最佳"名单中稀奇古怪的名字越来越多,每一个让人舌头打结的姓氏后面,都沉甸甸横躺了一个国家甚至一整片大陆的寓言。

巴福特1995年离开伦敦回到美国,加入《纽约客》"小说"栏目。《格兰塔》由英国老报人伊恩·杰克(Ian Jack,1945—)接手,在一年后推出《格兰塔54·美国最佳青年小说家》特辑,比巴福特在《纽约客》起草的那份名单——20位40岁以下的美国小说家——早了整整七年。"格兰塔最佳"如今已涉及英语语种以外的青年文学选拔,比如《格兰塔113》的"西班牙最佳"和《格兰塔121》的"巴西最佳"特辑。杂志也两次推出中文译本,《格兰塔119》和《格兰塔123》由上海文艺出版社发行,让大陆读者得以一睹真容。

三

《格兰塔》越国际化,"家"里的叙事越显得边缘和偏狭。这本杂志里最性感,与老旧帝国相隔最远的异域风情,"中国"恐怕可以算作一个。

与"中国"有关的叙事最早出现在1984年秋天,《格兰塔13》刊登了美国汉学家夏伟的特约报道《中国的另一场革命》("China's Other Revolution")。此后十年间,借《格兰塔》的阵地,夏伟用新新闻主义的写作方式,多次记叙了三中全会后中国社会与风貌的巨变。中国一时间成了时髦的话题,同一期《格兰塔20》(1986年冬)上,一边有夏伟客观详实地报道80年代中国的审美匮乏,谈及媚俗的工艺品和鱼龙混杂的城市建设;另一边,英国游记作家柯林·施伯龙(Colin Thubron,1939—)热闹记叙着《南京的一家人》("A Family in Nanjing"):在一次做客的晚上,施伯龙先生见证了嫁入工人阶级的资产阶级小姐,冷嘲热讽的婆媳,打小孩的家长,热情学英语的中学生,爱美却对美毫无感知力并试图勾引自己的女主人"华"。夏伟因当时盛行的工艺品猫盘(玻璃凸面下的镶着塑料眼睛用涤纶粘贴的小猫),感叹中华文明蜕变为彻底非中国的俗气设计,谨慎深入又退而有善意的宽慰:审美只要脱离了政治纲领,即便处于艺术的最低谷也算作一种进步。但施伯龙君临东方式的感受要直接得多,比起南京女人"华"的矫揉造作,作家在帝国文明庇护下安坐无忧的叙述本身更让人不安。一边在钢琴边自弹自唱《我爱你中国》，一边对西方文化和白人男性无比渴求的"华"，无论字面直指还是用来比喻的，都是解禁后在改革大潮中迷失方向的中国。

20 世纪 90 年代起，旅美华人作家的英语写作不断被《格兰塔》采用：与移民经验有关的短篇，有哈金（1956— ）的《两面夹攻》（"In the Crossfire"）与严歌苓（1958— ）的《女房东》（"The Landlady"）；知青在农场的故事，比如闵安琪（1957— ）自传小说《红杜鹃》（Red Azalea, 1994）的节选；以当代中国的家庭日常为幕布，比如吴帆（1973— ）的短篇《猴年》（"Year of the Monkey"）。

21 世纪以来又多了许多中国学者或诗人见缝插针的闲谈：陆谷孙（1940— ）转述伯克利校园里大尺度的政治玩笑；北岛（1949— ）谈画家周山作与周大荒兄弟如何从"异国他乡"的苦孩子，成为西方现代艺术的筑梦人；同样作为走出去的艺术家，杨炼（1955— ）唏嘘谈及在纽约做诗人为生计奔波的处境，"资本主义不仅仅是个口号，它是钢铁一般的思维"；也有一字不易的短诗被译成英语，比如王寅《飞往多雨的边境》，也比如黄灿然的《孤独》。

2007 年起《格兰塔》较为系统地推出三位 70 后的华人写作者，有入选第二届"美国最佳"的李翊云（1972— ），入选第四届"英国最佳"的郭小橹（1973— ），以及由译者陶建（Eric Abrahamsen, 1978— ）和刘欣（Alice Xin Liu）共同推介的阿乙（1976— ）。

李翊云 1996 年北大生物系毕业后留学美国，因喜爱写作加入"爱荷华作家工作坊"，是出现在《格兰塔》和《纽约客》两大文学新秀榜的双料选手。或许不仅仅出于偶然，《纽约客》中李翊云更像一个"受益于背井离乡"的作者,《格兰塔》却显示了女作家审视现实的特殊通道——用文学想象改写热点新闻:由中国首家女子侦探所而启发的短篇《房火》("House Fire");从被华人论坛疯狂人肉的湾区婚外情而衍生的短篇《从梦境到梦境》("From Dream to Dream");最近出现在"格兰塔"网站的李翊云作品,节自长篇新作《比孤独更温暖》(*Kinder Than Solitude*, 2014),小说由"朱令铊中毒事件"萌发,却与现实事件有着完全不同的走向。对于李翊云来说,新闻结束的地方,是虚构的开始。

郭小橹 2002 年到英国电影和电视艺术学院学习,在此之前,她是北京电影学院的毕业生,四部中文小说的作者,两部国产电影的编剧。在伦敦生活的十多年间,郭小橹已执导了十部长短不一的独立电影,这些纪录片或故事片大多在中国取景,她依然写与中国有关的小说,不过用英文而不再用中文。《格兰塔》选中的作品节选自郭小橹的第三部英语小说《最蔚蓝的海》(*I Am China*, 2015),寻求庇护的中国朋克艺术家情侣——摇滚明星蒙古族的"忽必烈健"和女诗人"穆"——的故事在一堆书信和日记中展开。"健"手持苏联作家格罗斯曼长篇史诗《生活与命运》,"穆"吟诵着金斯伯格的《嚎叫》,无论他们最终是否叩启了通往"自由世界"的大门,都无法阻止郭小橹在欧洲畅行无阻。短短一年半间,这本英文原名为《我是中国》的小说已有七种不同语言的译本。

阿乙人在中国并用汉语写作,《贫瘠之地》是他在洪一乡做警察时的琐事拼贴:一具女乞丐的尸体,雨天骑车被闪电劈中的砌匠,滑稽失败的赌徒抓捕行动,还有被"我"抛弃的理发店姑娘。《格兰塔》选用的另一篇阿乙作品《小偷》,讲一群小镇警察捉回一个毛贼,百般捉弄羞辱,拷牢了要他表演缩骨,结果小偷真的逃了,警察遍寻无果,发现他扒在派出所外二楼的墙面害怕摔死。前一篇细述乡镇青年热望每一寸柏油马路,后一篇小偷的困境,几乎也属于被安置在国际化视野中的作家:看似自由无限,其实双手早已被拷牢,即便有轻功神技,也会被一堵莫名其妙的矮墙拦了去路。

阿乙笔下的"中国"有一些真实可怕的转折,无法用常识去厘清,唯有在小说里可以讨论。"他们面对城镇户口就像早期的黑人面对白人……我好像看见一个黑人在欣喜地告诉我:'现在,我终于也是一个白人了。'"[1]这是阿乙在《贫瘠之地》中写下的话,来自美国的译者陶建不得不特别写下了一小段译注,提前为阿乙开脱,请求《格兰塔》的读者抛开陈见:

> 初读这则故事,看到阿乙把中国城乡矛盾比作美国白人与黑人的关系时,我突然觉得窘迫难捱,那种局外人一脚踏入你的文化,欢快把玩其中最敏感部分时会有的感受。有一些特定的社会问题,讨论它们时必须遵守的规则,已经比这些问题本身还要深入人心,当有人不明就里地硬闯,你通常能做的只是退避三尺,祈祷它快点结束。[2]

不额外作解释,或许没有人懂得中国语境中"户口"二字的重要。没有事前的特别声明,阿乙模棱两可的类比,或许真会让"那厢"情境中的读者们脊背发凉。"为谁写"和"给谁看"是写作中首要面临的两个问题,《格兰塔》和它与日俱增的世界大同,让作家不得不直面两者间可能的矛盾。李翊云或郭小橹在放弃母语写作时,大约也遭遇过同样的尴尬和困惑,她们无时无刻不在担心自己打破

---

[1] 阿乙:《贫瘠之地》,《阳光猛烈,万物显形》,北京十月文艺出版社2015年版。
[2] A Yi, trans. Eric Abrahamsen, "Barrenland", *Granta* 124.

了"这厢"读者心目中讨论问题时约定俗成的语法与规则。

巴福特也一定预想到了,《格兰塔》会在文学之外的维度上被当真和放大。在复刊号中,像陶建为阿乙写作免责声明一样,巴福特引了一段巴塞尔姆笔下小矮人说过的话:

> 我们喜欢里面有大量废话的书,它们显得不那么切题(或者根本就不切题),但小心谨慎地想要切题,能给人一种正在发生什么事的"感觉"。获得这种感觉不是通过阅读字里行间(因为那地方,那些白色空间里什么也没有),而是通过阅读每一行字本身——盯着它们并由此获致一种不完全是满足的感觉……[1]

《格兰塔》的"新写作"并不为塑造一个"切题"或"正在发生"的文学拼盘,不为记录历史或表忠政治的冲动,不为在"窘迫难捱"中认清隐而未申的部落认同。这些问题都过于复杂,如何交给一本文学杂志来解决。"新写作"虚虚实实,唯一不变的是某种写作精神的古怪延续,后来者对以往经验一边膜拜一边鄙视,打算将过去与未来,这厢与那厢相连。《格兰塔》唯一能够真实记录的,是进行时态中的写作,是正在发生的爱慕和挑衅,哪怕被误解成一个中国人在妄议美国人几百年也解决不了的难题。有时恰到好处,有时让人"不完全满足",它迫使作者,有时候甚至是读者,没日没夜去思考,"接下来该写点什么?"

---

[1] 唐·巴塞尔姆:《白雪公主》,周荣胜、王柏华译,哈尔滨出版社1994年版,第98页。

"短故事"的游戏：
2016年短篇小说略览

短篇小说写作的2016年，尚不足以成为一个典型的，或标志性的年度。作为共时性的写作试水点，它与我们的距离之近，近到难以在文学史中妥善安放。本文所作的年度综述，从一系列适用于短篇的创作原理入手，试图在既定的概念框架中，调查归纳当代文学语境下的年度短篇小说与年度短篇小说家。即便"类型"的概念并不完全适用于严肃文学，即便本年度的短篇各自具有相当优异的独创性，本文依然要将这些作品简化后进行分类。它们与其他作品的相似之处，它们无法免除的一般性特征，恰恰提供了它们与文学谱系的匹配关系。在短篇小说的进化与延续中，同义反复不等于一成不变，微乎其微又举足轻重的尝试与调整，包含有益的良方妙计，也包含多歧路写作途径中需要规避的风险。综述的目的，不仅为冷冻这些重要的短篇小说样本，存储世界文学漫长历史中的一小节剖面，也为文学"自主"系统历史的动态搭建。在不寄生于社会伦理、哲学或心理学注脚的前提下，本文既讨论短篇写作的可能性，也处理文学语言生发过程中所遭遇的必然性与不可能性。哈罗德·布鲁姆有言在先，比起诗歌、戏剧或长篇小说等其他门类，短篇与短篇之间，有着联系更为紧密的"共通要素"。[1]

一、少年神侃："我的话不停"

在神权时代的史诗叙事中，英雄们出场前总要自报家门，他们杀过谁，被谁征服过，取悦过哪些神，又激怒过哪些神。同样，以第一人称为意识视角的成长小说（bildungsroman）需要说出"我"出生何处，父母是谁，又如何成长。还有什么比"神侃"二字，更能总结当代成长小说中格外内省的主人公？他们踩着俚语的微妙韵律，老气横秋的黑话讲不停。在韩少功《枪手》中"文革"初期的城市大街，"我"被"文攻武卫"积极分子夏如海的手枪走火打中，成了武斗伤员，在医院见识了报纸与庆典之外山头林立的世界；王手的《阿玛尼》回顾20世纪80年代初的地下赌局，混过拳坛的"我"在隔壁金龙妈的赌局镇场子抽头薪；麦家《畜生》中"我"一路飞奔去镇上看公判大会枪毙犯人，怕自己成为全村唯一没见过杀人的小孩；"我"还在李云雷的《纵横四海》滔滔不绝讲述乡镇少年的黑社会岁月。江湖里混的坏小子们急于宣告青春期的终结，自以为担得起阴谋与凶险，只是生活的难解远远超乎他们的想象。另一些总在自我观照，每个毛孔都敏感的少年，分享本该沉默的缜密心思，却始终无法成为家庭中心，成为爱与赞美的对象。在世俗生活的哄笑与鄙弃中，少年不得不面对成年仪典一波三折的考验。吴昕孺《去武汉》的"我"一心要看长江大桥，摸解放军的枪，去霸道美丽的三表姐家里做客，演习了无数遍的精彩想象却打动不了父母；

---

[1] 哈罗德·布鲁姆：《短篇小说家与作品》，童燕萍译，译林出版社2016年版，第6页。

杨凤喜《我和玛丽的合影》中"我"难得有了与外国人"同框"的机会，却弄丢了珍贵的合影。笃信温良的天真少年，无法参透成人世界的复杂：盛可以《喜盈门》的"我"眼见全家人期盼将死的姥几（曾祖父）再快些死去，陶丽群《清韵的蜜》中姑父在外面找的女人用蜂蜜讨好"我"，被唾弃的第三者却裹挟着甜蜜的味道。在走向成熟的必经之路上，道德判断与知性选择的答案并不明朗，一旦年轻的主角们决意记录危机重重的成长经验，摒弃单纯遁入迷茫的旅程便开始了。

但旅程的记录，或者说，因果关系叙事的时间组织又各有不同。艾米莉·狄金森诗中曾写，"要说出全部真理，但不能直说/成功之道，在迂回……用娓娓动听的说明解除孩子/对于雷电的惊恐"[1]。弯弯绕绕，语流沉静的散漫思绪，有时牺牲了短篇中平坦流畅的过渡，但"滞缓"本身带来了惊人效果。童伟格的《假日》中，尚未在矿场事故中死掉的父亲和工友们在树下欢闹，"我"在树梢替他们放哨，望见生气出走投奔"我"家的外婆，追来的外公用教"我"学骑机车化解和外婆的争吵。童格伟打乱"时间—逻辑"顺序，反向建构了话语的时间情境，由"学骑车"到"看见外婆"再到"替父亲放哨"，迂回消解"成年身份"释放出的强光。黄德海的《间世三景》也依赖绵长细腻但极有弹性的童年印象：一座大坟断开了一亩因独生子女奖励得来的土地，小时的"我"在"独生地"受惊失魂；长大后又洞见曾为"我"叫魂的女人在雪地"受耻"（向鬼神忏

---

[1] 原诗为"Tell all the Truth but tell it slant—/Success in Circuit lies…As Lightning to the Children eased/With explanation kind."译文引自：狄金森：《狄金森诗选》，江枫译，湖南人民出版社1984年版，第215页。

悔自己泄露天机的罪）；间世的最后一景，进入城市生活的"我"比划射击的动作，在意念中杀死一个侮辱"我"的保安。以"问世"为题，黄德海或许是要指向出世与入世两分法之外的"人/世"趣味，也或许暗示了"我"与文学习惯中的"叙述者"微妙惝恍的关系。在"热得淌水"的七月一景中，"叙述的我"与"被叙述的我"几乎化为一体，"我"的语态不停地回到自身，并不涉及其他。

"假射击"是话语的突发奇想，语态中既无负罪感，也缺乏自我控诉，但它并非只为实践写作行动中纯粹意志的自由出入，在黄德海的这一则短故事里，对于陈述活动的主体"我"来说，庖丁解牛的"以无厚入有间"是一种可怖的逍遥。关于"我"的叙事是什么，"我"就是什么，在"少年神侃"的单述性叙事中，写作的话语性远大于其虚构性。回过头再看《枪手》中叙事话语的形态分层："小驼背"夏如海明明是打伤"我"的枪手，却在医院里充当业余警察管闲事，弄枪舞棒地维稳平乱，他很快名声在外，得了"海司令"名号。现代"英雄"的第二层叙事发生在夏如海入狱之后，同父异母的妹妹夏小梅找"我"为其申诉，"叙事的我"依托"被叙述的我"，情景化还原地转述了夏如海被父亲和后母作伪检举的家庭恩怨。最后，话语完全入侵了虚构后的第三层表述，讲完了这个原本没有尾巴的故事，在"我"的虚构中，海司令在监狱里杀了囚警，被判死刑。视角决定着受述者的感知与理解，《枪手》用毫不隐蔽的作者意图，放大了短篇中固有视点和实际视点的对立与扭曲。

而另一种更暴露元小说特质的文本，比如马原的《白卵石海滩》，进一步否定了从直接话语向被转化话语的过渡。故事用某个作家的日记做题记，又在这位作家折断的笔尖中结尾，在作家虚构的核心中，沙滩上的男子一边讨厌着苍蝇，一边给恋人讲在 A 市震后救援的故事。这是一个男子"我"和恋人"我"合作完成的复述性故事，在"相互讲述"的奇怪加法中，"叙述的我"与"被叙述的我"之间难以逾越的界限消失了。在东西的《私了》中，为了拖延儿子已死的消息，老人每过一天都将子虚乌有的故事虚构得比前一日圆满；东君《懦夫》的制胜要素，是虚构而非武力；罗望子的《邂逅之美》、赵志明《我们的朋友小正》、周李立的《酋长》和《去宽窄巷跑步》，所有这些短篇中侃侃而谈的主人公，都展露着人物经验与叙述方法之间的鸿沟，要读者服从，也要读者反抗，放弃仅存的那一点对"真实"的期望。

二、"必须刺激"与"不断消沉"

"必须刺激"，是短故事大师爱伦·坡的写作原理。《枪手》兴致勃勃地描述中枪后的炫目狂乱，"我"头晕目眩地自问，"这是什么意思？这红红的液体不就是血吗？我的天，刚才那一枪是打中了我？"韩少功戏谑又庄严的一枪拉动了小说的帷幕。而《白卵石海滩》中，毫无防备不可预见的枪声彻底改变了故事的性质。通过微弱的呼救声，男子在震后废墟中挖出了奄奄一息的女孩，带着干渴难耐的伤者接近城市游泳池时，担心珍贵水源被破坏的军人朝男人怀里的女孩开了枪。枪声作为小说中的最大"刺激"，完成了从"救人"到"杀人"的情势逆转。在另一些小说中，铺垫只为"突变"的行动力服务：储福金《棋语·搏杀》中，受述者被棋局古怪的让子规则所牵扯，无法预见棋局外更为实在的搏杀；黄蓓佳《布里小镇》的高潮，是"我"的丈夫将两条香烟，扔手榴弹一般掷进老情人家洞开的窗口；南翔《回乡》中原本让人避讳不及的"海外关系"成了溺水者手中的救命稻草，但相聚带来的巨大冲击力比分离本身更让人难以忍受；老人在家中藏宝，提前买好的墓穴证藏得找不到，只好去陵园补办，结果摔死在墓地，这是荆歌的《防盗记》；在苏童的《万用表》中，老鬼对小康被囚禁的生活心有愧疚，他常常接到陌生来电，无言的电话那端似乎常有"咣地一声脆响"，老鬼因此幻想自己听见了一只搪瓷扁马桶落地，清脆确凿的声音为我们脑补了叙述中故意省略的刺激，小说在余音缭绕处戛然而止；张玉清《一百元》中厌倦了城市文明的女画家入住农户写生，叠成元宝的一百元房租被看家的黄狗吞食，农民将狗剖肠挂肚，在敞开的腹腔中挑弄寻找的尖刀，戳破了画家对村庄现实的理解；一个钉子户敢杀人，敢卖闺女，却不敢承受老了的孤单，这是弋舟《出警》中的逆转与讽刺；鲁敏《拥抱》中的女人与老同学见面，却被恳求与对方自闭症的儿子约会，原本反感社交式拥抱的女人，最后被刚踏入成年的男孩山洪暴发般地紧紧环绕。

几乎所有的当代短篇都可以当作谜语来解，秘密的揭露是另一种常见的刺激。刘庆邦的《让她到家里来嘛》，丈夫的女友登门入室并不稀奇，妻子的男友才是最大的彩蛋。《清韵的蜜》中原来是姑父不育，而非姑姑不能生养，为故事再添了不一样的维度。但在有些例子中，问题的提出是最大的"刺激"所在。《畜生》中的"我"始终不明白"糟蹋牛"这三个字的意义，不明白傻子放牛人为何要因此被审判。哲贵的《活在尘世太寂寞》，追寻神医诸葛家族传男不传女的一句神秘箴言。麦家和哲贵都有意将谜底设置得平常袒露，其力量远小于谜面自带的张力。同样，都市恋爱推搡的谜语困扰着马小淘《小礼物》中拘谨的大学青年教师，心仪的女孩要送给自己的"小礼物"，究竟是手工皂、台历之类的小玩意，还是另有所指。在无可辩驳的线索之后，鬼鱼的侦探小说《临江仙》利用推理的外壳，又摆脱推理的模式，并不公布凶手是谁。这些理智清晰、秩序井然的小说，与谜语的本义渐行渐远，它们的内在逻辑不再是围绕惊诧的谜底或刺激的突转。故事的核心任务不再是拖缓答案的揭晓，而是让文本样态看起来毫无实证的目的。推理小说的先驱柯林斯说，"让他们哭，让他们笑，让他们等"，而当代读者等待的，却是谜底之外的东西。

爱伦·坡强调刺激，又说故事中必须"刺激"的部分终将被"不断消沉"所抵消，因为：

> 回头再读……我们先前所指责的，现在却加以赞赏——先前所极其赞赏的，现在却加以指责……纵然是天下最好的史诗，其最后的、全部的、或绝对的效果，也只是等于零。[1]

爱伦·坡算不上写作原理的行家，但他无意间提及的"效果的清零"，或许解释了当代作者那些"不断陷入消沉"的写作心情。曹寇的《恶臭——妇女研究之一》中，老人的女儿清理房间，试图找到持久散发恶臭的源头。不请自来穿着暴露的邻居老头，窥视着女性的日常隐私，并为微小的侵犯和猥亵为乐。混沌的欲望和迷惑性的"恶趣味"，暗示着露骨与刺激就在某处，但小说以"妇女研究"为题，重点却不在表达女性被践踏的尊严或被堵塞的出路。"恶臭"源头的真相被掩埋，它的面孔是双性的，个体的癔病既属于女人也属于男人。在知解力上做加法，在情感力上做减法，这种奇怪的审美平衡，没有让叙事回到起点，反而替它摆脱了日常的趣味性与道德感。

---

[1] 爱伦·坡：《爱伦·坡精选集》，刘象愚译，山东文艺出版社1999年版，第636页。

三、犹疑与笃信：通往奇幻之路

萨尔曼·拉什迪曾在小说开场从飞机里炸出两个活人，并让没有翅膀也没有降落伞的两人毫发无损地落地，即便是脑袋朝下的直直坠落，其中一个角色的圆形礼帽仍难以置信地戴在头上。2016年的中国，许多与奇幻有关的短篇也在尝试"飞"的动作。李浩以《会飞的父亲》之名写作了三篇不同的小说，前两篇用幻想为飞翔开辟路径，缺席的父亲总在飞走或飞回的路上，第三篇转而聚焦"飞"的写作本身。李浩坦白虚构试验中的反复，有时塞一对翅膀给父亲，有时又拔光翅膀的羽毛。在这些被曝光的写作图纸上，作者并没有自己形容得那样手忙脚乱，我们看见了一个以"飞"为支点，不断寻找叙事动机的写作者。在李云雷的《再见，牛魔王》中，"飞"用来作为启蒙的泉眼，牛魔王一出场就在城市上空"飞"过。它已经拥有自由的法力，却将奥威尔和里尔克挂在嘴上（它并没有像里尔克《豹》中形容的那样，"目光被那走不完的铁栏缠得这般疲倦"，或"千条的铁栏后便没有宇宙"）。拉什迪故事中头下脚上像胎儿滑进产道一般的飞行，意在诞生而非死亡，李浩用"飞翔"打开父子关系的新渠道，而李云雷用它挑战神、人与魔之间既有的高低秩序。这些小说在主题和修辞技巧上接近怪诞，似乎什么都有可能发生，绝不仅仅为讲述离家的父亲，或逃离屠宰场的觉醒的公牛，但同时它们又不是神异故事，不倚仗荒谬或勉强的因果关系，文本大多数时候都遵循着常识和理性。

在文学探险中始终维持着现实与梦境，真实与幻觉间的模棱两可，是奇幻写作的核心。兹维坦·托多罗夫认为奇幻文学正好位于怪诞和神异的分界线上，它与这两种文学类型有所重叠，不完全是对超自然的解释，也不完全是对超自然的接受，是"一个只了解自然法则的人在面对明显的超自然事件时所经历的犹疑"[1]。托多罗夫让我们注意到奇幻小说的结尾,如何恰到好处地终止叙述,停留在奇幻之中,而不是迈出有可能终结犹疑的一小步,要么给出理性的解释,用意外,巧合,药物,梦境或疯癫去瓦解超自然,要么最终臣服于超自然的世界。双雪涛《跷跷板》中的"我"在医院照顾女友癌症晚期的父亲,这位机械厂老厂长临终前向"我"吐露,曾在工厂改组时杀了不肯被买断的工人甘沛元,并把尸体埋在工厂子弟幼儿园跷跷板的地底下,老厂长请"我"为甘沛元迁尸立碑,还死者清静。半夜在荒凉的机械厂,"我"分明是被一个叫甘沛元的门房拦下,随后又在荒废多年的跷跷板地底下,挖出一副骸骨。双雪涛的短篇混合了凶杀(必须用理性去推理)与灵异(来自超自然的解释)两个不同的文学亚类,故事不仅变得更费解,而故事的性质也被故意模糊。奇幻的封闭结构善于酿制极限的情感体验,如果换一种叙事类别,《天蓝》和《跷跷板》让人好奇又恐惧的程度多半会大打折扣。

但任何形式的分类都应当被质疑,有些短篇小说的结构方式与怪诞和神异同时相关。比如黄昱宁的科幻故事《千里走单骑》有着超自然的背景:在未来超数据时代,"虚构成瘾"的人类利用全套身体虚拟机,可以足不出户地体验世界各地,只有一家"千里走单骑"的公司还有最后一位快递员提供真人快递的服务。当今现实中潜伏已久的"蛰居文化"在黄昱宁这里破土而出,读者很难意识到自己是在处理一系列超自然事件,他们对快递由无人机投递的异域时空

---

[1] 兹维坦·托多罗夫:《奇幻文学导论》,方芳译,四川大学出版社2015年版,第17页。

毫无陌生感。在叙述的进程中，超自然时空里的"自然性"才是最重要的法则，快递员这个真实的男人有"绵绵不绝的瑕疵"，每个细节都"溢出标准的人生之外"，让主角"我"格外心动。就像《一九八四》中被老大哥分离的温斯顿和茱莉娅，"我"和快递员很快各自受到了惩罚。黄昱宁将非理性与理性置换的叙事结构，表明她不再像双雪涛那样，在乎用文本勾起读者的"犹疑"。她甚至重新启用了可以让奇幻故事瞬间瓦解的"讽喻"，这个故事中道德训诫的重量压倒了对未来尖端技术的好奇。我们的目光无法再局限于由字面含义建立起的物理时空，所有注意力集中用来领会其中的寓意，提防逐步倒台滑向异托邦的乌托邦世界。同样，王苏辛《白夜照相馆》中的奇幻效果也因故事的寓意而削弱。经营白夜照相馆的一对搭档赵铭和余声（或许有"照明余生"之意），为新城移民们按照各自的意志修复照片，编辑记忆重塑前史。90后王苏辛颇有一颗看破世事的"老灵魂"，小说中每一条驿城街道都拥有从生到死的职能机构，长如"十几条鲸鱼的体魄"，可以类比任何社群。王苏辛与奇幻保持距离的另一种方法，是启用全知视角，每个人物都被谨慎命名。

"被叙述的我"最适用于奇幻类型的写作，用作者的名义见证超自然的迹象，也用作者的名义对此将信将疑。《再见，牛魔王》中甚至有两个"我"，牛魔王的"我"用来见证，而叙述者的"我"用来存疑。残雪《美丽的晚霞》和《白夜照相馆》一样，选择不用"我"作为叙述者，避开模棱两可的状态，拉远读者与奇幻经验的距离，剥夺他们犹疑的权利。《美丽的晚霞》直接进入飞县老年人生活的"文学场"——一个已经默认了超自然法则的神异状态。寡妇苇嫂的生活紧跟"文学的风向标"，她在文学的堡垒里拜见文学女王，同时和两个男人爱得滚烫。但实际上，简单的概括很难传达这部短篇从始至终的低烧状态。残雪仅仅用对白就将读者完全囚禁在文学的设计中，每个人物对文学的效忠都饱含热情。这些话语越是要表达出真情实意，就越是背离生活中的说话原则，像平地升起的舞台一样遥不可及。但高潮饱满的情绪之后，苇嫂单纯却并不浅薄，崇高却并不滑稽，"文学"在文学边缘人的生活中施展了从无到有的魔法，像上帝之光一样微小而造万物，是这部短篇的奇异所在。

四、"互文"：文学记忆的继承和背叛

许多年前在读书笔记中，残雪称博尔赫斯的《巴别图书馆》是个光芒四射的故事，"永不休息的图书馆员将通过创造性的写作进入这个心灵宇宙中去探索"[1]。无论是突然现身又随时隐藏的图书管理员，还是一本永远也找不到的万能理想书，《美丽的晚霞》都让人许多次地想起《巴别图书馆》。互文是最具普遍性的现代文本方式，把生活浸泡在既有的艺术里再做改动，重叠复读，或整合浓缩，有时深化延异，有时又是重心的转移。一个强有力的创新者，往往也是一个强有力的借鉴者。如罗兰·巴特说，在绵延不绝的文本之外本无生活可言。无论一部短篇多么急于在叙事方法上创新，多么渴望与众不同，置身于自己的时空，它都无法完全躲开前人作品投射的阴影。

2016年中许多短篇小说，通过标题把用典明确化，透露故事的源头，明示文本由此衍生。《阿玛尼》中，王手用开地下赌庄的金龙妈，戏拟电影《奇袭》里抗美援朝的朝鲜大妈阿玛尼（电影叙事当然也属于滋养短篇文本的盘根错节）；张世勤《聂小倩》的三位主人

---

[1] 残雪：《解读博尔赫斯》，人民文学出版社2000年版，第37页。

公,同时和《聊斋志异》中的人物重名,三人的纠葛和蒲松龄的故事诡异重叠;在马尔克斯的马孔多小镇,苔列娜手中的纸牌最初用于卜算未来,之后却又用来回忆往事,让失忆的人战胜遗忘,周瑄璞用《苔列娜纸牌》为题讲述女性的成长与衰老,或许也意在提示我们,叙述行为的"未说"和"已说"并不对立;蔡东《朋霍费尔从五楼纵身一跃》中被抑郁生活监禁的女人,与失智的爱人一起突出重围,用热烈明媚的行动力,向德国神学家朋霍费尔的《狱中书简》致敬。题引或卷首语的作用,也是多方位的。曹寇的《分别少收了和多给了十块钱》用阿米亥的诗《上帝怜悯幼儿园的孩子》(1955)做题引,紧紧追踪诗人对人之不幸的同情与庇护,从中摄取对当代生活的叙事原动力;甫跃辉的《阿童尼》用雪莱同名长诗的节选作为引文,章节标题也援引自诗句,交叉诗歌语言与小说叙事。这个短篇也以悼亡为主题,雪莱悼济慈,而"我"为纪念嗜赌如命英年早逝的表哥。雪莱对停尸间和坟场有特殊的好感与倚恋,而"我"长时间地注视表哥死去的样态,羡慕他被青苔吞噬的身体,甚至一屁股坐进为他挖好的墓坑。雪莱恸哭阿童尼,不完全为人世俗缘的生老病死(阿童尼是腓尼基神话中象征万物枯荣的自然之神)[1],也不完全为伤怀济慈的精神就此覆灭(诗中说济慈为评论与环境所杀,"崇高的人,被人或神的嫉妒的愤怒/所击倒,在灿烂的盛年归于寂灭")。实际上,作为写作先驱的雪莱是哀悼,也是自悼。甫跃辉引用雪莱,也因为他注意到诗人身上极为可怕的一对矛

---

[1] 阿童尼(阿多尼斯)在希腊神话中,是维纳斯迷恋的美少年,后来沉迷打猎被野猪咬死。古希腊彼翁的《哀阿多尼斯》、奥维德的《变形记》、莎士比亚的《维纳斯与阿多尼斯》(1592),都对这一段爱情悲剧有所传颂。

盾，罕见的骄傲，同时又罕见的消沉。[1]雪莱意识到自己活着，"更有的还活下去，跋涉着荆棘之途"[2]，同时也预感了自己的"死"——"阿童尼/是和我一同死的"。

互文性是一种刺激，要求读者进入文本世界探测他者残留的气息，在文学谱系庞大的遗产库中追根溯源。雷默《告密》中体罚学生的老师被家长一刀刺死，人人都预感到暴行即将发生，作家却一一绕开那些避免悲剧的可能途径。这证明马尔克斯《一桩事先张扬的谋杀案》（1981）中杀戮到来的方式，在今天对作家依然有吸引力。钟求是《星期二咖啡馆》中的失独老人将儿子的角膜捐献给盲女孩，女孩用新生的眼睛恋爱订婚，也用新生的眼睛目睹未婚夫的背叛。故事正中查拉图斯特拉的预言，"给予盲者以眼睛，盲者就会看到世上太多的坏事"[3]。王海雪《道具灯》中母亲偶然告诉儿子，俄亥俄的温斯堡有光也有故事，因此我们知道作者是安德森《小镇畸人》（*Winesburg, Ohio*, 1919）的读者。互文性提供的阅读清单，展示着短篇写作者的知识储备，但过分仰仗这份名单往往也使人误入歧途。弋舟的《随园》中，为人师者是文学的启蒙者也是性的启蒙者，被启蒙者在轻薄和天真、粗俗和雄放之间活得极为艰险。弋舟借精巧的"随园"，是要说袁枚以"淫女绞童之性灵为宗"（清朱庭珍《筱园诗话》）的腐朽，还是要回归"性灵"的本义——一个

---

[1] 陆建德在《雪莱的迷人之死》中曾谈到雪莱情绪上的起落对"五四"时期浪漫主义写作的影响。参照：陆建德：《麻雀啁啾》，生活·读书·新知三联书店1997年版，第16页。
[2] 本文所引雪莱《阿童尼》的译文，参照雪莱：《雪莱抒情诗选》，查良铮译，人民文学出版社1993年，第275页。
[3] 尼采，《查拉图斯特拉如是说》，孙周兴译，商务印书馆2010年版，第219页。

不受影响束缚的天然原始的状态？同样，白琳的《Munro小姐》与性感女神梦露（Monroe）或女作家门罗（Munro）皆无关联，颠倒的指认罗列了一种没有关联的"关联"，哂笑着耀眼与平凡间的巨大反差。

讨论《美丽的晚霞》时我们已经说过，莩嫂的阅读生活与巴别图书馆（宇宙）的不解之谜中间，有着特殊的对话关系。互文不仅仅是起源和影响的问题，它是外在于词语、人物形象、文本思想和小说寓意的音乐旋律。热奈特用"超文性"来归纳这种间接派生的关系，借鉴可能完全出于偶然无意，或模糊的潜意识。张悦然的《天气预报今晚有雪》中，女主角离婚后用前夫的赡养费维持上流的生活，当她决定在无忧的生活中做一点冒险，供养男友的画家梦时，提供生活来源的前夫却死了。这段有关索取和给予的小品，有北美短篇的叙事风格，让人想到安·比蒂的《纽约客》故事。周嘉宁《大湖》中一对跑马拉松的都市情侣，彼此怠慢，彼此责难，两人的恋爱也像跑马拉松一样，几乎是一场对身体的惩罚。小说中用大段对话向当代日语小说致敬，恋人们一边轻飘飘相恋相厌，一边不忘郑重其事地自我剖析，借离题的机会缓冲比喻。于一爽的《一个话题的诞生》中，酒桌上青年们苦苦纠缠一个难以启齿的问题"Sodomy（鸡奸/兽交）是什么"。这一话题并非从天而降，它曾是伍迪·艾伦电影《性爱宝典》（1972）[1]中的一小章节，章节（短片）本身就可以当作短篇来解读。这两次提问的背景之间跨越了不同的

---

[1] 而伍迪·艾伦对此部影片的构思，又起因自性学专家鲁宾博士1969年的同名畅销书。参照：M. D. David R. Reuben, *Everything You Always Wanted to Know About Sex*, Philadelphia：David McKay and Company，1969.

地域，文化与政治，而回答的方式又是跨时代、跨文本、跨性别的，即便将同一命题作文的两份答卷并置，我们也很难在两者之间画一条精准的连接线。但不妨想一下，如果没有前一种解读，如果半个世纪以来伍迪·爱伦的意图，没有在世界文化的巨型游乐场中，成为许多创作者的外部刺激，那么，今天80后女作家于一爽无意识而产生的互文回响，是否还会以这样一种面面俱到又有意退入无效的方式来呈现。一旦短篇写作者们打开叙事的龙头，总有前辈的语流寄生其中，与他们各自的风格调和，成为想象性的共存。

互文性是脉络的覆盖而非从个体中生发，在短篇文本中找寻一对一的影响并不保险。文学的记忆可以被捏造，也可以用来被否定。残雪在文本嵌入另一个完全虚构的波兰小说《无尽的爱》，苇嫂从头到尾都在看的这本华沙青年爱情故事，是《美丽的晚霞》隐匿的虚构文本。同样，在叶兆言的《江上明灯》中，青年人王文斌写了一个英雄故事叫《江上明灯》，"文革"后期在"我"父亲的帮助下，他试图把小说改编成电影剧本。残雪《无尽的爱》和叶兆言《江上明灯》是互文中两个极端的例子，它们是处在叙事中心的被虚构的文学记忆，但各自的时代还原感极强，完全可以作为真实的源头，放在互文的框架下讨论。《无尽的爱》是残雪女主人公生活的准则，交友和恋爱时的暗号，它背后弥漫一整套特殊时代的精神气息。再仔细看《江上明灯》的四个文本变体：报纸上发表的故事《江上明灯》是一个知青的文学起步；因细节问题没有过审，最终没被拍成电影的剧本《江上明灯》，是写作命运的反复；从剧本改写的长篇《江上明灯》意味着作家梦的彻底覆灭，它差一点为王文斌收获爱情；所有这些，又被王文斌记录在与创作《江上明灯》经历有关的自传体小说中。《江上明灯》的几次文本策略，意在强调一种顽固的文学记忆，在叶兆言的故事中，这种文学记忆是应该被背叛的典型。对知青文学简单继承的王文斌，最终没有写下去，而许多背叛者，尽管他们所做出的背叛可能非常有限，却因为时代突转，在写作的道路上存活下来，成为新时期文学的第一批成名作家。

五、有关主题的范式：异域/家园，今日观察/历史虚构

在新世界与自我之间，文学的"家"是最明显的障碍与藩篱。2016年的短篇中常常展现旅行，探险或移民的风潮。有的作家们选择出走，阿成的《你说什么》走到了云南鸡足山，徐则臣的《日月山》从中关村一路奔赴缺氧的西宁，周李立《东海，东海》中两个年轻姑娘开着一辆不属于她们的车，离开北京一路忐忑，无论文珍的《拉萨之夜，或反南迦巴瓦》，还是于一爽《无法定义的旅程》，离家的旅途似乎都是思考人生的绝好时机。但异域风情也未必五光十色，白先勇《Silent Night》的曼哈顿街头，陈河《寒冬停电夜》的多伦多停电夜，张惠雯《十年》的约翰内斯堡和休斯顿，沈诞琦《音乐教育》的北美中餐馆后厨，都始终远离合适的气候（太寒冷或太炎热），无法抵达舒适的体感（太热情或太冷漠）。有的小说家选择驻守家园，无数次地重写根据地。走走的《谎言》和《久别》回忆棚户改造之前小径分岔的上海城市老区，"虽然我明知自己不会在里面走失，但还是会不时想一想'我在哪儿'这个问题"。默音《夏日惶惶》写里弄少年的恋爱，自行车后座的女孩落地，"往下一滑，脚接触到地面的感觉几乎是古怪的。"张怡微的《你心里有花开》，用肿瘤医院里一只上上下下沪语嘈杂的电梯井，写尽人情的粗悍恶

薄。空间越逼仄，笔法越细腻，这是上海青年女作家们无人可比的本领。

有的短篇选择投身时代现实，在寻常的素材中驾轻就熟，描述日常的生活和情感。范小青《死要面子活受罪》中的男孩给守寡残疾的奶奶办低保，他想不起奶奶的名字，也没有爷爷的死亡证明，更不知如何给活人开活着的证明，好不容易靠作假办成手续，老太太却死了。原本男孩要钱是为了打游戏，结果上网吐槽了办低保的荒诞经历，成了网络作家，"不花钱还挣到了钱"。范小青的另一个短篇《谁在我的镜子里》关注逐渐趋同的社会个体，也同样有喜趣的反转，即便错拿陌生人的手机，生活也可以继续。我们从邓一光的《你可以做无数道小菜，也可以只做一道大菜》和《光明定律》中认识今天的深圳：打工社群女多男少，男人们妻妾成群，由女人们合力养活；而金字塔尖的成功者们也被残酷的猎捕游戏所累。邱华栋的《云柜》（大数据时代精英男女繁衍的困境），祁又一的《沉默的高手》（真人秀擂台的侠义精神），焦冲的《无花果》（女孩与豪门公婆的遗腹子争夺战），颜歌《傅祺红的心意》（婚礼前夕关于婚房的博弈），和周李立的《跳绳》（孤僻的画家体验窒息快感时不幸失手），这些作品的主题内核，都紧贴当下多元扩张文明进程中的大小社会事件，描述可感知的经验。王祥夫《一地烂泥》中的老人在拆迁工地长跪不起；鲁敏《大宴》中的公共汽车司机，为给家中的大小事寻找后台，决定"请黑老大吃饭"，并被这句话的含义所震慑。比起诗意的在场，这些短篇更爱书写生活的顽劣污垢，饱含来自底层的焦灼与忧虑。但在对时代敏感的写作之中，没有人会全然的安全体面，庞羽《福禄寿》中恶毒卑鄙的保姆一家，几乎来自所有中产阶级荒谬而真切的噩梦。

有的写作者们向前冲,也有的写作者们"往回走"。叶弥《雪花禅》中的高雅之士活得讲究有格调,连最爱的女人也要叫娜拉,但日本人的轰炸一来,理想化田园的人文愿景便无从谈起。朱山坡《革命者》中彼此疏离纷争的家庭成员,各自有着惊人的乱世身份,离家的祖父是商人也是共产党,为妓女画裸体画的纨绔大伯亦是桀骜不驯的共产党要员,连胆小的父亲也是杀了县官的游击队长。朱山坡的文本并非完全为了与历史建立指涉关系,话语无所谓真假,不依靠描述事实,它只需对自己的假设负责,对自己的前提有效。房伟的一组短篇根据真人真事改写,事实悄声无息地融入虚构的肌理,两者不分彼此。《副领事》回溯了1934年日本副领事在南京的失踪事件,《中国野人》以山东高密刘连仁为故事原型。[1]在这些强调历史的虚构文本中,我们反而找不到那种具体的,可以核算的,斤斤计较的"真实"。朱山坡和房伟的短篇显然有各自的问题意识与历史态度,但它们的写作目的,不仅仅为恢复开阔的视野,也不仅仅为纠正历史的不公,而是要提醒我们将有序的虚构从无序的经验现实中分离——事实在虚构之外本无立足之地。即便是最有政治意识的小说家乔治·奥威尔,也认为"文学是个人的行为,需要心灵的真诚和最少的干预"[2]。

　　短篇小说的写作,有时只需要一种孤独的情绪,像北岛的一字诗——《生活》:网——那样编织出密不透风的网笼。有时它只需要

---

[1] 刘连仁在1944年被日军掳至北海道开挖煤矿,后不堪凌虐逃入深山,经历了十三年的野外生活。
[2] 乔治·奥威尔:《我为什么要写作》,董乐山译,上海译文出版社2007年版,第192页。

一种暧昧的象征，像苏童《万用表》中那只妄图测量人性经验的电表，或须一瓜《灰鲸》中闯入中年生活的庞大鲸体，或徐衎《心经》中老人的计步手环。无论如何，短篇小说的文类写作都具有组合的威力。它是一种复杂的定数，一方面它需要魔术般的创新，另一方面它完全建立在修辞学先例的基础之上。本文只挑选了一部分文本来作为2016年短篇小说的代表，单从故事与话语的二元结构出发，为这一小部分样本撰写评注，考量文学想象的自主性。这是一次愉悦的学习与尝试。但当代短篇的写作者们当然不会仅仅满足于主题或技术的传递，在他们对既有叙事方法和审美形态的传承、重写和修正之中，总有无法同化的原创性想象在生长萌发。

博斯绘画与当代叙事：
以安德鲁·林赛的《面包匠的狂欢节》为例

在 2015 年 6 月译林出版社引进发行《面包匠的狂欢节》（*The Breadmaker's Carnival*，2000）之前，没有几位中国读者听说过一个名叫安德鲁·林赛（Andrew Lindsay）的澳大利亚小说家。如果不是雷蒙德·卡佛曾经的译者小二（原名汤伟）独具慧眼，这本在 21 世纪之初曾昙花一现的处女作长篇小说，大概永远会和中国的读者们失之交臂。林赛在序中提及了当年写作的契机：

> 我去书店翻书时，曾读到过一段既让我称奇又让我吃惊的内容：有人猜测说，像耶罗尼米斯·博斯这批欧洲画家之所以创作出极具创意与幻象感的作品，可能是食用了含有天然致幻物的黑麦面包，从而激发了艺术灵感。因此，当画家们吃完午餐或晚饭回到自己的工作室里，整个地狱就在画布上面铺展开来……或许，还有一小片天堂。[1]

---

[1] 安德鲁·林赛：《面包匠的狂欢节》，小二译，译林出版社 2015 年版，第 2 页。

耶罗尼米斯·博斯（Hieronymus Bosch，1450？—1516）是中世纪晚期的荷兰画家，擅长自在从容地描画疯狂的地狱景象，被称为"魔鬼的制造者"（faizeur de dyables）。[1] "博斯景象"是地狱的代名词，也是当代艺术家汲取力量的重要源泉。将出生于1955年的林赛与五百年前的博斯相提并论，不仅因为林赛用文字描绘了小镇面包匠用致幻剂让盲众陷入妄想与癫狂的传奇，还因为在叙事形式上，《面包匠的狂欢节》与博斯的绘画有许多奇异的相通之处。它们充满活力与宣泄感，诙谐癫狂，但同时又格外清晰敏锐。

一直到20世纪超现实主义的风暴席卷而来时，天才画家博斯（主要作为超现实主义先驱这一点）才逐渐得到艺术史学家的肯定与学科的重视。今天固然可以大胆畅想是否因为致幻面包才有了博斯谵妄的画作，但实际上，对博斯的认识存在大量盲点，有关他的生卒年月、作品年份、签名真伪等基本信息依然模糊不清。作为当代人的澳大利亚作家安德鲁·林赛也给研究者带来同样的困扰，即便在这个信息冗余的时代，也很难找到与他相关的一张照片或一篇访谈。尽管《面包匠的狂欢节》毋庸置疑是一部难得一见的好小说，林赛至今依然处在默默无闻，不被讨论的状态。[2]

一

或许我们可以从博斯那幅最伟大的三联画《地上乐园》（*The*

---

[1] Virginia Pitts Rembert，*Hieronymus Bosch*，New York：Parkstone，2012，p. 15.

[2] 尽管《面包匠的狂欢节》上过年度畅销书榜，但据独立出版社ECCO的编辑透露，因为出版商正处在被哈珀-柯林斯出版集团并购的转型期，销量并没有预期的那么好。

Garden of Earthly Delights，1500—1505)[1]说起，在约两米长宽的中幅画博斯大约放入了上百只不同种类与不同形态的水果，色彩鲜明、细节专注。对于这些果物最好的讨论，来自作家亨利·米勒（Henry Miller，1891—1980）的回忆录《大瑟尔和耶罗尼米斯·博斯的橙》（Big Sur and the Oranges of Hieronymus Bosch，1957）。米勒用最能代表加州大瑟尔地区的"橙子"统称博斯画中的果物，他认为博斯的"橙子"从外表看是那样"真实到让人眩晕"，比新奇士橙更"有说服力"，甚至有塞尚和凡·高静物画中所没有的东西，它们属于一个"人类与万物同处，狮子与羔羊共眠的时代"[2]。无论米勒如何论证博斯果物的"真实"，实际上它们很难让人联想到静物画水果盘里的那些摆设，并且完全不同于那些在光影上更合理也更接近真实的草莓、葡萄或者樱桃。但米勒确实注意到了这些果物周边的"氛围"（ambiance），每一颗都处在与人互动的，绝不静止的关系之中。它们与乐园中赤裸的人体有着出乎意料的比例，博斯将对于果物张开嘴唇、手臂或腿脚的渴望直白地描绘下来，再赋予一层特殊的无邪的滤镜。

小说《面包匠的狂欢节》中，驱使欲望车轮转动是无花果。"像无花果一样成熟绽开"的子宫结束少女弗兰西斯卡童年；和古罗马人一样，熟透无花果做成的蛋糕"维纳斯之唇"是面包匠与情人西娃娜纵欲的前奏；把神父派兹托索逼疯的是晾晒中"像无花果肉一样潮湿"的少女内裤；面包匠用密封在浴缸中储藏被酒精发酵过的

---

[1] 博斯和18世纪之前大多数的欧洲画家一样，并不为自己的画命名。本文中所出现的画名均为近代画廊的通用译法。

[2] Henry Miller, Big Sur and the Oranges of Hieronymus Bosch, New York: New Directions, 1957, pp. 23-29.

无花果，变成黑麦中裹着糖衣的毒品推动了小镇的癫狂；那个奇特的用雕塑面包搭建的圣女祭坛，有着无花果做的眼睛与性器。三流画家但却是一流作家的英国人劳伦斯（D. H. Lawrence，1885—1930）在吟诵《无花果》（"Figs"）时感叹，"罗马人是对的，无花果是女性的"[1]。确实，很难再找到一种果物像无花果这样有着性与恶的隐喻。夏娃用来遮羞的是无花果叶，长诗《神曲》中恶果园主人的暗杀信号是一盘无花果[2]，意大利导演费里尼（Federico Fellini，1920—1993）的《阿玛柯德》（"Amarcord"，1973）中疯叔叔大喊"我需要一个女人"时，爬上的是一棵无花果树。"成熟的无花果是留不住的"[3]，但林赛小说中的无花果有着博斯画幅中才有的特质，一种被打开后的透明度。即便完全被呼之欲出的动物性渴望所包围，被刺穿后也依然完整无邪，似乎永远不会腐败，不论出版商如何宣称《面包匠的狂欢节》是一部"挑战承受力极限的情色剧"，实际上林赛讲述的故事干净、敞亮又严肃，这里面有对乐园向往的精神永驻。

1984年纽约曾上演了一部受《地上乐园》启发改编的现代舞剧，演员们穿着肉色芭蕾舞服像博斯画幅中那样，完成着只有杂技演员才能完成的扭曲、倒立或在空中腾起，面带哑剧表演才有的谜一般静默微笑。无独有偶，《面包匠的狂欢节》中有两场类似的独舞，舞蹈演员苊雅·詹内绨在过去的演出中被道具压断了腿，但她用岩石一样坚硬强健的独腿，完成了其他身体健全的舞蹈家做不

---

[1] 劳伦斯：《劳伦斯诗选》，吴笛译，漓江出版社1988年版，第100页。
[2]《神曲·地狱篇》第33篇中以无花果为信号暗杀亲族的阿尔伯利格（Alberigo）。
参见但丁：《神曲》，王维克译，人民文学出版社1997年，第148页。
[3] 劳伦斯的诗句，原文为"They forget, ripe figs won't keep."

到的事情。林赛写作了在现实中无法兑现,唯有在小说的虚构中方可成立的舞蹈。它们无疑是狂欢节来袭前的最重要时刻,也是林赛小说最让人欣喜的一段。[1]

如果仔细分析上述几场现实或虚拟中的演出,那么纽约的《地上乐园》是一出编舞者胜于舞蹈者的例子,演出的精髓在于形式本身,重点是诠释的方式。而在林赛笔下的狂舞开始之前,读者关注的是独腿芷雅将如何保持平衡,一个无法站立的人如何跳舞。形式的合理编排、技巧的完美表现等等不再重要,而是彻底回归到身体的可能性本身。芷雅的独腿被写在演员表的首位,"腿被突出了……就像是她本人的大写"[2]。这支惊心动魄的人造标枪在舞台进行着几乎能把地面钻通的原地旋转,它展现得并非不知疲倦的幻觉或无限的舞蹈技能,观众也没有等来一场不费力气沉着冷静的优雅表演。在高度的紧张和压力之下,舞蹈家芷雅的结局在"不可能"与"可能"之间反复周旋。林赛用一条毛发浓密坚如磐石的腿,重申了赤裸生命的真相,这条微妙的肢体暗中摸索,它与世界的关系既可以是从地上随随便便就生长出来,像博斯画中植物一般存在的人体,也可以随时跌入三联画右联的地狱火海中去。纽约版舞蹈还原了《地上乐园》中完全超然的那一面,但只有在林赛的小说中既超然又世俗的芷雅身上,才有随心所欲背后不可抗拒的约束力。芷雅的舞

---

[1] 林赛青年时代在巴黎贾克·乐寇(Jacques Lecoq)国际戏剧学校学习,回到悉尼后组建了"红色风暴"(Red Weather)独立剧团,写作之外导戏也演戏。虽然作家在中文版序中声称芷雅的灵感来自和独腿祖母有关的记忆,但或许因为林赛本人常年身体力行参与到舞台中去,这些特殊的表演经验所积累的身体认知,使他可以成为一个极具造型感的作家,下笔之处皆有轮廓。

[2] 安德鲁·林赛:《面包匠的狂欢节》,小二译,译林出版社2015年版,第132页。

蹈本身既是奇观,也意味着奇观随时有可能失效。

将一场现实中的舞蹈和小说文本中描绘的舞蹈相比较,得出一个更接近博斯《地上乐园》的胜者毫无意义。不过,散布在小说中的无花果和独腿舞者芷雅,因为本身过于显眼,难免让人延伸出一些理所当然的结论。20世纪50年代末,苏珊·桑塔格(Susan Sontag, 1933—2004)在某次荷兰画展中观看了博斯的油画草稿《长耳朵的树和长眼睛的田野》("The Trees Have Ears and the Field Has Eyes", circa 1500),因感触颇深她在日记中写道,"这张图画讲述了一种不为人知但格外清晰的语言"[1]。这幅草稿构图简单,森林的树干上有仔细聆听的耳朵,地面上是散落的眼睛。在十年后终于成文的《静默之美学》("Aesthetics of Silence")中,桑塔格细述了自己当年面对这幅画时涌现出的两种截然相反的情绪,精神缓解同时又焦虑不已,"犹如身体健全的人瞥见一个截肢者"[2]。艺术之真在于破碎的痛感,就像熟透的无花果和独腿舞者芷雅,既淫荡又天真,迷人的同时也可怕。

二

《面包匠的狂欢节》仅有的两三位书评人似乎都认为巴切赖托(Bacheretto)是虚拟的意大利小镇,没有人质疑这个意为"小意大利"的地点可能根本就不在意大利。如果故事真的发生在耶稣受难

---

[1] Susan Sontag, *Reborn: journals and notebooks*, 1947—1963, New York: Farrar, Straus and Giroux, 2008, p. 311.
[2] 苏珊·桑塔格:《激进意志的样式》,王磊译,上海译文出版社2007年版,第32页。

日与愚人节重叠的年份,那么它应该是在 1904 年,但小说又有着先进的女性意识,很难想象 20 世纪之初的女性(面包匠的情人西娃娜)已经能够在大学里写作关于面包史的毕业论文,能够使用子宫帽避孕。林赛在小说开始之前特意加入了一篇声明,用"不正常的历史""谬误""胡编乱造"来形容行文中可能会有的前后矛盾。读者必须克制住在时间轴线上节点、在现实地图上标记的冲动,那些美味的面包食谱在现实的厨房里不可能复原。

无论虚构的脚步游离得多么远,当林赛在别处找到有关致幻面包的史实时,他也只能感叹"想象并不比人类生活的种种真相更加离奇"[1]。这些史实来自一部讨论中世纪食品卫生的研究专著,意大利历史人类学家皮耶罗·康波雷西(Piero Camporesi,1926—1997)的《梦幻面包:现代欧洲早期的食物与幻想》。康波雷西试图说明,由于前工业时代的欧洲大量食用腐坏的面包,才有了文艺复兴的狂热宗教和璀璨艺术。这部论著的封面直接使用尼德兰"农民画家"老彼得·勃鲁盖尔(Pieter Bruegel the Elder,1525—1569)的《安乐乡》("The Land of Cockaigne",1566)。

实际上,勃鲁盖尔的另一幅名著《狂欢者与斋戒者之战》("The Fight between Carnival and Lent",1559)更直接呈现了食物与幻想间的关系。这里"狂欢者/Carnival"与林赛的"狂欢节/Carnival"一样,并非脱离宗教意义聚众欢乐,而是特指四旬斋、禁食斋戒前的节庆人群。在勃鲁盖尔那里农民急于把一年以来的存粮一锅乱炖,在林赛这儿面包匠并不晓得被发酵后无花果的威力,总之,腐败的食物使得癫狂如期而至。如果一边看《安乐乡》中餐台下饱

---

[1] 安德鲁·林赛:《面包匠的狂欢节》,小二译,译林出版社 2015 年版,第 3 页。

足瞌睡的身影,和《狂欢者与斋戒者之战》为口腹之欲忙碌的人群,一边读《面包匠的狂欢节》,甚至会产生林赛在看图说话的错觉。有时候勃鲁盖尔那里一画出来,林赛这里就用形象表现出来。或许有人要问,比起博斯本人,林赛的文本叙事是否更接近绘画史中博斯的第一位仿效者勃鲁盖尔。

但"林赛—博斯"的关联性当然比"林赛—勃鲁盖尔"更重要,当勃鲁盖尔变得难以理解时,只能从博斯那里寻找答案。《安乐乡》中那只被吃到一半,蛋壳上插着刀却用两条腿拼命奔跑的鸡蛋,对应的是博斯《圣安东尼的诱惑》("The Temptation of Saint Anthony",1501—1516)中蛊惑苦行者目光的"无形体"。在《圣安东尼的诱惑》中,还有许多这样半人半畜的例子。青蛙举着鸡蛋站在黑女人上举的盘子中,或者骑在长翅膀的鸡蛋上,或者从对半折的桌布下探出脑袋,或者以帝王的姿态迎接佳酿。超现实主义的达利有过同一主题的《圣安东尼的诱惑,1946》,跪下的圣安东尼面前飞扬的马蹄让人想起瓦尔特·本雅明(Walter Benjamin,1892—1940)对达达主义的评价——"艺术品变成一枚射出的子弹……一种冲向我们的东西……它击中了观赏者,由此,艺术品就有了触觉特质"[1]。无论本雅明如何强调这种冲击力的直接效果,单独考虑"官能上的惊颤"这一点,博斯远胜于达利及其身后的整个超现实主义军团。这或许是为什么,大瑟尔的米勒宁愿每日恪守"疯子"博斯,也不愿被毕加索和达利这样的大师环绕。[2]

---

[1] 瓦尔特·本雅明:《机械复制时代的艺术作品》,王才勇译,中国城市出版社2001年版,第60页。
[2] Henry Miller, *Big Sur and the Oranges of Hieronymus Bosch*, New York: New Directions, 1957, p. 22.

青蛙如何作为繁殖的象征成为人类的原始堕落，鸡蛋怎样作为宇宙的象征代表上帝的意志，附和这些年来艺术评论者的总结很容易。一方面，博斯绘画所展露的是超越一切语言的荒谬存在，是无法解释的事情。另一方面，它们又是奥义自我衍生后的产物，有待观者用直觉以外的经验去破解。但随机摆弄这些等式，结论也同样成立，林赛笔下的青蛙翻身即成为上帝的使者：试图为上帝照相的小镇怪人卢伊吉，在用来洗印照片的水箱中装满"青蛙卵、蝌蚪、尾巴还没脱落的青蛙"，希望在感光底板上捕捉到从卵到青蛙衍变的自然成像，让"自然成为艺术家，而产生的图像就是上帝的照片"[1]。每一只青蛙、鸡蛋，或"无形体"，都被迫来表达某一种疯癫或荒诞，每一个符号都有诸多来历继而再演化无限意义。它们既是动物又不是动物，既呈现给观者，又后退躲闪，真相难以接近，因此隐喻的意义和驯化的价值大打折扣。或许，博斯的目的并不只为恫吓出主观深处对未知世界的恐惧，也不为教导人类在面临道德困境，在追求快感的本能和虔诚的自我献祭中应该如何选择。

不妨摆脱象征体系的种种映射，用一种新的眼光去看待博斯，看待勃鲁盖尔或林赛创作中的兽性及各种变形。这些生理上荒谬的"无形体"，在福柯（Michel Foucault，1926—1984）那里被称为"非理性存在的蠢动"，而"对于15世纪的人来说，自己的梦幻、自己的疯癫幻觉的自由，无论多么可怕，但却比肉体需求的实现更有吸引力……胜利既不属于上帝，也不属于撒旦，而是属于疯癫。"[2] 也

---

[1] 安德鲁·林赛：《面包匠的狂欢节》，小二译，译林出版社2015年版，第36页。
[2] 福柯：《疯癫与文明》，刘北成，杨远婴译，生活·读书·新知三联书店2012年版，第22页。

就是说,"疯癫"成为伟大奥秘的一部分,成为人类最大的弱点,那么困扰圣安东尼的"诱惑"不是"欲望",而是"好奇"本身。勃鲁盖尔和林赛作品中最了不起的时刻,恰恰是这些超出理性日常的"疯癫的自由",这也是为什么勃鲁盖尔会被称为"新博斯",为什么相距五百年的林赛可以与博斯并置。这些艺术家的创作逻辑中,在宗教的巨大阴影之下,在民俗的秩序与乐趣之外,还有一个极其特别的层面。

作家索尔·贝娄(Saul Bellow, 1915—2005)让《奥吉·马奇历险记》(The Adventures of Augie March, 1953)中的主人公,一个与现实格格不入来自芝加哥的年轻人,在珍珠港事件后一时冲动应征入伍,他在受训的甲板上突然想起一幅古画:"有一些拿着鱼和饼的愚人以及画有握着汤勺桨的船夫——在这幅休闲似的画中,有来郊外度假的弹琴人,烧鸡困在一棵树上,死人的头颅出现在上面的小树枝间。"[1]这是博斯的《愚人船》("The Ship of Fool", 1490—1510),还有什么比它能更好地展现奥吉所面临的放逐呢?社会遗弃了他,任其在海上航行流浪,他的命运即将和中世纪那些被城镇驱赶出去用小船运往他乡的"疯人"一样。"愚人船"不仅仅是奥吉参与的那场战争,也不仅仅是作家贝娄书写历史的方式,但在弄清楚"愚人船"可以用来比作什么之前,应该先弄清楚"愚人船"上究竟画了些什么。博斯确实图解了勃兰特(Sebastian Brant, 1458—1524)讽刺长诗《愚人船》(Das Narrenschiff, 1494)中形色各异

---

[1] 索尔·贝娄:《奥吉·马奇历险记》,宋兆霖译,河北教育出版社2002年版,第637页。

的愚人[1],无论时间如何流逝,"愚人"总是大同小异,在行动上是犯下错误的罪人,在精神上是理智出轨的疯子。

在林赛的小说中,"酒鬼""饕餮者"和"通奸者"差不多是小镇上所有居民;少女弗朗西斯卡的罪过是恨自己的父亲,她的才能是畜棚墙壁上的自由涂鸦;"曲解圣经者"神父艾米莱,虽然布道漏洞百出,但却像诗人一样写出"上帝创造了狗而魔鬼创造了跳蚤"的箴言;"自负者"芷雅用一条腿跳芭蕾;"懒散者"卢伊吉和"卖弄风情者"西娃娜同时是有精湛骗术的匠人,一个把假肢做得像标本一样乱真,并坚信有大脑操纵这一"不合语法的附属物"的可能性,一个能将破碎的瓷器修复如新。再看博斯的《愚人船》,作为桅杆和船舵的也许是犹太教与基督教中的知识树,不仅仅是善与恶的分辨,也代表可能性的探索。船上的每一个疯子都是艺术家,掌握着被禁止的智慧。《面包匠的狂欢节》的小镇巴切赖托是艺术家的村落,村民是画家弗朗西斯卡、作家艾米莱、舞蹈家芷雅、瓷器修复家西娃娜、手工匠人卢伊吉……在圣坛的雕塑面包最终被搭建起来时,面包匠卖出去的不再是食物,他已经在为小镇教徒解决另一种类型的饥饿。比起巫术、点金术或占星术,艺术创造的过程更像是人造的"神迹",是更应该被赞颂的疯癫。

与奥菲利亚或堂吉诃德与生俱来、高雅又浪漫的精神错乱不同,在"疯癫"的向度上,巴切赖托的居民们需要外力致幻,更需要借

---

[1] 福柯的《疯癫与文明》回溯中世纪人文主义的疯癫体验时,用勃兰特的长诗《愚人船》,博斯的《愚人船》和伊拉斯谟(Erasmus, 1466—1536)的辨文《愚人颂》(Stultitiae Laus, 1509)三者的年代序列关系,来说明这一题材的一脉相承与微妙演变。参照福柯:《疯癫与文明》,刘北成、杨远婴译,生活·读书·新知三联书店2012年版,第17页。

以"艺术之名"。在这一点上,让人想到"垮掉一代"中那些永远在路上滥用毒品写不出小说的作家们,最大的惩罚不是身体坏掉或理性丧失,而是苦思冥想时的孤独、狼狈与自我怀疑。理性,是艺术家换取艺术的"好奇"时最有用的筹码。正因为林赛本人用漫长的十年才写完《面包匠的狂欢节》,他才会让弗兰西斯卡在绘画时处在"头朝下/黑白颠倒"的世界,因为对想象力枯竭深感恐惧,才有序言中对博斯是否食用致幻面包的揣测。"艺术的疯癫"是一场自毁自嘲同时又自怜自夸的游戏,像霍斯曼(A. E. Housman,1867—)诗中那些醉醺醺的矛盾,一边取名《这些诗写得多蠢啊》,一边强调"固然,我卖的东西赶不上/麦酒那样轻松的佳酿;我用了手掌大的一茎/在厌倦之乡中辛勤榨成"[1]。人们常常总结,"这是一部关于写小说的小说"或"这是一部关于拍电影的电影",将"做"的过程放入作品本身不知为何成为后现代主义的重要标签。《面包匠的狂欢节》或许并不是一部后现代的小说,但它是一部有关创作本身的小说,林赛在每一个疯人身上都投射了自己的影子,就像五百年前博斯所擅长的那样,把自己的面孔悄声无息地放进作品中去。[2]

三

如果把马德里普拉多博物馆(Museo del Prado)馆藏的三联画

---

[1] 为《西罗普郡少年》(*A Shropshire Lad*,1896)中的第62篇,"Terence, this is stupid stuff ... Tis true, the stuff I bring for sale/Is not so brisk a brew as ale:/Out of a stem that scored the hand/I wrung it in a weary land."译文参照霍斯曼:《西罗普郡少年》,周煦良译,湖南文艺出版社1983年版,第97页。
[2] 除《地上乐园》(地狱联的中心部位)、《圣安东尼的诱惑》之外,还有《圣约翰在帕特摩斯岛》(*Saint John on Patmos*,1504—1505)等画作。

《地上乐园》左右联折叠,会发现画幅的背面是在巨大透明球体中作为一个平面存在的地球,它脆弱地被水包围,随时有被吞噬的危险。在球体左上角的浩瀚中,能创造亦能毁灭的"上帝/圣父"如画幅最上方的训诫提示的那般威严——"因为他说有,就有。命立,就立"[1]。比起"寰宇视野",还有什么能为当代叙事者的各式"全知叙述"提供更多便利?几乎从不写作美国的美国作家诺曼·拉什(Norman Rush,1933—),用《地上乐园》的局部作为自己每一部小说的封面,博斯画中浅色静默像木偶一样可以随意摆弄的人形,和拉什那些以非洲为背景的异域幻想并不违和。[2]另一位正当红的推理作家迈克尔·康奈利(Michael Connelly,1956—),索性将系列侦探小说的主人公命名为"希罗尼穆斯·博斯"。[3]在亚马逊据此改编制作的电视剧《博斯》("Bosch",2015)中,当代"博斯"住进了可以俯瞰整个城市的玻璃房——欣欣向荣的天使之城洛杉矶暗藏危机与腐败,但这一切都逃不过"博斯"的眼睛。

或许有一类艺术家对博斯的"视角"(或者不妨用"情怀"一词)有着更好的理解,并非只用山顶豪宅的巨幅落地窗将之简化。英国黑帮喜剧电影《在布鲁日》("In Bruges",2008)中,两个对于尼德兰画家全无概念的杀手,参观布鲁日的格罗宁格博物馆。两人即便以杀人为生,也认为多余的残忍毫无价值,无论伏法的祭司在

---

[1] 铭文为拉丁语,摘自旧约《诗篇》(*Psalms*)第 33 篇,"Ipse dixit, et facta sunt; Ipse mandāvit, et creāta sunt."
[2] 诺曼·拉什的短篇小说集《白人》,两部长篇《交配》与《凡人》的封面均为博斯画作《地上乐园》的局部。
[3] 迈克尔·康奈利从 1992 年至今,围绕以"希罗尼穆斯·博斯"命名的主人公,写作了 22 部侦探小说。

冈比西斯大帝坐镇下被活剥人皮，还是以骷髅现形的死神向吝啬鬼索命，都让他们惊恐不已。[1]最后，对历史毫无兴趣的杀手被博斯的三联画《最后审判》（"The Last Judgment"，1482）吸引，尽管这幅画中也有许多诡异的酷刑与折磨，但杀手认为这样一个"最后的审判"很不错，不再是谁上天堂谁下地狱那么简单，它呈现了一个"暂时的苦难"，一种死后灵魂的中间状态，他们甚至学到了一个新的词汇——处在天国和地狱之间的"炼狱"（purgatory）。

在 14 世纪但丁的《神曲》里，"炼狱"不再是深渊，是用于洗炼灵魂的"净界"。在海洋中这座努力向上净罪的高山顶上，"地上乐园"是通往天国的最后一站，灵魂想要被赦免必经忏悔与磨炼的进修。《神曲》让佛罗伦萨姑娘贝亚特丽斯从欲念缠身的形象升华为天使，一个人承载整个天堂的神话，因为但丁既虔诚又不完全地属于教会。电影中布鲁日的杀手们，在博斯喧嚣的画作中也看到了这一道为"人性"保留的缝隙，《地上乐园》并不只为解说《圣经》中的道德故事，《圣安东尼的诱惑》也并非在描绘抵抗得了诱惑的信仰，《最后的审判》无法指明来世的天国或现世的地狱。今天，但丁和博斯的"炼狱"之所以步步引人入胜，因为神学与宗教并非唯一的声音。《神曲》既是"新旧约外的第三种约书"，同时又是一部"神/神圣"的喜剧。博斯《最后的审判》从大多数教堂供奉的同类

---

[1]《在布鲁日》中杀手雷并不喜欢的这两幅画，是与博斯同时代的尼德兰画家杰拉尔德·大卫（Gerard David，1460—1523）的《冈比西斯的审判》（"The Judgement of Cambyses"，1498）和让·普罗沃斯特（Jan Provoost，1462/65?—1529）的《死神与吝啬鬼》（"Death and the Miser"，1515—1521），均为布鲁日格罗宁格博物馆馆藏。

主题画中脱颖而出，它站在米开朗琪罗同题的巨幅湿壁画[1]中金灿梦幻天堂的对立面，不靠雄壮和强度取胜，自成一个世俗而亲近，将无神论者也纳入其中的思考体系。杀手们驻足于《最后的审判》前的讨论，反而说明《在布鲁日》不是一部重视忏悔或由恶改善的电影，它具备有别于"虔诚"的精神品质。

一方面格外好笑，一方面又无比沉重，林赛《面包匠的狂欢节》中无法捕捉源头的"狂喜"和难以辨明的善恶黑白，与博斯多声部的"炼狱"图景暗合。如何化解苦难的体验是林赛"幽默"属性的落脚之处，比如被剧毒狼蛛咬伤后，跳整整一夜舞便可以用汗水"把那个狗日的亲吻排出体外"。对于生死他有着奇妙的处理方式，罪有应得的神父艾米莱，在脑袋被劈成两半后很久也未死去；吉安尼因为一个"黑麦气流"的屁在一闪念间被烧成灰烬，而他当时正急于要做的是一件无论如何不该被取笑的事情——救自己在复活节篝火堆中的女儿。滑稽的异想天开，在林赛的小说中是一种牢不可破的现实，出人意料的不协调感呈现了全新的小说气象，一种柔和的，对魔鬼与天使皆能普照的希望之光。

博斯的每一寸画幅都推翻了前人辛苦建立起的神圣法则，体现"多面性就是乐趣"的品质。但或许最终取胜的，并非精神永驻的超自然体验，并非被赞颂的疯癫，也并非近乎恶趣味的幽默。菲利普·罗斯（Philip Roth，1933— ）重读《奥吉·马奇历险记》后，将贝娄比作一个"用词语绘画的希罗尼穆斯·博斯"，一个"美国的、不布道的、乐观的博斯"。罗斯对于博斯，也对于他的前辈作家贝娄，写下了极为准确的评价，这里的每一个字都适用于《面包匠

---

[1] 米开朗琪罗在西斯廷礼拜堂所作的壁画《最后的审判》（1537—1541）。

的狂欢节》：

> 在他（们）的人物身上哪怕是最容易滑脱的地方，最具欺骗性的和最具阴谋的地方都能发现人类身上所具有的狂喜。人类的诡计不再引起贝娄主角的妄想狂恐惧，而是使他高兴。展现丰富矛盾和歧义的表面不再是惊愕的源泉，相反，一切事情的"混合性质"使人感到振奋。[1]

贝娄笔下的奥吉与情人西亚在墨西哥的沙漠中放鹰，是20世纪小说中让人最难以忘怀的场景之一。不仅因为追赶老鹰的奥吉体现了无法无天的想象力，更重要的是，在疯狂无序之下有着坚实的情感执念：奥吉无疑是美国文学史中最温情脉脉的男人（无论对寄养人劳西奶奶、盲眼的母亲、智障弟弟还是富家女西亚）。

林赛在喧嚣的狂欢中无时无刻不惦念一个父亲对于女儿的诚挚情感，面包匠终其一生，始终为已失去母亲的独女牵肠挂肚坐立不安。这里再参考一下费里尼——博斯在电影艺术界最杰出的后人的《阿玛柯德》（又译为《我的回忆》，不妨将这部电影看作为一个母与子的故事，母亲的死亡最终带来了男孩的成年）。疯狂和天真的人群，向广场中心运送杂货垃圾，燃起了复活节大扫除的篝火堆，这是博斯《地上乐园》《圣安东尼的诱惑》与《最后的审判》中共用的背景。费里尼童年小镇的故事以此开始，而林赛的《面包匠的狂欢节》却以之结尾。博斯清仓式的篝火燃烧在恐吓文明进程即将推倒

---

[1] 菲利普·罗斯：《行话：与名作家论文艺》，蒋道超译，译林出版社2010年版，第165—166页。

重来时,不过它们也许有着更普通的所指:不得不面对的残忍"成人礼"。费里尼试图用它告别生命的某些隐秘地带,无论是少年的性幻想,还是曾经狂飙突进的法西斯情结。在林赛那里,对于冻结停顿在糊涂与无知中的卑微人群,大扫除的火堆不是治疗而是舍弃,以贱价拍卖或更疯接的方式,处理掉私密的故事,切断情感的牵制,厘清前史以便重新出发,这才是唯一正确有效的记忆方式。

博斯的画作出现在15与16世纪相交的历史合力中,此时西欧艺术正发展到最为关键的历史阶段。伟大的《蒙娜·丽莎》第一次出现在世人面前是1503—1505年间,拉斐尔的湿壁画《雅典学院》完成于1509年,那之后的三年米开朗琪罗在西斯廷礼拜堂的天顶壁画《创世纪》也大功告成。三巨匠之外,波提切利(Sandro Botticelli, 1445—1510)、贝利尼(Giovanni Bellini, 1430—1516)、乔尔乔内(Giorgione, 1477—1510)、丢勒(Albrecht Dürer, 1471—1528)等人最好的作品也出现在1500年前后。文艺复兴的中世纪将要进入理性艺术的近世,同样伴随而来的还有宗教改革与社会经济的种种动荡,很快,哥伦布会完成第四次从西班牙到美洲的航行。无论爱嬉闹的妄想如何偏离正轨,处在巨大历史变革中的博斯,并非孤立地从过去的风尚脱颖而出。

同样,《面包匠的狂欢节》出现在千年之交的历史节点,它在叙事上的大融合"打通"了原本存在于绘画、文字、舞蹈或影像等媒介形式的边界。艺术家常有跨媒介的尝试,劳伦斯是作家又是画家,导演费里尼早期有画漫画的经历,比起写作,戏剧可能是林赛更大的舞台。另一部同样出现在千禧年前后的小说,塞巴尔德(W. G. Sebald)的《奥斯特利茨》(*Austerlitz*, 2001)也试图讨论一种颇具启示性的跨媒介的符指关系：不是图画阐释文字，也不是文字教条地说明影像，而是一种深入到叙事符号机理之中，更微妙的潜意识互动。所有这些，与《面包匠的狂欢节》一起，证明了艺术的一脉相承与表象之下所隐藏的暗流涌动，也证明了对于博斯最具有启发性的释读，不在学院派的理论之中，而来自小说家，舞台先锋艺术和电影导演的叙事实践。

苏州作家与"上海想象"

苏州作家荆歌在短篇《环肥燕瘦》中,将女主角和"我"的第一次约会设定在丁香花园。华山路的丁香花园是上海耳熟能详的花园洋房:

> 那个怪异的地方是最先由我提出来的。一经我提出,屠群就立即表示赞同。我因此怀疑她早就去过那个地方。而我,其实根本就对那个地方缺乏起码的了解。那种场所,对我来说,完全是陌生的。但我选择了它,究竟出自什么样的心理,在此也就不想赘述了。[1]

约会向前推进的过程中,"我"多次发现女主角屠群,对丁香花园这个"莫名其妙的地方"相当熟悉。她的"并不陌生""非常熟悉"被呓语般地不断重复,叙述者对其中熟稔的原因却概不作答。屠群出现在丁香花园中,"我"听得见她的痴笑,闻得到她的香气,摸得到她的头发,但屠群实在的肉体"我"却一眼也没看见。她和

---

[1] 荆歌:《环肥燕瘦》,《人民文学》1997年第8期。

"丁香花园"一样,是道听途说的梦魇,符合一切荒诞梦境的表象。整篇小说的紧张感几乎完全依托"丁香花园"的鬼魅和怪诞而展开。它当然是一个与众不同的花园,但除了门票昂贵又有一座秋千之外,无论叙述者还是"我",也说不清它到底代表了一种怎样的都会语境。"丁香花园"的特别之处是先验的,它在适合作为小说中公共空间这一点上,不再需要演绎和说明。此时,在生活方式的书写上,处于中心、兼有可能性与不确定性的都市"上海",已与"苏州"有了细微的差别。

以"城市认同"为前提的"姑苏情结",曾经使"苏州文学"的风格秩序得以强化。所以,当荆歌让胖女人不断抽脂而瘦成一具空皮囊的小说发生在"上海"时,不免让人要多看一眼。与上海有关的"意识/情结"为什么会像鬼魅一样渗入苏州作家的创作中去?仅仅因为丁香花园是"有着悠久历史的西式花园,从中可以探寻到我们这个城市曾经作为外国殖民地的痕迹"吗?[1]在"江南"的场域中区别"苏州"与"上海",坐实两者间的具体差异,并没有想象中的那么简单。在某些时刻,它们之间的置换完全可以成立。"上海想象"与"姑苏情结"未必就是两个对立的关键词,就一定有着迥异的文化标准与历史观念。但在苏州作家的某些作品中,上海确实常常以一种"借来的时空"[2]面目出现,它背后所代表的现代经验,显

---

[1] 荆歌:《环肥燕瘦》,《人民文学》1997年第8期。
[2] 香港回归之前曾被称为"借来的时间,借来的地方"(Borrowed Place, Borrowed Time),后"借来的时空"这一比喻被罗岗引用,用来反驳李欧梵在上海研究中对于城市"摩登"一面的过度关注,可能忽略其中"租界与华界、'上海'与'中国'、殖民现代性与自主性的民族现代化之间的复杂关系"。参见罗岗:《文化传统与都市经验——上海文化研究之反思》,《杭州师范学院学报》2004年第1期。

然比"姑苏"更凸显中与西、新与旧,或城与村间的激烈对峙。

以朱文颖早期的短篇小说《老饭店》为例,上海是"灰姑娘"故事的发生地。报社记者苏也青在外滩的老饭店里采访海外归国的电影人舒先生,后者利用上海西洋老饭店上流精英的贵族氛围对前者频频展开邀约。女主角时刻处在一种"空壳之下的迷乱"中,面临新的物质所带来的新的秩序。苏也青很容易就被优雅的中产阶级生活形式所打动:老饭店的房间里有咖啡、奶茶和生着火的雕花壁炉,她看一部没有字幕的法语片,听不懂也看得泪流满面。"老饭店的伤感是骨髓里的",原本是句可真可假的话,但小说结尾处,苏也青作为"潜在的公主"在怀旧晚宴上与舒先生跳舞,眼含泪光地念出一句"我爱老饭店"。[1] 在老饭店流动性的空间中,人与物的关系既令人兴奋,又具有危险的后果,而苏也青必须对新的力量与秩序做出反应。

这是一个有点不一样的结尾,让人想起海明威的短篇《一个干净明亮的地方》(1933):一个不愿打烊后回家独自面对黑暗与无眠的侍者,"他心里很有数,这是虚无缥缈。人所需要的只是虚无缥缈和亮光以及干干净净和井井有条。有些人生活于其中却从来没有感觉到……虚无缥缈与汝同在"。[2] 朱文颖对"虚无缥缈"的执念在长篇《高跟鞋》也有迹可循。她再次让小说主人公用唱机放《夜上海》,并且在饭店举行怀旧晚会。彼时舒先生对于苏也青的赞誉,是"旧上海女子的类型",而"好多年前的那种上海女人……是听得到

---

[1] 朱文颖:《老饭店》,《时代文学》1998年第1期。
[2] 海明威:《一个干净明亮的地方》,《海明威短篇小说选》,曹庸译,上海译文出版社1981年版,第156—157页。

壁炉里炭屑燃烧时发出的噼噼啪啪的声音"。在《高跟鞋》中，借某个时髦姨妈的"小资产阶级的威力"，又道出了类似的观察，"你倒是挺像上海的女孩子。走在以前的淮海路上的。下午，有一点阳光。我一眼就能看出那种女孩子。现在，看不大到了。不太多了"[1]。

　　本雅明曾认出普鲁斯特在《追忆似水年华》中对波德莱尔之"巴黎女人"的回应，其中有一类"巴黎女人"一眼就能认出来。朱文颖笔下一连串潜在的忧郁，以及对"过去的上海女人"的塑造，就像波德莱尔在一个"不适于抒情诗生存的气候"中写作的"巴黎女人"。[2]波德莱尔和普鲁斯特为"精神的同类"而写作，认为自己捕捉到了"只有城市居民"才有的想象经验。在波德莱尔"失之交臂"的"一瞥"和普鲁斯特的"一眼认出"中，"巴黎女人"是个"招魂的名字"。激情驱动的叙事之下，本雅明洞察到了一种"贫乏的满足"。[3]"上海女人"显然对朱文颖散发了同样强烈的吸引力。她早期小说中的上海情结，之所以总要回到一个"旧"字，甚至将真正"上海"的"上海女人"放置在一种"濒临灭亡"的状态之下，亦是对都市经验立场中的自我限制有所警醒。

　　朱文颖将"上海女人"符号之下的生命冲动，一并置于城市"小资产阶级"物质形态细致烦琐的景观之下，将对个体的认知置于对趣味逻辑的妥协之中。"上海滩上有多少这样般配的情侣呵。都是衣着光鲜、拥有着一定数量的物质、社会地位、虚荣心以及情

---

[1] 朱文颖：《高跟鞋》，《作家》2001年第6期。
[2] 本雅明：《论波德莱尔的几个主题》，《发达资本主义时代的抒情诗人》，张旭东、魏文生译，生活·读书·新知三联书店1992年版，第140—141页。
[3] 同上，第141页。

欲。"[1]为了让笔下人物不只流于生活的皮相,"上海情调"的吸引力与对于诱惑的防卫,始终是同时存在的。因此,躲在亭子间里面画画的张治文,会认为"在抽象的意念与具象的上海之间,存在着一种关联。在理想与现实之间、在精神与物质之间,是存在着一条坦途的"[2]。而舒先生想拍一部关于上海的电影,认为真正具有上海味的电影可以是没有情节的,不需要故事,人物随意流动即可。构想中的电影实际上陈述了一个与《高跟鞋》对等的叙述结构,只强调片段,情节隐而不见。因此,虽然是明确借以空间"上海"而产出的虚构,但修辞化的上海反而摆脱千篇一律的外部世界,只强调萎靡不振的心情与知觉,和延绵不绝的风格与情调。

在新生代苏州女作家菊开那夜的《声声叹》中,上海又呈现出另一种完全不同的"时空"观。它不过是"我"与女伴旅途中周转的一站,有关它的故事头一天夜里开始,第二天中午就结束了。朱文颖小说中人物在十里洋场中缓速旋转,相比之下,菊开那夜笔下的年轻人有着飞快的行动力。从剧院到餐厅再到咖啡馆,半天不到的时间里,"我"已目睹女伴和"我"颇有好感的男人一拍即合,"眼看他们的欢喜与亲密"。上海成了一个无关痛痒,甚至是小说中人物屡屡调侃的对象。"我"去上海,本来就只是为了看一场戏。而从杭州到上海花了若干小时,"我"却已在抱怨舟车劳顿。菊开那夜的叙事不断向前追赶,下了车就坐在剧院里看上了戏,看完戏就吃饭,吃完饭就喝咖啡。在马不停蹄地追赶中,"上海"提供着时空快速切换的可能,同时不断抱怨"不够快"的"我"始终未有片刻停

---

[1] 朱文颖:《高跟鞋》,《作家》2001年第6期。
[2] 同上。

留。在商讨约会场所的过程中,情调的核心地标"新天地"因"太农民"而被立刻否决,虽然此处"农民"未必如菊开那夜所说,是个"近乎褒义"的词,是"无所谓的自我解嘲和对他人的善意的调侃"[1]。最终"我们"也没有去一个比"新天地"更高级的地方。在那对男女的私情还未得以完全展开时,菊开那夜似乎就已经在暗示了读者,"上海"故事一旦停下来讲,就没办法再讲下去。

也有一类苏州作家与"上海"有关的想象,并不完全在"上海"本土的场域中发生。叶弥的《司马的绳子》与《天鹅绒》作为同一系列的小说,始终关注着"苏州"之外,不远却也不近的某处领地。《司马的绳子》中"我父亲"、唐叔叔和司马叔叔都来自江南的富庶之地,喜欢打"沙蟹"(梭哈)牌。三个男人响应"上山下乡"来到穷乡僻壤,虽不能经常见面,却依然设法将赌事浪漫地进行下去。不满足于此的司马叔叔,时常要跑到那些更危险的地方去赌,那"更危险的地方"便是上海。当然,"外面的地方"终归"不是他的地方"。在众人的劝说之下,司马找到一条"合适的绳子"拴住自己,他在赌桌上赢来了美丽能干的乡下女孩邢无双。结婚后又不断把她输给别人,再赢回来再输掉。后来,司马一人回城有了新的相好,要与无双解除婚约。而"新的绳子"连个名字都没有,就叫作"上海女人"。上海女人当然是一条更厉害的"绳子",她的风骚娇媚、吃醋耍泼皆不在读者的想象之外,生一场重感冒也能让司马叔叔急得满嘴起泡;倒是穷乡僻壤里的女人无双,陷入一种文明的无能之中:

---

[1] 菊开那夜(吴苏媚):《声声叹》,南海出版社2005年版,第65页。

邢无双呆乎乎地愣了，想把道理想明白。想不明白。但是她有足够的宽容去容纳别人……无双就想：这是怎么回事？这可是我的家。一个这么张致小气，一个却怜惜有加。[1]

因为"更危险的地方"上海和"新绳子"上海女人的存在，突然之间，邢无双仿佛也有了不同的智识，甚至在信中文绉绉地写道，"这一辈子，我所做的一切，就是原谅你"[2]。叶弥的小说少有都市的戾气，朱文颖"具象化"的都市面貌被叶弥抽象与简化后，其中地域与人的关系等级更为清晰。《天鹅绒》里，随丈夫一起下放的姚妹妹和小队长李东方偷了情。姚妹妹向李东方吐露，丈夫唐雨林曾说自己的皮肤"像天鹅绒"。唐雨林撞破二人后，决定用自己那杆走哪儿背哪儿、"华丽的""带着城市里陌生富足气息"的猎枪，杀了奸夫李东方。[3]并且，他要让李东方先懂得天鹅绒是什么，再明明白白地死掉。在唐雨林的记忆中，曾发达过的上海亲戚中有几位女眷用过天鹅绒的制品。他对它的语言描述是"滑溜溜的一种布料，有点像草地，有点像面粉"[4]。对"天鹅绒"毫无概念的李东方，显然无法通过"草地"与"面粉"统一出某一种质感。天鹅绒，作为只有上海才有，现在甚至上海也没有了的稀缺布料，成为比杀人凶器的猎枪更令人恐惧的物质存在。在将死的李东方那里，它是外部的、无法被操控的现实。

在另一个短篇《水晶球》中，叶弥写作了被"上海"抛弃的人

---

[1] 叶弥：《司马的绳子》，《人民文学》2002年第2期。
[2] 同上。
[3] 叶弥：《天鹅绒》，《人民文学》2002年第4期。
[4] 同上。

们。爱洒香水爱看戏的杜阿汀，和头发往后梳的龙套演员吴敏达，在1950年代末上海清理城市垃圾的"水晶球"行动中，都被莫名地判了流氓罪。两人去了偏远的劳改农场，女主角王三三是上海城里的妓女，身价是三斤粮票或三角钱所以叫"三三"。她因"水晶球"行动被送去同一个农场改造。杜阿汀和吴敏达，同时爱上了王三三，合成一个人似的对她好，一个用钱贴补她，一个帮她做家务。三人间都是真感情，但又发乎情，止于礼。两个男人在王三三的家中尴尬相遇：

> 吴敏达问："你就一直在里屋？"
> 杜阿汀说："我藏在床底下。"
> 两个男人你看着我，我看着你，突然相视大笑，就像以前那样，挽起手来，打开门，走进风里。[1]

三人原本因为"作风"问题，被驱逐出上海落难他乡，但短篇中饱含无忧无虑的滑稽感，或某种新生活即将开始的希望感。被当作流氓和垃圾清出上海的两人，不仅对"妓女"相敬如宾，彼此间也没有心生妒意。两个男人"同吃同睡，形影不离"，农民们议论两人为"假夫妻"，感叹"原来城市里的男人这样过日子"，但问题是谁也不知道"城市人"或"上海男人"到底怎么生活。[2]最后，回到"上海"成了解决方案，两个男人意识到，既然无法像村上人建议的那样，"合用"王三三做老婆，不如带着"水晶"一样的心整理上

---

[1] 叶弥：《水晶球》，《人民文学》2003年第5期。
[2] 同上。

路。在都市男女世故的两性游戏之外，叶弥书写了三个上海"弃儿"情感中返璞归真的况味，也应算是反转视野下的一种"上海"叙述。

"上海"所代表的特色鲜明的社会图景，它所传达的符号和讯息，在时间和范围上，在情感和行为上，都对上文所述的苏州作家们有着特殊的感染力。与其说"上海想象"是信手拈来的选择，不如说是一种严肃的规划，在经验与形式的文本变体中，审慎灵活地施展功用，并有着某种自上而下的连贯。

第 三 辑

盲流与圣徒：
《雾行者》的文学青年浪潮

阅读过量的堂吉诃德，曾在16世纪的伊比利亚荒漠，遭遇形形色色的作家、读者与受到文学影响的人。四百年后，文学也像瘟疫一样，覆盖了路内《雾行者》中的绝大部分土壤，每一个角色都懵懂地走入文学的浓雾，畅谈文学、思考文学、梦幻文学的唯一性，承认它混杂着渴望、羞耻、愤怒乃至所有。开场人物周劭的父亲是火车司机，周劭读《看不见的城市》，觉得这就是自己想写的故事，读《树上的男爵》，觉得自己父亲是火车上的男爵。他带着《尤利西斯》去见心仪的女孩辛未来，女孩恰巧在看《奥德赛》，相似而又不同的叙事，是开始也是终局。周劭和辛未来的文学感粗浅而天真，在火车上弄丢日记本后，周劭确信文学离开了自己。曾经爱写诗歌的辛未来，最后做了一名新闻记者，为写深度报道她卧底打工，发现在随时应当诞生革命的血汗工厂，永远不会有革命的发生。

端木云是他俩大学文学社的同伴，三人有点相似的自持又自弃，但端木云最终更深入文学的腹地。20世纪末的文坛笔会，让他见识了充满偏见与未知的文学界，冷眼旁观了同路人之间臧否彼此的小说：要么像被潮水浸湿以后从自己衣服上拧下来的水，要么像怀抱土特产欢快奔向读者的老乡,"怀中的玩意儿一路洒落"。但文学圣徒端木云对自己的写作毫不在意,他寄小说给编辑,为省几块钱用的是平信,也不留底稿,几万字就这样凭空消失,坏了的硬盘或偷电脑的窃贼还会吞噬未来更多的书稿。对于圣徒们来说,这一切并不要紧。他们自知无法永生,并不把写中短篇、投杂志、入选刊的作者路径放在心上。落脚广州城中村的端木云,最终像编辑建议的那样写了一部长篇《人山人海》。由"我"讲述的"人山人海",构成了《雾行者》中篇幅最长的第五部分。端木云的文学偶像,始终是那些活不过中年的狂热写作者,托马斯·伍尔夫、鲍里斯·维昂或波拉尼奥。作家是文学青年的尸体,而文学青年是作家们的影子,大师用小说来表达,而圣徒们在熟练地表达小说。

贩卖保健品惹下人命后,在逃亡的路上,端木云一直在写小说。他写为自己筹学费而嫁到傻子村的姐姐。他和收容所的小护士讨论卡夫卡,把她写进小说,但小说难得的结尾却被偷看他写故事甚至不懂文学的同伴想到。同伴叙述自己被弄残的马仔经历,告诫端木云,最好去模仿那个把马仔写得不错的契诃夫。应聘失败,走在大街上的心情是苏联三女诗人的诗。租住石库门弄堂,在奢侈到荒诞的浴缸里泡澡,脚踝上金链闪烁,也是苏联三女诗人的诗。仓库管理员,图书管理员,保健品推销员,瓷砖公司的人事经理,都携带奇怪的修辞术,甚至酒吧艳舞姑娘的色情表演也让人思考,作家到底怎样才能用双腿夹住读者。对文学的胃口和追求,与浪荡儿们的处境并不匹配,身为没有家底也没有钱的盲流,他们居然一无所知地相信文学,还在关心怎么样把小说写酷写冷。

既不像塞万提斯也不像波拉尼奥,路内的文学青年没有对文学主流的挑衅,他们既无计划消灭骑士小说,也不打算为某一种主义摇旗呐喊，立志成为文学界的恐怖婴孩。雾行者们对大声朗读毫无兴趣，他们坐在早点摊上读发霉的文学杂志，被故事喂饱，舌尖上是铁的滋味。1998年至2008年是雾行的十年，文学的浪潮始终没有到来，"盲流们"得以从文学主流自信满满的掌中逸出，并在被抛弃的耻辱中重塑自我。路内在当代中国的城中村发现了巴黎左岸的波希米亚，他站在这场文学圣徒运动的中心。

"没有一点风刮偏"：解读秦汝璧

秦汝璧刚满 30 岁，她为自己六年内的一打中短篇小说，悉心标记了详细的写作时间。积累起来看，其中的成长明了直观。坐在咖啡馆里，她对我的褒奖不置可否，很谦虚地换了一种说法，形容自己是"震荡上行"，好在涨大于跌。

虚构的生活可以平凡，不必有特别的成就或非凡的痛苦，秦汝璧几乎坚持不懈地被平常事吸引。她的语言抒情，详实又准确，说"墨绿的树叶中的晚风就像是给整座城市兑了点冷水进去"，脏衣服"失去了干净的劲道"，蛐蛐儿叫得清脆明亮，是"没有一点风刮偏"的声音。秦汝璧的才华在她慢悠悠的耐心中体现，生活烂熟的表层下又破出些新的种子。有一次她提及水蛭，其实文学中早有关于水蛭的神来之笔。川端康成形容女孩柔滑细腻而伸缩自如的嘴唇，宛如美极了的水蛭。汪曾祺笔下的顽童，见地上的水蛭缩成拳头大，踩也踩不破。而秦汝璧选择正面直击，粪池中她的主人公，从腿肚子上往下拽水蛭，"扯得有一尺来长""污血细细地流"，吓得小孩子一路弹跳。

秦汝璧出门带好几台相机，却是个谨慎的摄影者，并不频繁按快门。她让我想到，摄影的能力体现在按快门的手指上，而不仅仅是眼睛。快门的诀窍与写作的手艺何其相似，好的瞬间有叙述的弧度，有深化的关系和情感的波纹。而小说也是光影的艺术，捕捉轮廓突出的二元对立，比如老与少，比如城市与乡村，比如不耻与识羞。

年轻人对"老"有执念，确实出乎意料。短篇《晚上十点》中，美妆博主因为被暧昧的对象连续爽约，便在晚上十点去邻居家作客，和一个已经连续几次中风，近十年未下过楼，每天扶凳走路的老头说话。但中风老头说不出话，剩下的只有意识，他的舞台也简陋，只有两张凳子。一张睡下来，中间卡一只盆，是厕所。另一张是一步一拖时的扶凳，凳脚在瓷砖地上反复刮擦，随时会散架。贴近女孩时，小说用第三人称，她做瑜伽、她收快递、她发朋友圈摆拍等赞，快进着交代年轻的日常。贴近老者时才换成"我"，似乎老者和叙述者之间的关系，才是主体和作者的关系，"我"围绕两只凳子的舞台展开了许许多多的意识，意识越流淌越偏离外在。秦汝璧对那些被抛弃、被虐待、被谩骂，被认为不值得照顾的老者专心一志。《范贵农》中用竹筷头挑稠粥，到了年纪便把后脑勺剃空的钟巧子，还有《莺莺》里被女婿嫌弃侮辱的丈母娘，藏在叙述边角的老年女性，样貌难看气味难闻，总之都是浓缩的苦。在苍凉凄怆这一点上，她愿意比大多数同龄作者走得更远。

但在对伦常生活的审视中，耻感是最强烈痛苦的意识。中篇《后遗症》的主人公乔森之既是成年人，也是孩子。她装载了过多让人窒息的家庭回忆。痴呆症的祖母直接在屋前便溺，而乔森之十岁时，母亲还逼迫她在众目睽睽的屋外洗澡，理由仅仅是不想弄湿屋内地面：

淼之站在那里把衣服小心翼翼地铺开来，晾在木桶外面的高椅上当作屏障。她不知道那只是来遮住自己的一双眼睛避免看到外面，而不能遮住别人的眼睛。那小人劣质的布料透光性很强，商业老板总合理地解释说孩子每天都在长大，所以不需要那么好的布料，再过几天衣服就会变小的，穿不上，的确，那点大小，那点厚度。孩子的耻辱感在成年人眼里总是那么不可理解。

　　小说开始时是童年的仲夏午后，木板床上方垂挂着裤子，乔淼之目睹午睡中的母亲翻个身就裤裆磕脸，一次次被雪纺轻飘飘的面料撞醒。母亲再醮后搬去上海，破落的民房院子里，晾晒的内衣裤还是坚忍不拔地悬于头顶，乔淼之夸张地呼喊，"那是她们的性器官被单拎出来曝于光下"。但实际上母亲不是不知耻，只是耻感的来源不同。乔淼之的父亲因受东家的侮辱，喝农药而死。丈夫失踪后，母亲去东家寻人，仅仅因为听见几声咳嗽，瞥见了干净的布鞋布袜，就感受到了无法忍受的拒绝。很多年后，她试图给女儿物色对象，一定要换了老宅的玻璃和桌椅，带女儿理发，嘱咐女儿洗澡，最后却被男方爽约。从目睹母亲不断被打扰的午觉开始，乔淼之在关于身体和耻感的教育中，在被抛弃和被遗忘中渐渐长大。尽管乔淼之和母亲之间有对立，但她们的共识大于分歧，两个人体验到既不同又相似，在形式上并列的耻。

　　乔淼之退出老街口走入城市，起初做房屋中介，遇挫后改做医疗器械的销售，成了院方客户的情人。她几乎过于顺利地，在城市里有了不再被老鼠打搅的像样居所，虽然房子并不属于她，本质上也与她无关。慌张磨掉了乔淼之的耻感，她努力接受"耻"的生存状态，不仅是努力接受，甚至是主动招惹。在情人安置她的家中，她买来一尊大卫石膏像，作为笼中雀的某种自救。大卫既是她对身体的重新认识，也发泄了她对金钱、对不公正、对男性权力的微末不满。乔淼之成了运用绝技的皮格马利翁，幻想自己也参与造人的事业。她偶尔更新大卫臀部的遮挡物，把毛巾换成塑料藤蔓，但没有改造和变化，更不用提创造或重生。如果环境的重压，来自他人的侮辱，和对未来的恐惧一成不变，局部的胜利也仅仅是演绎。

秦汝璧常常言及杜拉斯。小说中一个若即若离的男同事，被形容为"应当是杜拉斯小说《广场》中的男人"。《后遗症》叙述父亲亡故后，寡母与我的磨难，或许能算作《抵挡太平洋的堤坝》的某种改写。当然在语言、情绪和经验上，秦汝璧的写作和杜拉斯的写作之间相隔甚远。不过，可以肯定的是，她试图保有杜拉斯写作的沉重感。小说结尾，因为父亲早死，乔淼之也想在父亲自戕的年纪里赴死。或许，迫于故事的寓言性和形式的对称，女主人公"不得不死"。没有父母依恃和爱人救赎，她的命运也可以是向死的。乔淼之选择卧轨，火车来临之前又立起了身。最后，离开铁轨过红绿灯，她被一辆跑车不早不晚地撞向天空。一波三折的死亡终局，是作者人为的用心，同《范贵农》里的格娣或范贵香一样，"该死的时候也总要死的"。作者渲染死亡瞬间的喷薄与悲壮，但实际上沉重也半真半假。从父亲死亡之日开始，乔淼之便不断遭受日益具体的失去，被"耻感"的后遗症层层迫害，她不圆通也不忍耐，没来得及反抗或沉沦，幽暗的生命之火很快被吞没。

生活中的秦汝璧，并不像她笔下的女性那样顾虑重重，她爽朗而毫不扭怩，有点像《受戒》里的小英子。她和汪曾祺一样是高邮人，生长在古镇三垛，很可能是北宋词人秦观的后人。她说自己在老街口长大，18岁之前未出过远门，成年后一直在城市里游荡。在市中心的咖啡馆，我提及她对乡土的凝重白描，对田园牧歌似乎有意规避，她手捧一杯生椰冷萃，有点答非所问：乡村没有范围，我到哪里，哪里就是乡村。

这是马洛笔下靡菲斯特似的告白。秦汝璧的城市被乡村的意识形式介入，有点像以色列作家奥兹《乡村生活图景》中的城乡之辩，"乡村"是无法进入圣城，不能回到应许之地的生命状态。秦汝璧写作中的人，即便身处城市，也深陷被遮蔽的乡村，被乡村的感受力环绕，没有一点风刮偏。面对历史、政治和信仰的危机，为求安全，他/她们退回到一种深深的主观性之中。因为，未经开垦也好，辛苦耕耘也好，皆是苦路上要背起的十字。

文学批评的几种可能：
《论晚期风格》的相关札记

后殖民大师爱德华·萨义德是一名音乐爱好者，他常常用音乐赋予的灵感去讨论文学。通常我们以为，音乐在知性上是哑的，因为无法说理，音乐的触角很难伸入语言的领域去传达观念，但萨义德改变了这种偏见。

萨义德热爱并敬仰着加拿大钢琴家格伦·古尔德，写了许多与之相关的乐评。他不是对一个作曲家，而是对一个器乐家念念不忘，这件事本身颇有趣味（古尔德当然也作曲，但很难说是一个多么优秀的作曲家）。古尔德最大的成就是重弹巴赫，回归复调乐对位法的发音模式。对位法的形式本质在于声部的共时性，在于时间管理，及对资源的超自然控制。它强调坚实的形式纪律，绝对的全神贯注，每一个赋格都严谨，细节精准，有如神意。原本演奏是不断重复与模仿的世界，但萨义德认为古尔德的修辞风格不是复述，是更为有力的论述，组织可解的语言，作极为重要的介入与解读。在他听来，古尔德演绎的《哥德堡变奏》有《堂吉诃德》式的强度和说服力，让人体验到阅读和思考的升降。萨义德超越了一般演奏美学的限制，扩大了一个钢琴家在现有构架中的作用，把古尔德的演奏当作一种美学现象，把古尔德的一生看作是一个文化计划，认为古尔德追求的，是一个使用语言的知识分子追求的结论。对于古尔德也好，萨义德也好，音乐作为一种思想批判传统中的知性成就，应该能够为悟性服务，解决复杂性，而不是被复杂性驯服。在他们看来，在演奏厅演奏是一种叙事，演奏前的节目单也是一种叙事，是文学观念，是有话要说。有些演奏者是节目单上的天才，不仅在形式、调性和风格上严谨，而且总能揭露一些新的关系。

萨义德的许多想法源自西奥多·阿多诺，他自称是唯一真正的阿多诺追随者。1991年萨义德被诊断出罹患血癌，随后在哥伦比亚大学开设"晚期作品/晚期风格"（"Last Works / Late Style"）的课程，围绕阿多诺音乐论文中的著名观点"晚期作品是灾难"，谈艺术家在艺术生涯最后阶段的经验与特质。

我们通常以为晚期风格丰润成熟，期待一种静穆的高度概括或最终和解，但萨义德想讨论的"晚期性质"，恰恰倒返异化而满目疮痍。除了解释古尔德晚年重录《哥德堡变奏》的奇异效果之外，萨义德还列举了诸多顽固费解的晚期作品，从贝多芬《庄严弥撒》中地狱般的氛围，到斯特劳斯甜腻温驯的《玫瑰骑士》回归18世纪注重调性的语法与形式，再到莫扎特《驯悍记》琐屑通俗的剧情与美得惊人的音乐之间根本相悖。在文学"晚期经验"未解的矛盾中，萨义德又谈了"不合时"的意大利人兰佩杜萨和希腊人卡瓦菲斯，谈可以作"晚期风格"来解读的现代主义文学，并且让我们注意到某些已经被遗忘的作品，比如让·热内晚期写作的戏剧与小说。

《论晚期风格》的研究最终没有由萨义德本人完成，靠后人梳理和拼贴才得以成书，但我们看到不少由此引起的脑力震荡。今天，詹姆斯·伍德也谈晚期风格，谈索尔·贝娄与菲利普·罗斯的后期作品中对于形式的不耐烦，思考为什么到了最后大师们会放弃早期清晰的节奏。约翰·厄普代克在去世的两年前，也讨论过晚期风格，他为《论晚期风格》写的评论长于过去大多数的书评。这篇批评他断断续续写了半年之久，中间几次转折，有时为萨义德证实，有时又是证伪。

萨义德说晚期应有"奇迹般的变容"，莎士比亚的《暴风雨》是对传奇和寓言的回归，是粗糙被抚平的过程。厄普代克却问，莎士比亚并不知道自己只能活五十二年，他无法预料自己日后的不朽地位，怎么会在自己50岁以前，就着急在做否定死亡的虚构，违背逻辑地让人物起死回生。或许旧米兰公爵普洛斯彼罗用男巫的"法术"（Art），说出了莎士比亚对环球剧院，而非对人生或写作生涯的告别。对于彼时的莎士比亚，剧院物理性质（从一个无布景廉价的环球剧院变为精细舞台效果的国王臣民剧团）的改变，王朝的更替，其实远比死亡切近。另一个容易产生误解的例子，是纳森尼奥·霍桑未完成的长篇草稿。由于小说与人物几度易名，页边修正中有三种以上故事的结局，这些遗稿常常用来证明作家晚年的"法术"日渐消沉。但厄普代克却提醒我们，霍桑同期在《大西洋月刊》发表的英国游记，是格外流畅的写作。

萨义德和阿多诺都认为，被死亡萦绕的"晚期风格"是灾难。厄普代克以莎士比亚和霍桑作为最初的例子，说明在晚年作家们心中挥之不去的，不是将死这件事，而是他们以前的作品。他们在修订自己过去思考、幻想和表达方式。同样作为半成品遗稿的中篇《水手比利·巴德》，也体现了赫尔曼·梅尔维尔写作末期的重要修改。它没有萦绕着死亡气息，也不是物化的、对客体的否定，但厄普代克强调，它绝不属于某个30岁的写作者。厄普代克试图寻找那种与时间感紧密相关的回忆语调,在对作家本人写作编年史一边梳理又一边背离的文本队伍中,他列入了托尔斯泰的中篇《哈吉·穆拉特》、福克纳《掠夺者》、海明威《流动的盛宴》,甚至还有格雷厄姆·格林死后出版的平淡、稀松的自传《我自己的世界:梦之日记》。对于厄普代克,晚期作品的"修订"方式各式各样。有些真的就是在修订,比如乔伊斯用十七年时间写完《芬尼根的守灵夜》,想再着手写一些简单短小的故事,最后因为眼盲,所做的只能是为芬尼根的故事,艰难地纠正了一千多个的印刷错误。有的是大到文体的改变,比如詹姆斯从三幕剧改编的小说《呐喊》(*Outcry*, 1911),叙述自由嬉闹,不再有心理小说中詹姆斯式的典型焦虑。

关于"晚期风格"的诸多讨论,萨义德和厄普代克似乎都展开多于归纳,对待同一个问题,两个人的话语方式又不尽相同。萨义德是学院派,而厄普代克是小说写作者和孜孜不倦的书评人。厄普代克尽力避免宏观的牵扯,将论题具体化,发问方式也很直接。写作此文时他73岁,两年后因肺癌离世。这篇写得格外艰难的《晚期作品》,在某种意义上也是他对自己写作与批评史的回顾。文章收纳入集时,厄普代克在结尾附加了几段话。一是说有些教徒往往到最后会背弃自己一生的信仰,二是谈禅宗的"无",极简建筑中的"少就是多"。最后他没有交代出处地引用霍桑病重前自嘲的一段话,说自己的脑子最终还是变质了,并预测很快就会有文章,来评说他的是非成败。

曾经的"中国故事":
读《一个漂浮的中国佬》

2016 年 6 月,哈佛大学出版社发行了瓦萨文理学院许华(音译,Hua Hsu)教授的新书《一个漂浮的中国佬:跨太平洋的幻想与失败》(*A Floating Chinaman: Fantasy and Failure across the Pacific*,2016)(下文简称《一个漂浮的中国佬》)。如何用国际主义的视角想象中国故事,如何在异域传承中华文化的美学精神,在这古老而隐晦的议题之下,许华把人物传述、档案记录、文化评论与故事讲述相混合,回忆左翼作家蒋希曾(1899—1971,Hsi Tseng Tsiang)被遗忘的人生。

20 世纪 30 年代,《纽约客》杂志在版块的夹缝中,曾报道过自力更生的作家蒋希曾,一个从写作到出版,从销售到送货上门,为读者"一条龙"服务的热情写作者。《纽约客》的态度并不热情,它挑剔着蒋希曾的文法错误与口音,弄错了他的年龄,对他一再反复的政治倾向也颇有微词。在赛珍珠《大地》(*The Good Earth*)疯狂畅销的 1931 年,纽约街头的蒋希曾正四处兜售他的处女作《中国红》(*China Red*)。这部书信体小说,讲述了一对政治理想相悖的年轻恋人,在越洋通信中经历着各自信仰的转变。

《大地》的成功在美国出版界引起了中国热,也无意中限定了文学市场中关乎"中国"的写作格局。西方还不曾有过中国作家们的小说选集:1934年,美国记者伊罗生在鲁迅和茅盾的帮助下,编译了短篇集《草鞋脚》,却因种种原因未能出版。之后,哥伦比亚大学的王际真编译《传统中国故事》和《当代中国故事》,可惜读者寥寥。在两次大战之间的美国,未来的民主同盟中国似乎是一片充满可能性的国土,讲述中国的可能性却屈指可数。除赛珍珠以外,写作《中国灯油》的何芭特,普及中华文化与美学常识的林语堂,将四万万中国人看作潜在顾客的商人卡尔·克劳,有力操控对中国舆论的《时代周刊》创始人亨利·卢斯,是少数几位手中握有"中国叙事"发声筒的写作者。

蒋希曾生在江苏南通,毕业于东南大学,1926年赴美留学前,在国民党中央党部工作。他是孙中山丧事筹备处委员,也是廖仲恺被刺案的目击者,理应成为一个比赛珍珠等人更切近的讲述者。他在文体与叙事上作风大胆,自我推广时也毫不含糊。蒋希曾告诉《纽约客》的记者,自己正在写作的小说,"有一点像《大地》,不过要好得多"。他甚至在自费出版的小说封底,摘取德莱赛秘书婉拒自己时的礼貌推辞,直接作为德莱赛本人的推荐语。

在写给德莱赛的自荐信中,蒋希曾洋溢地铺陈着自己正在酝酿的小说构想。他要写一部中国无产阶级的奥德赛,既讲述旧中国的底层生活和无法融入的美国社会,也包含"由苏联启发的革新""地下党的革命工作"和"新中国无产阶级的斗争"。这本以全球视野想象中国革命与新生的小说《一个漂浮的中国佬》,最终没有写成。

无论蒋希曾如何更换文体,从反讽杂文到情感小说,从激进诗歌到实验戏剧,似乎都无法承载他宏大的文学理想。即便在无产阶级艺术大热的1930年代的纽约，风格的摇摆不定，也使他的作品难以归类。他的反资反帝与在地的无产阶级艺术同行们并不合拍，而对纽约劳工与移民的同情，又让他无法全力以赴地为中国代言。担心前期作品过于激进，蒋希曾还自费出版了一部态度软化的、超越地缘政治的三幕剧《死光》(*China Marches On*, 1938)。这一年，赛珍珠获得诺贝尔文学奖，而蒋希曾的写作环境却没有任何好转。两年后，因学生签证过期，也因和劳工组织活动密切，美国政府正式考虑遣返蒋希曾。在拘留所的两年中，他不断写信四处求助，在厕纸上连绵不绝地发问控诉。狼狈经历的唯一后果，是蒋希曾断了自己的作家梦，就此不再写作。

蒋希曾一度做过许多无用的努力，试图用基因传承的文化立场，在领悟中华美学一事上，与赛珍珠相抗衡。他常常攻击这位传教士家庭出生的白人女士，质疑她可变通的隶属关系，嘲讽她赋予读者的中国想象，却丝毫没有引起她的注意。赛珍珠在"中国故事"背后生机勃勃运转了近二十年，在1950年代影响力逐步衰退时，她用一整部长篇《上帝的子民》(*God's Men*)来影射另一位解读中国的文化权威亨利·卢斯，并将他塑造成一个自我推销的机会主义者。渐渐失去话语权力的赛珍珠要为一场更重要的角逐投入精力，卢斯才是她不得不在意的敌人，相比之下，处在"讲述中国"金字塔最底端的蒋希曾，实在太微不足道。

许华的当代叙述重新审视了跨太平洋的比喻性空间里，代言中国故事与发扬中华美学精神的权力争夺战。这些未曾具体言说的偏见与疑惑，最后以蒋希曾未完成的作品命名。《一个漂浮的中国佬》表面上讨论该由谁，用怎样的修辞来讲述中国。实际上，许华强调在公平与真实的争议背后，清晰投射着作家之间对于写作权力的博弈，这里面有钦羡也有嫉妒，有因意识形态相悖而生发的明显敌意，也有精心伪装后的复仇幻想。

  蒋希曾让人难忘，因为他和赛珍珠力量悬殊，因为他作为一个作家彻底地失败了。他对踏入主流的渴望，对落入边缘的恐惧，使他在拘留所写下的凄苦信札，远比小说中野心勃勃的辩论更具吸引力。让人想不到的是，蒋希曾后来去好莱坞做了演员，演了近40部影视作品。他甚至出现在一部由赛珍珠小说改编的影片中，演一个货真价实的中国人。

我干吗要看《罗丹传》：
读《中国特色的译文读者》

《午夜巴黎》里，男主角盖尔和未婚妻商量婚事，未婚妻却暗恋一个在索邦讲学的伪学究。在思想者的雕塑下，伪学究和导游争论，坚持说卡米耶是罗丹的妻子。盖尔忍不住纠正，说自己不巧刚看完两卷本的《罗丹传》，卡米耶确实是情人，不是老婆。这段情节耐人寻味，倒不是伪学究犯了常识性错误，让盖尔在未婚妻面前出了口恶气，而是紧接其后的对话。未婚妻悄声问，你什么时候看的《罗丹传》。

盖尔说，我干吗要看《罗丹传》？

沈诞琦的短篇《拾贝壳》，让人想起伍迪·艾伦的这句玩笑。在海边拾贝壳的既是诗人里尔克和雕塑家妻子克莱拉，也可以是平行世界里另一个愿意被叫作里尔克的男人。在这个世界里，里尔克是不是罗丹的秘书，里尔克更喜欢宝拉还是克莱拉，和卡米耶到底是情人还是老婆一样，统统变成伪问题。沈诞琦像拾贝壳一样捡起里尔克，捡起罗丹，转眼又丢弃。对脱离了家庭生活与丈夫身份的里尔克，沈诞琦走得如此之近，放手得又如此决绝，她像我们一样热爱考据的游戏，又有大多数人所没有的自由心态。是的，干吗还要看《罗丹传》呢。

《中国特色的译文读者》是沈诞琦的第一个短篇合集，这些写得极其放松又极不平常的小说，再一次证明虚构才是两点间最短的距离。沈诞琦要我们忘了她过去谨慎而精彩的非虚构写作，这一次她享受着小说家的特权，既不用尊重事实，也不用尊重隐私。在两年前的非虚构集《自由的老虎》中，图片资料是书写的佐证。如今小说集也插入原型的照片，产自加纳公鸡形状的拟物棺材，北美某个中餐馆昏暗油腻的后厨，几乎没有下巴的里尔克和脸部线条格外倔强的克莱拉。沈诞琦似乎很适合这种相互拆解的图文关系，为历史上真实存在过的某地某物某人，虚构天马行空的个人想象。《拾贝壳》一边摘录里尔克信中所谈塞尚坚不可摧的"真实"，强调每一寸写作时空都有理可据，一边又不满足于"历史真实"提供的消遣，格外虚构出朝夕语不休的连绵情话。像行走的夏多布里昂那样，在宏观稳健的历史场编织进一个爱慕光荣的自我，是沈诞琦的奇异本领。

沈诞琦笔下在英语世界里自由浮潜的华人，让人很难想起前辈严歌苓或哈金笔下的移民者。短篇《疾病发明家》在某种意义上也是关乎沟通的移民者故事，却不是孟加拉裔女作家拉希莉《疾病解说者》的衍生品。哈金冗长的《自由生活》，拉希莉章法严格的"解说者"故事，作为21世纪以来国际化写作的新语法，被许多人学习，也让许多人烦恼。80后华裔林韬（Tao Lin）的处女长篇《咿咿咿》，将拉希莉作为一种私密的笑话，一个荒诞的靶子。沈诞琦多重身份的"在地写作"，没有像林韬那样，完全规避自己的族群意识，也没有像哈金或拉希莉那样，被渴求安顿的焦虑感困扰。有时她甚至用专画人体的"旅美华裔女画家"，故意勾引出某些偏见，但出其不意地，凯瑟琳马或琳达张们的女性力比多，最后湿漉漉落脚在医学博士的严肃梦境里。

没人敢忽略沈诞琦熠熠生辉的履历，从普林斯顿的金融工程本科，到哈佛的肯尼迪学院，再到美联储的第一份工作。天才女生的世界其实很危险，敌人多过同伴，恶意多于掌声。沈诞琦有萨冈的摩登，也有普拉斯的文艺，除此之外，她恰好又懂得怎样用强力抵御住无聊。利用出差间隙，她在北美各地的酒店游泳池中构思小说。或许是写作的纪律，而非仅仅靠天赋，让她能够在相悖的身份间自由转换。我们羡慕她另辟蹊径，拨开暧昧的水域，将小说变作自己的秘密生活。

没有女人的男人们

村上春树的新书《没有女人的男人们》一出版就又火了，这是本短篇小说集，书名是从海明威那里借来的。

1927年9月，在给菲兹杰拉德的信中，海明威抱怨道，"菲茨，翻遍了整个传道书，我也没能找到个题目"。从《圣经》里随手翻出《太阳照常升起》这样的好名字，这种好事再也不会有了，最后用《没有女人的男人们》，"指望它在小仙女们，还有瓦萨学院的大龄剩女中可以热卖。"

给出版人麦克斯威尔·珀金斯的信中，海明威说这标题很朋克，像个没经验的愣头青，做不做书名大有商量的余地。他格外解释了什么是"没有女人"，"所有这些故事没有了那种使人软弱的女性影响——无论因为训练、纪律、死亡还是境遇"。这句话读起来佶屈聱牙，政治也极不正确，出版人柏金斯偏偏将其保留在新书的封内，作为海明威有勇气、有胆识的自我总结。

这是海明威的第二部短篇小说集，故事依然发生在战地医院、军营、拳击台和斗牛场上。在海明威那儿，所谓"没有女人的男人们"，说到底是一群"不需要女人的男人们"。有时候钓鳟鱼的男人们无所事事地躺下,"睁大眼睛,回想一下平生所认识的姑娘,她们会做什么类型的妻子"。这些爱垂钓的男人们能毫不费劲就记住河流里的弯弯绕绕,可是姑娘呢,"想了她们两三回以后就印象模糊了,脑子里记不清了,终于都模模糊糊,变成差不多一个模样"。在另一个故事里,阿尔卑斯山的农民在冻土时无法埋葬死了的妻子,只好把邦邦硬的尸体横放在砍柴间的木头上,每天晚上劈木头时,还可以顺手把灯笼插进妻子张开的嘴里。

海明威的轻蔑与野蛮,惹恼了伦敦布鲁姆斯伯里的维吉尼亚·伍尔夫,她像《白象似的群山》中的小姑娘一样恳请海明威,"求你,求求你,千万不要再讲了,好吗"。

偏偏有人喜欢冷冰冰,喜欢这个一点也不爱女人的海明威。《没有女人的男人们》出版后,纽约的文学圈里一片赞誉,当时只有28岁的海明威,一夜之间成了最伟大的短篇小说写作者。

万分小资、十万分热爱美国文学的村上春树,和海明威有着说不清道不明的关系。20世纪80年代初,《没有女人的男人们》刚刚有了日文版,村上春树转让了自己的爵士乐酒吧,准备专心写作。像当年海明威孤独徘徊在巴黎左岸的咖啡馆,从传道书里找题目一样,大半个世纪以后,村上翻看着披头士乐队的专辑,一次又一次找到了灵感。

村上确实继承了海明威才有的好运气,在作品流行这一点上,他有了几乎只属于海明威级别的永生。即便短篇小说是不得宠的文体,出版界原本人见人怕,却要为这两位的版权挤破脑袋。两个人都不偏不倚,各自赶上一个为自己量身打造的好时代,一跃成为语体领航员。海明威的简洁,让纽约和巴黎的年轻人从定语从句的泥泞沼泽中逃了出来,村上春树的流畅,造就了今天都市儿女们如蜜

201

般你问我答。

这一回村上用了海明威的题目,看似无关地并置两个时代的男人和女人,彼此的内在反而讲得更明白。快一百年过去,从海明威到村上春树,流行的短篇小说也有了变化。海明威笔下干涩紧绷的男女角力,年轻人假作漫不经心,故意的迂回世故,这里面其实有些初入行的尴尬。越精简的小说,看起来越是吃力。村上改良了海明威的致命弱点,不再过度控制,讲究段落的弹性,体例丰盈厚实。因为不再过分地依赖于对话,村上笔下的人物细腻清晰,即便偶尔有暧昧失焦的时刻,也不乏刺痛人心的现实感。

这本同名的新小说集,没有女人的男人们落入尘埃里的光景,是"妻子睡到别人床上去的男人们"。男演员的太太生前也是个女演员,总是和一起搭戏的男演员合作到床上去;无缘进名校的复读生,硬要撮合青梅竹马的初恋和好友在一起;事业有成的整形医生只愿做已婚女人"雨天用的男朋友"。有些男人与女人,一开始就像扣子扣错了洞眼,女人们优雅地出着轨,男人们从容地原谅。村上最擅长我爱你到死、你却到死也不爱我的三角恋,明明十分相爱却又不晓得在哪里犯下了致命的错误。《奇鸟行状录》《海边的卡夫卡》无疑是村上更好的小说,可人们心心念念,还是那个无比通俗的《挪威的森林》。他笔下窝窝囊囊永远失败的男人们,比起海明威那些强调体育精神、"强压之下依然优雅"的硬汉,更够胆也更有尊严。

太太出轨的男演员每每想到自己的女人被别的男人抱在怀里,就如针刺在心头。复读生心有灵犀感应到爱人失贞,自此沉默地隐姓埋名。整形医生突然遇见让自己坠入恋巢的有夫之妇,最后郁郁寡欢绝食而死。年轻的海明威高冷,年老的村上却很动情,哪怕梦见一个"像八尺冰冻的月亮",也要分享体温酿造温暖,这大约也是男孩与男人的区别。

当年，海明威觉得自己文学的小树苗被一言九鼎的伍尔夫肆意糟践，气急败坏地写信给柏金斯，"这真他娘让人恼火……我挺乐意这个中午就把弗吉尼亚·伍尔夫的衣裳扒干净，准许她走在歌剧大道上，让每一个人、真理、现实，所有她喜欢的东西，都与她贴体而过"。

这样粗鲁的话，情深款款的村上无论如何也讲不出口。无论对仙女还是对剩女，都要真挚体面，因为，"当你失去一个女人时，就好像失去了所有女人"，一闪念，你就成了没有女人的男人。

像福楼拜那样短，像普鲁斯特那样长：莉迪亚·戴维斯论

几年前，我常对自己说我要嫁给一名牛仔……事实上，我意识到我依然有兴趣嫁给一名牛仔，虽然我现在已经搬到了东部，而且已经嫁给了一个不是牛仔的人。然而牛仔有什么理由找一个像我这样的女人呢……我看上去是一个戴眼镜的女人，但我梦想着过一种完全不同的生活，一个不会戴眼镜的女人的生活，那种我时不时会在酒吧里从远处观察的女人。

——《教授》，选自《莉迪亚·戴维斯小说集》

小说中一心想嫁给牛仔的教授作家莉迪亚·戴维斯，这几天在微博和朋友圈里，正悄悄地火起来。作为这两年新晋布克奖的获奖作品，戴维斯作品集的中译本刚出炉不满一个月，已经比诺贝尔奖的莫迪亚诺赢得了更多的呼声。作家韩东这样形容她的小说，"有高档货色的气质"，应该像卡佛一样的流行。或许，戴维斯真会有卡佛那样的好运气，有一天，当我们不讨论爱情时，我们也会讨论她。

这位 67 岁的美国女作家已经有了很多头衔，"小说家中的小说家"——她用词之准，造句之美，在写作圈中无人可比。"让诗人脸

红的小说家"——因为她的超短篇极简练达，抢尽诗人的风头。小说集里有些篇目就是诗，被布鲁克林的先锋实验音乐人一字不改地拿去，为圣乐颂歌填了词。不妨想象一下，女声四重奏缓缓清唱出的这首《脑袋，心脏》：

心脏在哭。
脑袋想帮助心脏。
告诉心脏这是怎么回事，又一次：
你会失去所爱的人。他们都会消失。大地也会消失，有朝一日。
心脏顿时感觉好些了。
可脑袋的话在心脏的耳朵里待不久。
心脏太嫩了。
我要他们回来，心脏说。
心脏只有脑袋了。
帮帮忙，脑袋。帮帮心脏。（笔者译）

这些短小的文本不是文字游戏那么简单，它们与其他"推特"与装置艺术时代的产物相去甚远。戴维斯的诚挚有些诡诈，清楚直接，无忧无虑，与滥情巧妙地擦肩而过。没有隐喻的负担，但在字与句的层面处处较真，这些是戴维斯四十年来翻译法语小说学来的本事。

青年时代的戴维斯从法国作家莫里斯·布朗肖入手，翻译了《死亡判决》和《最后之人》等小长篇。这些影响了萨特、罗兰·巴特、罗伯-格里耶，被知识分子热捧的先锋小说，姿态时髦，是写法上的大革命。之后的戴维斯翻译过托克维尔的自传,翻译过青春小说,绕了很大一圈,最终又回到了人们耳熟能详的文学经典中去。

戴维斯翻译的新版《包法利夫人》在2010年出版。名著重译是多数译者都不愿做的工作,在此之前,作为伟大的现实主义开端,《包法利夫人》在英语世界已有二十多个不同译者,上百种译本。新版开篇近一万字的"导读"中,戴维斯重提了福楼拜给情人路易斯·科莱信中的一句话:"要想简短,可不是件小事情。"

福楼拜写得极慢,有时候一个礼拜也写不了一页。一本《包法利夫人》不过两百多页,他用了近五年的时间才完成。写作期间他像疯了一样不断地丢弃、删改、修剪,严苛到每一个字母。福楼拜认为小说也应该和诗一样简洁,铿锵有致。戴维斯的故事也是如此,常常短到人物连名字也没有。

为了写出爱玛生活的无聊与重复,福楼拜用到"未完成时"(imparfait)的文法,大量使用"会"(voulait)来衔接动词。"他(包法利先生)回家会晚,他会要吃点东西,为了晚饭吃得自在,他会把大衣脱掉"。这些表示习惯性的行为动作是过去,也是现在,更可以预示未来。普鲁斯特认为福楼拜的"未完成时"让时间的流动,连续而统一。纳博科夫的《文学讲稿》中,也曾因没有一个英译者能忠实处理福楼拜的文体而恼火。每一个译者都在用自己更偏爱的语感重述,戴维斯却一丝不苟保留了福楼拜的文风,严谨地保留了时态。她甚至把这种奇特文法结构,跨时空跨语言早早地复制进了自己的小说。

比如,《一个老女人会穿什么》几乎通篇使用"过去完成时":

她会戴一顶草帽去邮局,草帽高高地顶在头上。她结束她要办的事后从柜台走出去时会经过排队等候的人，其中会有一个平躺在婴儿车中的小婴儿。她会发现那个婴儿，脸上露出某种贪婪的、痛苦的微笑，微笑时露出几颗牙齿，而他们不会有反应，她会走过去看那个婴儿……那时她可以戴任何她想戴的帽子而不在意她是否看起来很傻，那时她甚至都没有一个会告诉她她看起来很傻的丈夫。

这一篇收在 1986 年的《拆开来算》中，并不算戴维斯的上乘作品，但它是翻译与写作相辅相成的例子。一个自以为期待迎来"人生放缓"的阶段，实际才刚刚步入中年的女人，对未来有一系列"未完成时"的想象。你以为她陶醉在这样的想象中，她却已经发现那种属于"老女人"的，可以"随便戴一顶帽子的自由"，或者仅仅是"想想这种自由"，也和一百年前的艾玛·包法利一样，说的是庸常生活与时光流逝的残酷。

2000 年发表在《纽约客》篇幅较长一点的《甲状腺日记》，也大段地用"会"（would）来串联（收入 2001 年出版结集的《塞缪尔·约翰逊很愤慨》）：

总之钱上的这些往来一直让我糊涂，我会付钱给牙医，而他大概会为他妻子在学校的课出钱，她会付钱给学校，学校会为她的辅导课单独付钱给我丈夫，而我丈夫会给我钱去看牙医，我会付钱给牙医，牙医会给他妻子钱，如此周而复始。（笔者译）

从福楼拜那里学来的这一时态，初读时略显别扭，却让戴维斯的小说在时空切换上有了难以置信的快速过渡，简明高效，叙事精练，也笃定从容。

为了句法的平等，也为了叙事速度的增加，减少转折词带来的节奏损耗，福楼拜的断句常使用分号加连词衔接。半个世纪以后，普鲁斯特仔细钻研了这一语法特征，将福楼拜排比成列的短句群整合发展成为超长句式。这一用来表现思维连贯与复杂的句法，也深刻影响到了戴维斯的写作。

在开始《包法利夫人》的翻译之前，2003年戴维斯即完成了《追忆似水年华》第一卷《在斯万家那边》的翻译。普鲁斯特喋喋不休的记忆，他漫长而松懈的慵懒情绪，在戴维斯看来，有着语词和句法上的高度连贯性。戴维斯注意到普鲁斯特有时为了表现没有停顿、一气呵成的思考，甚至在标点的使用上也十分吝啬。

戴维斯四部短篇总集的第一篇《故事》，仅前两页中逗号加"and"的粘连，就出现了15次之多。像大多数无法为福楼拜保留时态和粘连词的英文译者一样，为了符合大多数中文读者的阅读洁癖，中文版译者吴永熹轻巧地隐掉了戴维斯的这些粘连词：

> 又写了一张新纸条，（并且）贴在了他的门上。回到家我很不安，（而）我唯一能做的……他和他以前的女朋友去看电影了，（而）她还在他家……我终于坐下来，在我的笔记本里写道等他电话给我时要么他会过来找我，要么他不会来，（而）我会生气，（而）我会得到的要么是他要么是我的愤怒，（而）这可能也没什么，因为和我丈夫在一起时我发现，愤怒总是一种巨大的安慰。（括号里为被省略掉的粘连词，吴永熹译）

虽然连接与转折在中文语述中显得笨拙陈腐，但英文中用朴素的"and"重复叠加，阅读起来居然有了莫名的新鲜感。黏糊糊的意识，剪也剪不断的情绪，也可以格局规整统一。长句不断扩充，一边看似随意地加入背景，一边并不减慢速度，思维轻顿后再集中收拢，用延绵的力道推出句子的核心，在内容表达上又依然轨道清晰。

既能像福楼拜一样简短，又能像普鲁斯特一样冗长，这是莉迪亚·戴维斯小说独有的平衡，像歌唱一样合拍悦耳，不急不缓地直逼人心。她挑选了两部经得起反复推敲的经典巨著，逐字逐句重读，把写作的经验带入翻译，又把翻译得来的经验再带回小说的创作。

翻译与写作的互惠，不仅体现在词语和句法层面做细小入微的取舍，戴维斯可以像福楼拜一样，在情感泛滥与冷酷狡猾间微妙转折。当人们为包法利夫人入殓时，不禁感叹她死后依然模样美丽，他们想为她戴上花冠，托起她的头，却有一股黑色液体从艾玛的嘴里流出。戴维斯认为这一股黑色的液体，是福楼拜对浪漫主义的抵死反抗。

一面是触角敏锐的同情心，一面又是让人极度不安的残忍，这是福楼拜，也是戴维斯讽刺与同情的双刃剑。《妹夫》中，那个大家庭里像幽灵一样存在，被所有人无视的男人，戴维斯用"干燥"来形容他的不留痕迹，"他的尿液离开他的阴茎时甚至好像先于离开他的身体就进入马桶，就像一发离开手枪的子弹"。这里面既有对弱者的情意绵绵，同时又有欺负人时的狡黠与快意。

再也没有比那篇只有一小段话的《母亲》，更能体现这种让人过目不忘的两面性：

女孩写了一个故事。

"但如果你写的是长篇小说的话该有多好。"她母亲说。

....

女孩在院子里挖了一个小洞。

"但如果你挖的是一个大洞的话该有多好。"她母亲说。

女孩挖了一个大洞并且走进去睡在了里面。

"但如果你能永远睡在里面的话该有多好。"她母亲说。

很多年前,普鲁斯特也曾把自己与母亲角力,写进了斯万与蛇蝎女人奥黛塔的痛苦爱情中去。戴维斯知道,无论情投意合还是母爱无边,有了邪恶的任性,有了诡秘的嫉妒,让人脊背发凉,才会念念不忘。只有对泛滥奔腾的情感悬崖勒马,才晓得那股向前冲的力道到底有多么可怕。

恶棍休止符：
2011年普利策小说奖作品阅读札记

《恶棍来访》(*A Visit from the Goon Squad*, 2010) 出版后，博得好评无数，并顺利斩获2011年普利策小说奖。珍妮弗·伊根 (Jennifer Egan, 1962—) 是《纽约时报》杂志版的记者，她的小说也有深度报道的特质，聚焦于某一主题，不放过任何专业的技术性细节。在出版了一本处女短篇小说集后，伊根以五年一本的速度写作了四部长篇。《风雨红颜》(*Look at Me*, 2001) 写的是时尚，而《恶棍来访》的主题，则是另一种新时代的宗教、被大众狂热崇拜的文化力量——摇滚乐。

这是一部几代人的成长手册，由角色共同回忆谱写的摇滚乐简史。小说与磁带同构，分AB面，有类似13条曲目的13节。在大故事完整的前提下，每一节又独立成章，有各自的叙事视角和故事线索。《寻回之物》("Found Objects")、《我才不管呢》("Ask Me If I Care") 与《野游》("Safari")，曾在2007至2010年间的《纽约客》杂志中作为短篇小说发表。从20世纪70年代到2020年前后，由血缘、爱情和友情链接起来的人物与情节，不停地组合、断裂、再重组，最终成为《追忆似水年华》式的庞大谱系。

扉页里即有普鲁斯特的一段话:"诗人们总说,当我们回到童年时代生活过的一幢房子、一座花园,刹那间就会找回从前的我们。像这样的旧地重游全凭运气,失望和成功的可能各占一半。固定的地方经历过不同的岁月,最好还是到我们自己身上去寻找那些岁月。"小说中,"导管"乐队(The Conduits)的吉他手波斯高,在80年代末是大热的摇滚明星,二十年后却成了默默无名的人,饱受癌症折磨。他命名新专辑为《从A到B》,来讽刺生命中那些让人羞辱的变化,并且将自己的面目全非作为卖点,进行极度消耗体力的全国巡演,直播摇滚的"自杀"全程。正是波斯高第一个说出了秘密:"时间是恶棍。"

在摇滚乐界新旧权力的更迭之中,每个人都是时间的手下败将。过气的嬉皮士们在旧金山的街角乞讨,在对他们的厌恶和唾弃中,生长出了朋克的一代。伊根笔下的第一代朋克人卢·克莱因,是在1970年代达到事业顶峰的音乐制作商。他自私贪婪,经历过三次婚姻,有六个孩子,虽然像野兽一样活得生猛(吃全生的牛排,吸食可卡因,偶尔去非洲打猎),却是小说中大部分年轻人的启蒙者和人生导师。乔斯林17岁时曾搭乘过卢的红色奔驰,二十年后她再次进入卢的豪宅,发现曾容不下丝毫衰老和丑陋的屋子,只剩一张巨大的医用病床,散发着氯臭。扬言"长生不老"的卢眼神空洞,奄奄一息。乔斯林过去混迹的高中乐队"燃烧的假阳具"(Flaming Dildos)也经历了人生百态。当年才华横溢,用一把自制木吉他迷倒众生,演出时撕掉上衣皮肤闪耀汗水的斯科蒂,中年时失意潦倒,沦为牙齿脱落的清洁工。原本资质平庸的吉他手本尼成了卢的门徒,在乐界发迹,并成功地复制了卢当年奢华的生活。不过,本尼40岁时即性功能倒退,将希望寄于服用金箔的偏方,他似乎比卢还要更早地遭遇了时间的恶棍。

小说中的现实恐惧与时间的具体推进，有着恰如其分的对应关系。音乐制作的数字化，使摇滚乐"干净得没有生命"，本尼的事业也因审美的"屠杀"遭遇瓶颈。女助手萨莎作为伊根的第一女主角，她的荒诞生活具有特别的启示意义。高中辍学后，萨莎在中国、摩洛哥和意大利各处流浪，靠小偷小摸度日。她的舅舅泰德受萨莎有钱继父的资助，前往那不勒斯找外甥女。但教授艺术史的他，对萨莎的命运毫不关心。泰德流连于那不勒斯国家博物馆中，观赏俄尔甫斯和欧利蒂丝的浮雕。这一组塑像，赋予了小说一次意味深长的停顿。神话中，冥王告诫俄尔甫斯，离开地狱前不可回头张望，但俄尔甫斯遏制不住胸中爱念，在冥途将尽时转身，使欧利蒂丝又坠入冥界的无底深渊。泰德挚爱的这一组浮雕，摹绘的正是第二次坠入之前，欧利蒂丝与俄尔甫斯的沉默相望。时间暂停在对末日的知晓和分离前无法言说的巨大痛苦之中。

休止符是小说中形似真实的时间隐喻。萨莎的女儿艾莉森，在第十二章"摇滚中的伟大停顿"中，呈现了一份75页的PPT演示文稿，记录了弟弟林肯对摇滚乐中休止符的特殊癖好。流行乐曲中的短暂停滞，膨胀为巨大的沉默。就像泰德曾沉溺于俄尔甫斯和欧利蒂丝的深情对望，此时，林肯反复欣赏时间的空白之处，聆听出急促的风声、呼吸声、"地平线的低语"，甚至"时间消逝的声音"。神话中，当欧利蒂丝被毒蛇噬足而亡，冲入地狱的俄尔甫斯用让木石生悲、猛兽驯服的七弦琴演打动冥王，使欧利蒂丝再获生机，但伊根的子一代用图形导向的只言片语，消解了父一代叙事中过于厚重的诗意与人性。这一组制作简单的幻灯片，是整部小说关于时间的说明。

伊根曾借萨莎好友比克斯之口，在计算机讯息传送刚刚普及之时，便预测了一个人与人之间无法失去联系的时代，预言人类将共同活在彼此的数据库中。这些对未来的虚构与展望，在小说尾声实现：人们用人手一台的"手持设备"来完成一切可能的任务，靠口袋中不同的震动来相互识别。科学带来的是恐惧与荒凉，但与此同时，本尼为斯科蒂制造了一场空前成功的复出演唱会。作为一个没有个人主页，没有简介，没有手持设备，一个丝毫未受数据备份影响的人，斯科蒂恢复了未受数字化影响的音乐，制造了受听众再次追捧的复古回流。参与末日审判的众生是伊根亲手创造的特殊人口，作家为此虚构了一场十五年的战争，让"9·11事件"过去二十年后的美国，迎来了新的婴儿潮。每一个背包或育儿袋中都是婴儿，婴儿部队组成了万人空巷演唱会的大部分观众。世贸中心的遗迹旁，老朽的朋克一代已经是古物般的存在，但作为未来开创者的孩子们像种子一样萌发。"人类生活的秘密和大自然的秘密是相同的。每一次科学的发现对秘密的疆域只能是一次推移，而不是消除。"伊根又一次逐字逐句地援引普鲁斯特，却没有普鲁斯特式的对秘密的寻求与追索。

伊根擅于描绘她童年的旧金山，及成年后的常住地纽约。"曼哈顿每个人我都见过两遍"，在她早年短篇《月亮上的姐妹》("Sisters of the Moon")中，小女孩泰莉一边游荡于广场公园的小混混中间，在城市四处涂鸦，一边掷地有声地说出"旧金山是我们的"。但《恶棍来访》关心的不是某一种城市的特质，它谈论的是"美国式的"命运。伊根视《伟大的盖茨比》为真正意义上"美国式的"故事，菲茨杰拉德讲述了一种再造和变形，其中有很大一部分与获得"美国式的"身份有关：任何人都可以成为他们想成为的人。

第一本小说集出版之前,伊根曾在《纽约客》发表短篇《为什么是中国?》("Why China?",1995)。旧金山的股票经纪人山姆因不正当交易被公司停职调查,他带着雕塑家妻子和两个女儿来到中国旅游。小说起初发生在昆明,后又辗转成都和西安。体味发酸的中国人让山姆惶惶不安,他们不排队,随地吐痰,甚至擤鼻涕不用手纸。山姆不得不担心,从小在私立学校成长的两个女儿,会在不洗杯子的街头茶水摊,受到致命病菌的侵害。疑问如题目所设,为什么是中国?故事明明可以发生在旧金山或纽约以外的任何地方。即便让山姆一家身在异域,伊根依然写出了一部有完美"美国"烙印的小说。中国的经历引起了一系列美国的记忆,中国式的荒诞,是为美国式的荒诞铺陈。这是一个发生在中国的美国故事,中国的问题,最终会回到美国的问题上去。

"像冰刀一样切过"：
安吉拉·卡特阅读札记

《冰风暴》的原著里克·穆迪，曾经是安吉拉·卡特的学生。80年代初，在实验写作的大本营布朗大学，你还能遇见实验写作的大师，卡特、罗伯特·库佛、写《第二层皮》的约翰·霍克斯。20岁时遭遇卡特，对于一个有志于写作的人，简直是脱离平庸的最好途径。课堂上有人刁难她，"你的作品什么样？"

"我的作品像冰刀一样切过男人的阴茎根部。"

卡特1940年生于英国的港口城市伊斯特本，毕业于布里斯托大学。20世纪60年代末，她凭借《魔幻玩具铺》获约翰·列威林·莱斯纪念奖，在英国文坛崭露头角。夸张抽象的新哥特式文风，让卡特就此和象征主义紧密捆绑。她极少用现实的立场描述人间，即便在《新夏娃的激情》这种以女权主义作为重要情感支持的小说中，也很少有写实的基调。孤傲的卡特在小说中避世独处，民间神话和传统童话便常常成为她选择的对象，重写后的童话《血窟》便是其中最好的例证。1991年，她在最后一部小说《明智的孩子》讨论两个戏剧家庭的编年史。一年后，52岁的卡特死于肺癌。

1969年，年轻的卡特移居日本，在随后的两年里写了中篇

《爱》。这部小小的作品,在情节上有种故意为之的简单。卡特在后记中坦诚,"风格上华丽的拘泥,与我一开始从哪儿得来《爱》的想法有一点关系,那是本雅明·贡斯当19世纪早期的情感小说《阿道尔夫》;写一个现代通俗《阿道尔夫》的想法让我着了迷,可在我从英国民间生活中多次提取精华,软化整个故事之后,大概没人能找到两者的相似处。"

卡特对《阿道尔夫》的追索,或许可以回溯到布勒东的热情推荐。在布勒东看来,这部中篇不失为小说历史上心理写实的杰作,贡斯当过于自觉的叙事模型,是司汤达与梅里美的先驱。但卡特首先被极简的结构所吸引,贡斯当试图只用最简单的情境,摒弃任何复杂的转折,甚至把小说的主角压缩至两人。同样,六万字的《爱》也只有一对性格迥异的兄弟和一位精神恍惚的女孩,区区三位主人公而已。在19世纪的文本中,结构与情节的简化拖缓了整个叙述的进程,意味着贡斯当必须全身投入心理的写实中去。他给予浪子阿道尔夫令人恼火的责任感与忏悔心,让他在小说中滔滔不绝地大段告白,成为一个可怕的说真话的人。从这个角度来说,《爱》似乎重申了《阿道尔夫》的某些主题,比如,仅凭出于责任感的决心无法唤醒垂死的感情,比如情感与理智的对立导致人一方面不断追求不偏不倚的正义,一方面又近乎挑衅地接连犯错。

但《爱》既不是《阿道尔夫》现代通俗的形式,也不是所谓"软化"效果后的版本。它在回应中,讲述了三个"非人"的故事,其中没有自私病态,或需要被坦白的潜意识,没有"痴情种"或"伪君子",没有稳定不变,或能被人完全把握的角色特质。阅读《阿道尔夫》时读者可以依靠的直觉,在《爱》中彻底失灵。卡特人物之新,他们身上吊诡变幻的跃动节奏,为阅读者设置的重重障碍,像在观赏一个骨瘦嶙峋的女人跳艳舞。《爱》从《阿道尔夫》出发,却最终走了另一条路径,更像爱伦·坡,或霍夫曼会制造的叙述的险途,让人无法畅快呼吸。明明是不起眼的卑鄙人间,背景幕布却是睡莲间垂死的奥菲利亚。

没有童话的生活：
玛格丽特·阿特伍德阅读札记

在首部长篇《可以吃的女人》(1969) 里，玛格丽特·阿特伍德塑造了一个梦幻式的英语系研究生。梦幻，因为放在今天的好莱坞电影里，尽管 26 岁的他看上去只有 15 岁上下，"像中世纪木刻中皮包骨的人像"，还是轻而易举地击败了英俊富有、风流倜傥的男二号。他符合现代审美的纤弱病态，患有时髦的强迫性神经官能症，热爱熨烫带来的自我抚慰，常常去洗衣房，呆望玻璃后翻滚的彩色衣服。沙发边散落的论文，碰不得也理不得。学术和女性于他，每天相处继而生厌。阿特伍德不承认《可以吃的女人》是自己的处女作，也拒不承认小说是女权运动的产物。当那做成女人形状的蛋糕成功出炉，女主角一边狠狠地吞咽一边含恨道："你一直在想方设法把我给毁掉，一直想方设法地同化我。"我们对作者的撇清不再苟同。女权唯一的好处是，小说的结尾并不罗曼蒂克，从未婚夫那里逃跑之后，在大雪中破旧小旅馆的肮脏毛毯下，情人间的性爱尴尬毛躁，让人失望又在情理之中。阿特伍德用敞开的结尾，避免了女主人公命运的简单易手。伍尔夫说，作家分两种，天生讲故事的和自觉讲故事的。《可以吃的女人》展现了阿特伍德最基本的能力，她是自觉讲故事的人。也因为自觉,阿特伍德几乎自寻烦恼地,建筑了一个个无法逾越的障碍。30岁之前,她并不完全知晓,如何给不合情理的细节铺平道路。

长着蓝胡子的贵族,把女人们砍成碎块,这则残忍的民间传说,很早就被法国人查尔斯·佩罗改编成了童话。阿特伍德44岁时,出版短篇集《蓝胡子的蛋》(1983)。它与童话无关,没有丑陋的丈夫,也没有城堡、复仇或谋杀。它是女人说给女人听的寓言,比之《欲望都市》类的女人心态,少了一惊一乍的语气词,省略了捉奸在床的高潮,它更老旧收敛,点到为止,可以仔细收入书柜而不被人耻笑。

12篇万字左右的短篇,有四篇(《母亲生命中的重要时刻》《黑兹尔飓风》《寻找斑叶兰》和《出土套房》)是对父母生活的回忆,几乎看不出虚构的痕迹,呼唤出两代情长的世界。"我"有时是独生女,有时有个特立独行的兄长,与父母相聚又分离,记忆统统糊在了一起,每次回娘家:

> 早早地上床,永远不知道醒来时会是哪一年。会不会是二十年以前,或者二十年以后?是在我结婚之前,还是我的孩子——十岁了,正在朋友家玩——已经长大离家?我睡觉房间的墙粉上有一块缺口,看上去像一只侧面的猪脑袋。它一直在那儿,每次我回到这里都要寻找它,以稳固自己,抵挡那一时刻,越来越快地从我身边飞逝过的时间。我的这些访问全都糊在一起。(《寻找斑叶兰》)

阿特伍德本人喜欢科学,而身为植物学家的父亲喜欢小说。她在兰登书屋的采访中袒露,"我们都是不偏食的人……连麦片粥的盒子都要看,没有语述是微不足道的"。她的母亲大方淡定,对安营扎寨的迁徙生活毫无怨言。身处自然的家庭记忆,让人想起E·B·怀特的《重游缅湖》,既有心平气和的自然崇拜,也暗藏贯穿始终的末日恐惧。危机感扩散至另几则故事,成就了形形色色的担忧。除了"一对果蝇不受限制地繁殖,用多少个星期,可以覆盖整个地球三十二英尺深"之外,亦有女性的愁伤。她们被忽略,被抛弃,付出而不得回报,现代独立的外壳之下——成功的陶艺家,或无所畏惧的大学生——却胸怀主妇才有的忧愁。《盐晶花园》中对于核战争的恐惧,奇怪地掌控了一个女人的私生活;到了《美洲红鹮》,一段疲倦的中年情感,却因为牙买加鸟儿的稀世景象重新点燃。

《蓝胡子的蛋》为之后的异托邦女性书写实验探勘,之后,在《使女的故事》(1985)、《盲刺客》(2000)或《秧鸡与羚羊》(2003)中,满怀慈悲的阿特伍德将用几近科普的态度描述末日。未来《猫眼》(1988)中的人物,也从《蓝胡子的蛋》中复沓而出:靠画男性生殖器出名的女画家伊冯(《日出》)变成了脆弱的伊莱恩,她的哥哥是《黑兹尔飓风》里的孤僻兄长,《丑脸》里的乔尔成了乔。与侯孝贤在《童年往事》埋进树根的弹子一样,玩具猫眼折射出一盘散杂,却并不见得美好的世界,而坏女孩科迪莉亚将一路辐射至《强盗新娘》(1993),得到了最彻底离奇的发展。无论如何,作为阿特伍德写作生涯中某种转向的起点,《蓝胡子的蛋》有趣,又有灼人的诚恳。书很薄,300页不到,搭地铁,在咖啡馆里作态,没别的书比它更合适。

附　录
有关"不确定的批评"问与答

傅小平：这些年做过很多访谈，事先都得读不少资料，我有时就一厢情愿地想，咱们的作家、评论家们倒是少写一点啊。但到了你这儿，倒是希望能让我多读一点。因为对你在研究里论及的两本杂志《纽约客》和《格兰塔》感兴趣。也因为多读一些，对你的写作和研究会有更为全面的了解。好在你可以说是填补了一项空白，毕竟很多人研究海外刊物，大体上也就写一篇文章，你却写成了一部自成脉络的书稿。从选题角度看，你的研究也可谓独辟蹊径。对于英文刊物，尤其是这两本杂志，多数人都只是略有了解。你是怎么关注，进而做起研究来的？

叶子：谢谢傅老师，我肯定不能算填补空白。期刊研究一直有很多人在做，可能在中国做海外刊物研究的比较少，不过也有出色的研究先例，比如李辉老师的《时代周刊》讲述中国故事。十年前，我的博士毕业论文是《〈纽约客〉的中国》，十年后还依然对期刊的话题保有兴趣，可能因为从小在杂志堆里长大，然后有点书呆子性格，也有一点收藏癖。我爷爷是各类期刊的发烧友，他大概从20世纪50年代就开始订《世界文学》。只要是个刊物，他就喜欢。除了各种文学刊物、电影、戏剧，包括生活类杂志，他都喜欢订。70年代末80年代初，每年用来订期刊的钱，是工薪阶级一个月的工资。这很夸张，那个时候刊物便宜，一期可能就三四毛。我父亲写作，家里也总有大量的杂志。我的中学时代没怎么看经典名著，但乱翻了很多杂志，最早的文学启蒙，也不是什么《红楼梦》、张爱玲，很可能是《三联生活周刊》那些奇奇怪怪的专栏体。2000年我在美国交流，当时寄宿家庭的父母是数学专业的教授，他们家没什么藏书，但是也订很多杂志，其中就有《纽约客》和《经济学人》。最早《纽约客》吸引我的，是那些最表面的东西，封面和版式，铜版纸的触感，几十年如一日的字体，内页卡通，甚至是广告。每一周这些花花绿绿的杂志在投进邮箱之前，封面左下角会贴一个印着姓名和地址的白色不干胶贴。这就是属于一个人，一周之内的阅读配给，很规律，也很直观。在Web 1.0时代，杂志还是人和外部世界极其重要的纽带，大家都在接受文化杂志定时定量的投喂，无论在美国俄亥俄州的某个郊区，还是我在中国江苏南京的家。好的刊物和好的博物馆、好的交响乐团一样，是人生的重要启蒙。听起来有点像史前时代恐龙才会有的观点，但其实我一直深信不疑。

傅小平：你的研究论及杂志，自然会谈到作家与编辑之间的关系。你谈到《纽约客》评选的特别之处，在于它拥有主体性的双重"在场"：既体现作家的主体创作，又体现编辑的文化视野与选择。我读了颇有感慨。我在不同场合听到前辈作家说，20世纪八九十年代，作家与编辑之间怎样良性互动，甚至也有类似卡佛之于利什、伍尔夫之于珀金斯这样的例子，但现在不比从前了。对照你对欧美杂志和出版社的观察，你觉得比较理想的作家与编辑之间的关系是怎样的？

叶子：其实有很多作者自己就是编辑出身，女诗人玛丽安·摩尔做过《日暮》的编辑，托妮·莫里森在兰登书屋工作了快二十年，E. W. 多克托罗也有十年的编辑经历。我想说的是，作家需要编辑的视角，需要遇到好的编辑，这一点怎么重申都不为过。敏锐的编辑能指出作家们自己也知道、不过暂时还无法解决的问题。纳博科夫是最傲慢的作家，他把编辑等同于校对员，但提到《纽约客》的凯瑟琳·怀特和威廉姆·麦克斯韦尔时，他也心存感激。莱辛转而写短篇，是因为罗伯特·戈特利布的一句话。也是这位戈特利布，让阿特伍德愿意在电话里改小说。念及《纽约客》的老编辑们，门罗也好，厄普代克也好，都各自表达过感激。在刊物历史中，有大量编辑滋养作者的例子，他们倒也不是一味做好人，也会拒绝旧相识的稿件。从另一方面来讲，编辑像艺术策展人一样推介自己的文学观念，坚守风格的堡垒，久而久之，作者难免有某种同一性，甚至让一个作家跟另一个作家读起来有些相似。我忘了是谁说的，说《纽约客》的每一个标点，都像马戏团里的飞刀一样精准。但写作毕竟不只是杂耍，除了要保证不失手以外，还有一些更重要的东西。好在作家们对自己的行文风格都很当回事，每一个标点都事关尊严，不会违背自己的意愿去听从他人指挥。

傅小平：写作者就得有自己的坚持。你在研究里谈到，莫言获诺奖后，《纽约客》与葛浩文合作刊发了《公牛》。这篇小说是从中篇《野骡子》里摘选出来的，并且被用作以此发酵膨胀而成的长篇《四十一炮》的预告。由这个例子，我就想到莫言获诺奖初期，国内翻译界对葛浩文删减式的翻译颇有争议，但没多久以后，大多数人认为，助力中国作家走出去，这是必由之路。

叶子：作家要做点什么才能被看见，这个问题让我想到美国作家达拉斯·韦伯的短篇《飞向斯德哥尔摩的夜航》(1978)。韦伯讲了一个当代浮士德的故事，说某个六十多岁却从未发表过的无名作家，遇到了一个靡菲斯特式的经纪人。在经纪人的斡旋下，作家用左手的小指换来了《巴黎评论》的刊用通知，用整个左手换来在《君子》上发表，《纽约客》要了他的两只耳朵。之后左臂换了一本短篇小说集，左脚作为签订长篇出版合同的回报，右腿换的是普利策奖，左腿是国家图书奖，右臂是哥伦比亚大学的教席，还用两只眼睛搞定了诺贝尔奖。每次交换还附带一些文本的摘除，删掉强化词、相关语、感叹号、短语、问句、人格化的隐喻，还要记得擦去纸上的泪痕和血渍。最后当他飞往斯德哥尔摩领奖时，只剩一块被捆在篮子里化着脓的躯干。韦伯的寓言一气呵成，但在有些方面又不够好。它字字泣血，过于严厉，作家居然要付出这样的代价，血汗竟然只是污渍一样地被抹去。韦伯让作家最后发现，原来人可以用比出生时少很多的身体生活。我不愿意相信，浮士德对超验的渴求，真的已经败给了文学权力。我觉得如果这样想，就小看了事情的复杂性，也大大简化了作家与译者、作者与编辑、与文学世界的关系。

傅小平：读这部书稿，感觉你的研究有个明显的特点是材料特别充分，注释也很详尽。这倒是合乎西方学术惯例，国内引进出版的一些学术著作，也是如此。对于这种所谓的学术规范，国内曾有过争论。争论的要点大概也不在于规范本身，而在于会不会影响到观点或创见的表达。毕竟学术的生命在于是否独具创见，虽然做批评讲究论从史出。你一般会怎样平衡使用材料和表达见解之间的关系？

叶子：我觉得您的问题很重要，其实也是一种很好的提醒。今天材料的收集和检索，比之过去要容易得多，研究如果只是与过刊缠斗，可能很快就会被无法穷尽的史料埋葬。不过对于我来说，"学术生命"和是否有创见，是否能成为后来者引用的源头无关，也不在于社科表格里的被引频次。我以为，研究的真实和期刊的真实很像，没有什么永恒的发现或见解，这些总是要随着时光变迁的。大多数人只是处在过渡中。"学术生命"更多的是对研究者自己的关照，更多地指向某种趣味性和可持续性。它可以在史料和学术规范之外依然有喘息的空间，同时，更重要的是，它也不能被批评的野心压倒。我希望我的研究能清晰、客观地呈现，每一段具体而有趣的探索途径。

傅小平： 由创见想到创意写作，说来这在国内也是老生常谈了。因为书稿中有不少篇幅写到创意写作，你对这个问题又有持续的关注。所以问问你，对照西方更为成熟的创意写作机制，国内有什么可以改进和提高的地方？

叶子： 我想到这两年网飞（Netflix）出品了一个六集迷你剧叫《英文系主任》（*The Chair*，2021），虚构了某个常青藤院校的英语系，系里的学生对乔叟之类的经典已经毫无兴趣，但参加创意写作的人数却与日俱增，有一段戏调侃了一个试图进入校园的明星作家。这部剧是站在院系教员的角度，讨论人文学科的重塑与更新，但它不经意间还是透露了对创意写作的轻视。美国的创意写作已经如火如荼存在了快一百年，却依然还有这样的偏见。我在想，是否可以把这种偏见吸收为某种教训，无论如何，创意写作不应该成为文学研究的对立面。我期待有一天，创意写作的课堂可以不仅仅是为写作的学徒设置，它可以被更广泛地应用在文学类的课程里。它甚至可以引入那些还不能够养活自己的优秀作家作为教员，为他们提供生计，学院可以成为作家的有力支持者。我很难认同那些抗拒创意写作的作家，比如詹姆斯·凯恩，比如威廉·斯泰隆，他们很早就提议，要废除写作教师的工种。可能今天还有很多作家持这样的观点，在我看来，这种发自幸存者的呼吁过于傲慢，也过于懒惰了。

傅小平：你做了有意思的观察，也提出了一些独特的观点。你之所以能做到这一点，我觉得在一定程度上是因为你从比较文学与世界文学的角度切入。近些年在文学界最活跃的大概是现当代文学，享有崇高地位的大约是古代文学，比较文学与世界文学学科现在处于一种什么状况？

叶子：不同专业之间会有强势或弱势、主流或边缘的论争。不过如果一定要说有一个对手的话，比较文学的直接对手可能是国别文学。比较文学与世界文学专业可能因为总在强调开放的视野，强调全面观照，强调要打破限制，但又无法建构一个明确的研究领域，所以无论听上去多么具有使命感，依然让人觉得不可信不确定。我想世界性和国别性两者之间，没有孰轻孰重。即便不从事比较文学研究的学者，其实也一条腿也走上了比较文学的道路，会不由自主想去做互识、互证或互补的工作，不自主地在研究中吸收文学研究、历史研究、文化研究，或语言学、人类学、心理学、社会学等领域的研究成果。我记得苏源熙（Haun Saussy）说，比较文学当前可能是过渡性的，他还说比较文学不是文学的阅读，而是文学地阅读可以阅读的一切。我的研究大概也是这样，总在"不确定"的道路上，"文学"地"批评"可以阅读的一切。

代后记
好的文学批评家应该是跨越边境者

何 平 南京师范大学文学院

首先有一个疑问或者一个常识：我们的文学批评从什么时候开始专门针对现场的正在发生的中国当下原创文学展开？事实上，文学批评仅仅就其谈论的文学对象，肯定不只应该局限在中国当下原创文学。我注意到民间很有影响力的单向街书店文学奖获奖的年度批评半数"年度书评"作品都是外国文学研究背景的，比如黄荭的《一种文学生活》（第四届）、陈以侃的《在别人的句子里》（第五届）、许志强的《部分诗学与普通读者》（第七届）等等。文学批评应该落实对不同时代、不同空间文学一切文学议题的对勘和判断，文学批评家的旅行也应该延伸和拓展到更为广阔的社会、文化和亲缘性的艺术，成为一个不断跨越边境者，而不是局限在"中国当下原创文学"这个狭隘的知识领地。

叶子是南京土著，本科在南京大学匡亚明学院的文科强化部。虽然因学科调整，"文强"已停止招生多年，但在20世纪90年代，强化部的前身是少年部，用大科模式培养天资不错的孩子。叶子修了文史哲三系的必修课，细分专业时选择了文学。而通修文科大类的苦读传统，影响到叶子未来文学批评研究路径和研究对象选择。大约五六年前，小说家葛亮邀请我们一行人去浸会大学做交流。西环海边，葛亮领着我们重游他的母校港大，在庄月明楼体验木扶手的回转楼梯，说了很多神神鬼鬼的坊间传说。之后我们又从港岛去了新界，去叶子本科交流过的香港中文大学。葛亮到底在香港多年，讲起母校来头头是道。相比之下，叶子淡然得多，也回忆不出一些奇谈异事。她说自己在山脚背阴的房间住，在交流的一整年里饱受毒虫困扰。港大太小，港中大又太大，那天大家穿着不太好走的鞋，在六月闷热的香港，最终抵达了她十几年前住过的宿舍，楼外正对着山坡，我们汗流浃背地在山坳里留了影。大概因为香港的学习并不合意，也不想离家太远，叶子读研时选择了复旦。那时王安忆教授刚进驻复旦中文系不久，并开始招收写作专业的硕士。极其幸运地，叶子成了王安忆的第一批硕士。和她同年成为王安忆弟子的，还有小说家甫跃辉。据说安忆老师的阅读与写作课备课缜密，与学生大量共读的不是经典，而是当代文学的新作。其中有西方的有中国的，有严肃文学也有类型小说，有成熟的知名作家也有新鲜出炉的年轻作者，但都保有文学写作在彼时的现场感。学生时代能与最一流的作家一起边读边写，其中的体验必然有趣、紧张，或许也充满不确定。

其实，叶子的文学生涯似乎还可以追溯得更早，我曾经就听北京大学的青年批评家丛治辰说起他和叶子少年时代因为文学写作而相识的交往。叶子未成为一个小说家，但她未必没有成为一个好的小说家的天分，也许只能说个人志业的选择。2010年，叶子在《雨花》发表的《相逢是首歌》，她文字的机敏，对世情的洞察，于平庸日常中制造戏剧张力的能力，放在同龄人里都很出色。批评家叶子，饱览文化与文学期刊，做批评和研究具作家视野。故而，叶子文学批评的路线图始终有与写作线索若隐若现的交集，大量动用作家观察的经验，动用文学的直觉与判断。

叶子后来去读比较文学与世界文学专业，念陈思和教授的博士。思和老师影响大的研究领域虽然在中国现代文学，比如他所提出的民间、潜在写作和整体观等概念对中国现代文学空间都有拓殖之功，但值得注意的是思和老师将中国文学放诸世界文学研究"世界文学的中国文学"的学科视野，且思和老师的文学批评实践直接介入、参与文学期刊的编辑和图书的策划，是一个不断越境的批评家。叶子博士论文颇有野心地，将研究视野专注于老牌的英语文化刊物《纽约客》。《纽约客》作为一本能够展现文化上和政治上全异元素融合的综合性杂志，以一种透明度和普遍性，为美国中产阶级的自由主义定调的刊物。说起《纽约客》，文学界知道的人好像不少，甚至《作家》杂志在世纪之交改刊就声称做中国的《纽约客》。但《纽约客》式的杂志在中国是不是能够像美国那样有那么好的运气、那么大的影响则很难说。许知远在《文艺杂志的理想》，谈到过《书城》，另一家他认为像《纽约客》的杂志："迅速夭折的《书城》成为90年代末的一个有趣的代表。批评者们用'白领读物''小资读物'来指责它，甚至不惜将之推至余秋雨之列。煽情与溢情的确是这本杂志无法忽略的弱点，但是《书城》却相当成功地使自己成为90年代后期城市精神的表征，它比中国一切杂志都更接近于《纽约客》。"（许知远：《昨日与明日——我们如何认识今天的世界》，九州出版社2004年版）叶子研究《纽约客》杂志，也曾给《书城》图书推介栏目供稿，她推荐过美国人杰弗里·尤金尼德斯的《处女自杀》、沃克·珀西的《看电影的人》等等。这些书评，叶子始终保持稳定的趣味、开放的视野以及文学的敏锐,她总能找到那些看似无关紧要又至关重要的细节,如《看电影的人》中海边吃蟹的孩子们,其下笔如眼前景,似风俗画的俏皮和跳脱:"红蟹壳白蟹肉,橙黄的螃蟹汁,叽里呱啦的孩子,湿漉漉的手,迷人的意象都还在。"这种修辞和语体意义的"文学"越境到"批评"对我们今天文学批评的"论文腔"无疑是一种提醒和矫正。文学批评是文学的,既是文学观念、审美感受和艺术判断的,也是文体实践的。

叶子做《纽约客》研究的设想起初可能很率真,她想借由《纽约客》杂志青年作家群的形成,来讨论美国的 MFA 创意写作的培训机制。我记得她一度和我坦白题目中显见的困局。创意写作培训的课程,在设置上虽大同小异,但各自又牵涉太多的细节与方法,而刊物和作者之间的关系亦难以实证,论题最终没有进行下去。即便如此,叶子的《"行星之外"的视角与创意写作》和《微观管理者的艺术家肖像——创意写作培训与〈纽约客〉杂志》等仍然可能给方兴未艾的中国创意写作实践以域外舶来的启发。前者,以美国作家罗伯特·奥伦·巴特勒的创意写作网络直播的实验为样本,研究一个短篇手稿从最初的灵感捕捉到最后润色打磨的完整创作过程,以一种坦然的方式部分化解了作家对学院制度中创意写作教学天然的敌对。而作家进入大学正是今天中国正在发生的事实,未来还会更多。后者,以《纽约客》杂志作为参考框架,可以发现,在不同作者从各自立场出发,以虚构、报道或评论的形式达成的某些共识中,即便是成熟发展了近一个世纪的美国创意写作培训,其中的核心价值与主要问题仍然有待反复的推敲与检验。

叶子对英语文化刊物的执念如此之深。她看杂志成瘾,为了看到更多种类、更多样的文化刊物,有更多近距离的接触,博士期间又申请去新加坡南洋理工大学做访问研究员,又一次遭遇了潮湿的岛屿气候。最终,她把研究的对象落脚在更切实的题目上,梳理了近百年来《纽约客》杂志中,以多种面目出现的中国书写,借以勾勒美国自由主义立场之下、纽约精英文化趣味中,中国的面目及其生成。可以说,叶子能够长时间投入完成系统性的研究工作,呈现出了一种世界性和本土性交叉的视野。这时大学之初即已养成的"苦读"功夫发生了作用。但是,我之所以认为叶子不只是一个单纯的研究者,而是一个批评家,是因为叶子的《纽约客》观察有着现场感的中国当下问题意识,哪怕她的研究包括纯粹的文学史考据。是否可以在一个将中国包括在世界文学内的大文学场域开展文学批评实践?叶子的工作现场提供了有意义的范式,比如她的《破镜重圆没办法——〈纽约客〉非虚构之"北平叙事"考》。《纽约客》自成功融合报道与小说技法的文章的"非虚构"又形成刊物风格化的一部分,而《纽约客》的"非虚构"的目光"紧追抗战胜利后的中国,关于北平的叙述屡见不鲜"。叶子文学的灵心与敏悟指出一个微妙的事实,赫西为《纽约客》供稿的《北平来信》中改写"鹅妈妈"童谣中的"矮胖子",称"齐了蒋兵与蒋马",也怕是"破镜重圆没办法"。杜蕴明在 1960 年整理出版他的北平故事时移用此句,书名拟定为《皇帝呀,齐兵马》(*All the Emperor's Horses*)。曾为余家女婿的杜蕴明写道:"对作为北平缩影的余家大院——从墙头衰落、一经解体再无法修复的庞然大物——所做的挽歌,就此和毫不感伤、天真而残忍的童谣声联结。"另一篇《论〈纽约客〉的华语小说译介》则指出华语小说的输出本身也是一个复杂而微妙的过程,它混合了在不同文化、不同文学观念之下,出版代理、译者和杂志编辑的重重选择。在文学之外,还要从公共关系、外交关系和文化关系的尺度来衡量。翻译是围绕差异性展开的,是否认差异性又坚持差异性的一种方式。翻译中的"翻越"之意,是空间的移位,是去到一个之前没有去过的地方。《纽约客》的华语小说翻译,由于时空上的巨大错位,又将这种特殊的差异性面向不断放大。而《猪头哪儿去了:论〈纽约客〉中的莫言与葛浩文》中,葛浩文对莫言作品翻译策略的论证恰可以作为前文观点的一个例证。莫言小说《野骡子》和葛浩文发表于《纽约客》的英文译本《公牛》的对比,存在一种"营销策略"也与《纽约客》杂志风格达成了一致性。

2013年,叶子博士毕业,回到母校南京大学文学院工作。不久,她在藤井省三教授的邀请之下,前往日本东京大学文学部访学。临行之前,恰逢藤井教授在南师大讲座,我们一行人在敬师楼畅谈,从中日交流、海外文化刊物,又一路聊到华语电影。叶子很幸运,一路总能碰到最好的引路人。她是中国现代文学馆的客座研究员,也入选了江苏省青年批评拔尖人才,这意味着,她也很幸运地,总能和最好的同伴结伴。

作为青年文学批评家,叶子另外一个斜杠身份是英语文学的译者,她翻译的玛格丽特·阿特伍德的《蓝胡子的蛋》和安吉拉·卡特的《爱》先后由南京大学出版社(2010、2012)出版,也译过美国作家的非虚构作品。除此之外,当年九久读书人引入《巴黎评论·作家访谈》系列和《格兰塔》系列,正好和叶子的杂志研究切题,因而她也成了第一批丛书的译者。说穿了,翻译本身就是多种可能的文化和文学越境。我常常在大大小小的书店活动与叶子聊天对谈。不同类型的文学现场,面对不同接受者的即时对话,也为叶子带来了批评的社会空间,她也自然要在这空间中不自觉地经历成长,批评的自我也变得更为复杂。批评似乎从未成为她的终极目标,某种意义上说，批评的工作是她自我追问和探寻的过程，用写作去梳理她想要解决的问题，去找到解释的方法和道路。如果仅仅看她的大学教育和学术背景，她和我们时代一般的青年批评家无差，但自由写作（相对于专写论文体的文学评论）和译者的经历，在同时代青年批评家中却很少见，虽然今天的年轻人可能都有很好的外语阅读能力，真正像叶子身体力行把翻译文学作品当作一件事来做需要有持续的耐力。

两年前的秋天，我和金理主持"中国非虚构和非虚构中国，上海—南京双城文学工作坊"。叶子在会上谈《纽约客》几代非虚构作者机缘巧合的中国叙事，从20世纪50年代一直分享到21世纪。今年的扬子江文学论坛，我们再次谈及非虚构这个话题，比起整洁的方法论研究，叶子观照的是写作中的未知感，是无法避免的错位的预判，是历史语境的光影分布。这大概是叶子在批评道路上的一条捷径，另一条捷径是她持之以恒，在同一块试验田上耕种试错，不在零碎的支线上浪费时间。在未来的批评之路上，期待她旁逸斜出的时刻，也期待她一如既往地，做一位感性、细腻、自觉又敏锐的作者。